사자 츠나구 2

사자 츠나구

2

인연이 이어주는 만남과 마음

츠지무라 미즈키 장편소설

오정화 옮김

리드리드출판

차례

그 누구도 불행하지 않아

살갗을 파고드는 바람에 나도 모르게 코트 깃을 여몄다.

하늘을 쳐다보던 시선을 무심하게 옆으로 돌리자, 방금까지 아무도 없던 가로수 앞에 작은 여자아이가 서 있다.

"가미야 유즈루 씨?"

갑자기 소녀가 말을 걸어왔을 때의 충격은 말로 표현할 수 없었다.

"응?"

크게 반문한 나는 다시 눈앞의 소녀를 바라보았다. 길을 걷다 보면 종종 사람들이 말을 걸어오기도 한다. 아직 신인 배우지만 소속사도 있고, 고정으로 출연하고 있는 작품도 있다. 지금은 일요일 아침 방송의 히어로 중 한 명을 맡고 있어 이 또래의 아이들이 꽤 나를 알아보는 편이다.

하지만 문제는 호칭이었다. 내 이름은 가미야 유즈루가 맞지만, 아이들은 대부분 캐릭터의 색깔인 '블루'나 극중 이름인 '가나타'로 부른다.

"내가 가미야 유즈루이긴 한데…."

초등학교 저학년쯤 됐을까? 특수 촬영 히어로를 좋아하기에는 조금 나이가 있어 보였다.

어른스러운 외모에 주눅 든 기색이 전혀 없는 또랑또랑하고 새까만 눈동자, 조그마한 얼굴, 날카로운 턱선과 얇은 눈썹. 갈색빛이 살짝 도는 보드라운 머릿결을 양 갈래로 나눠 리본으로 야무지게 묶고, 중앙으로 갈라진 앞머리 사이로는 동그란 이마가 두드러져 보였다.

히비야의 오피스 지역 한쪽에 있는 공원이다.

높은 빌딩과 빌딩 사이의 좁은 길을 건너면 술집이 몰려 있는 이런 곳에 이 같은 공원이 있었다니? 지금까지 전혀 몰랐다. 밤에만 몇 번 와본 동네인데 의외로 평일 오후에도 밤과는 또 다른 분위기로 활력이 넘쳤다. 공원에는 유모차를 끌고 나온 엄마들, 일하다가 잠깐 쉬러 나온 직장인처럼 보이는 사람들의 모습도 보였다. 그런데 이 아이는?

"저기, 너는 누구니?"

약속 장소와 시간은 틀리지 않았다. 아까부터 계속 기다리는 중이었다.

내가 예상한 약속 상대는 나이가 많은 사람이지, 적어도 이런 소녀는 아니었다. 소녀는 동행자도 없이 혼자였다.

소녀는 아래쪽에 주름 장식이 달린 분홍색의 작은 가방을 메고 있었다. 딱 그 나이의 아이답게 꾸민 모습이다. 역시, 내 팬이구나. 미소를 지으려던 순간, 소녀가 말했다.

"자, 갈까요?"

이 또래 아이의 존댓말은 그야말로 아역 배우의 대사를 듣는 듯한 위화감이 있다.

"저기…."

내게 등을 보인 소녀를 향해 말했다.

"미안, 난 여기서 기다리는 사람이 있어서…."

"걱정하지 마세요. 제가 당신이 기다리던 사자使者 츠나구입니다."

숨을 꿀깍 삼켰다. 뒤를 돌아본 소녀가, 내 시선보다 꽤 아래에서 나를 올려다보며 말을 이었다.

"츠나구를 부르지 않았나요? 제가 당신의 이야기를 들을 츠나구입니다."

어안이 벙벙했다.

"아니, 나는 만나게 해준다고 들었는데…."

"그러니까 걱정하지 마세요, 휴우~."

소녀가 지친 기색으로 한숨을 내쉬었다. 똘망똘망한 눈동자가 나를 똑바로 쳐다보았다.

"죽은 사람과 산 사람을 만나게 해주는 창구. 제가 바로 츠나구라고요!"

마치 완성도 높은 드라마에 나오는 아역 배우의 능숙한 연기를 보고 있는 것 같았다. 똑 부러지는 소녀의 목소리를, 나는 그저 멍하니 듣고 있었다.

1

소녀가 나를 데리고 온 곳은 공원에서 걸어서 몇 분 거리에 위치한 쇼핑센터 지하에 있는 카페였다. 카페 앞 쇼케이스에 진열해놓은 커피와 크림소다 모형은 오래전부터 카페가 그곳에 존재했다는 사실을 말해주는 듯했다. 새로운 쇼핑센터나 브랜드 매장이 차례차례 들어서고 있는 이 부근에서 일부러 이런 레트로한 건물에 심지어 초등학생의 안내를 받는다는 것이 조금 당혹스러웠지만, 나는 잠자코 소녀를 뒤따랐다.

혼자였다면 들어가기가 망설여질지도 모를 카페 내부에는 드문드문 단골처럼 보이는 손님들 외에는 모두 빈자리였다. 대부분 나이 지긋한 손님들이었고 우리가 단연 젊었다. 출입구 근처

잡지꽂이에 꽂힌 신문이나 문학잡지도 요즘 젊은 사람들이라면 쳐다보지도 않을 쾌쾌 묵은 것들로 아무렇게나 꽂혀 있었다.

소녀는 재빨리 깊숙한 안쪽 자리인 상석을 차지하고 건방져 보이는 눈빛으로 나를 바라보았다. 소녀의 재촉하는 눈빛에 나도 맞은편에 앉았다.

"있잖아…."

쏘아보는 것 같은 소녀의 눈빛에 나는 한심하게도 이런 작은 아이를 상대로 움찔했다.

"정말 네가 츠나구야? 츠나구는 할머니나 할아버지라는 소문을 들었는데? 전화를 받은 사람도 어른이었고?"

애초에 반신반의한 이야기이긴 했다.

평생에 단 한 번, 죽은 사람과의 재회를 이뤄주는 사람이 있다는 소문. 그 소문은 내가 출연했던 공연의 뒤풀이 장소에서 처음 들었다.

"혹시 가족 중에 돌아가신 분 있어?"

술에 취해 그렇게 묻던 선배는 내게 진지한 대답은 기대하지도 않는 듯했다. 그저 술자리의 아무 의미 없는 이야깃거리 정도로만 생각했을 것이다.

"누구 혹시 만나고 싶은 사람이 있으면 한번 찾아봐."

당연히 도시 괴담일 것이라는 생각에 그 후 나도 다른 자리에서 아무렇지 않게 그 이야기를 꺼냈었다.

"츠나구라고 알아?"

그런 내 질문에 대부분 나처럼 웃고 넘기는 반응이었지만, 여러 번 질문하다 보니 그중에 몇몇은 진지한 표정을 짓는 사람들도 있었다.

어느 날, 공연 뒤풀이에서 여느 때와 같이 츠나구 이야기를 끼냈다. 그러자 알게 된 지 얼마 안 된 동료 여배우가 내게 넌지시 말했다.

"그런 이야기는 사람들 앞에서 가볍게 꺼내지 않는 게 어때? 그런 이야기를 싫어하는 사람도 있을 수 있고, 무엇보다 다른 사람들이 가미야가 그런 걸 좋아하는 사람이라고 생각하면, 손해 보는 일이 생길지도 몰라서 그래."

조곤조곤한 어조였다. 그래서 더 마음에 와닿았다. 배우라는 직업은 종교나 눈에 보이지 않는 존재에 지나치게 의존하는 것처럼 이미지가 비치면 마이너스가 될 수 있다.

그 후로 나는 사람들 앞에서 츠나구에 대해 가볍게 이야기하는 것을 그만두었다.

그때 나는, 설마 내가 몇 년 후에 소문을 더듬어가며 진심으로 츠나구를 찾는 상황이 되리라곤 전혀 생각하지 못했다.

자신이 츠나구라고 밝힌 눈앞의 소녀는 내 질문에 대답하지 않았다.

그저 표정에 불쾌한 기색을 내비치며 말했다.

"못 믿겠으면 전 그냥 돌아가도 괜찮아요. 그런데 츠나구에 대해서는 어떻게 알았나요?"

"몇 년 전에 소문으로 들었어. 아, 난 배우인데 선배 배우한테 들었지."

그렇게 말하고 반응을 살폈지만, '배우'라는 말에도 소녀의 얼굴에는 조금의 변화도 나타나지 않았다. 나를 모른다는 허탈함과 그런 나의 알량한 자부심에 스스로 약간 어이없기도 했다.

"처음에는 그냥 도시 괴담 같은 이야기라고 생각했지. 그런데 조금씩 진지하게 알아보다가 전화까지 하게 된 거야."

전화를 걸었을 때는 수화기 너머의 상대가 나와 비슷한 나이대로 느껴지는 남자였다. 인터넷에서 츠나구는 나이 든 노인이라는 글을 많이 봐서 그런지, '어쩌면 내가 속은 것이 아닐까? 츠나구는 신이나 조상을 내세워 고액의 상품과 서비스를 강매하는 대규모 조직의 사기고, 이 전화가 그 창구 아닐까?'라는 생각을 하기도 했다. 만약 조금이라도 속았다는 느낌이 들면, 그냥 돌아가면 된다. 오늘은 그런 마음으로 나오긴 했다.

하지만 나타난 사람이 소녀라는 것은 역시 현실감이 너무 없었다.

설명을 듣고는 있는 건지, 내 얘기에는 전혀 관심이 없어 보이는 소녀가 중얼거렸다.

"흐음~."

그리고 테이블 끝에 놓인 손때 묻은 플라스틱 메뉴판을 가리키며 내게 물었다.

"전 크림소다요. 오빠는?"

"아, 그럼 나도."

때마침 나이 지긋한 주인장이 다가와 행주로 테이블을 닦은 뒤 물을 내려놓았다. 크림소다 두 잔을 주문하자, 느긋하게 대답하는 주인장이 내가 상상한 츠나구의 모습에 더 가까웠다.

"규칙은 어느 정도 알고 있어요?"

"대충은 알고 있어. 하지만 진짜 정보와 거짓 정보가 마구 뒤섞여 있을 테니, 한 번 더 설명해 주면 안 될까. 그런데 정말이야? 네가 죽은 상대와 이야기를 할 수 있다는 게…."

"이야기를 하는 게 아니라 만나게 해주는 거예요."

소녀가 단호하게 딱 잘라 말했다.

"오소레잔산의 무녀 이타코처럼 '공수'와 같은 방식을 상상했다면 그건 아니에요."

"공수?"

"영적 능력이 있는 사람이 죽은 사람으로 빙의하거나, 망자로부터 받은 메시지를 산 사람에게 전하는 방식이 아니라는 거죠. 저는 망자 본인과 산 사람이 만날 기회를 준비하는, 어디까지나 그저 면회의 중개인일 뿐입니다."

소녀는 정말 잘 만들어진 대본의 대사를 읽는 것 같았다. 오히려 내가 그 이야기에 따라가기가 버거웠다.

"음, 그러니까, 다시 말해 정말 만나게 해준다는 그 말이지?"

소녀가 고개를 끄덕였다. 나는 당황해서 말했다.

"음…. 그런데 츠나구는 혹 조직 같은 건 아니고? 몇 명쯤 있다고 생각했는데?"

"아뇨. 제가 츠나구입니다."

소녀가 얼굴을 찌푸렸다.

"츠나구는 세상을 떠나 이제는 만날 수 없는 사람을 만나고 싶다고 의뢰가 들어오면 대상이 된 망자와 교섭해요. 오빠가 만나고 싶어 한다는 얘기를 망자에게 전하고, 그에 응하여 오빠와 만날 생각이 있는지를 확인하는 거죠. 망자가 긍정적으로 답하면 제가 그 중간에서 만나는 과정을 조율하는 거예요."

사자使者 츠나구라고 불리는 사람들.

처음에 그 이름을 들었을 때, 나도 분명 소녀가 말했던 오소레잔산의 이타코와 같은 이름이라고 생각했다. 정계의 유명인이 츠나구를 통해 과거의 거물에게 조언을 듣거나, 어떤 연예인이 요절한 친구와 만나 눈물을 흘렸다는 그런 종류의 소문이 지금까지 어른을 위한 동화처럼 수도 없이 그럴듯하게 전해져 온다고 들었다.

분명 대부분의 사람이 있을 수 없는 이야기라며 거들떠보지도 않을 그런 소문들이었다. 그러나 한편으론 재계의 인물이나 유명 인사에게 고액의 보수를 받는 전속 역술가가 있다는 이야기만큼이나 어떤 사람들에겐 매우 자연스러운 존재라는 이야기도 들었다.

만날 수 있을지의 여부는 크게 세 가지에 좌우된다고 했다.

그 존재를 알고 있는지, 알고 나서도 믿는지, 그리고 그때부터의 운에 달렸다는 것.

"만나게 해준다는 건 문자 그대로의 의미인 거야?"

고개를 든 소녀가 말없이 나를 바라보았다. 신기한 것을 보는 듯한 눈빛이었다. 그것도 모르고 왔냐고 말하는 것 같았다.

"죽은 사람의 육신은 온전한 모습으로 보이는지?"

"살아 있을 때와 다르지 않은 모습으로 나타납니다."

그때 소녀의 앞에 크림소다가 놓였다. 주인이 우리 앞에 코스터와 수저를 천천히 내려놓는 동안, 소녀는 잠시 말을 멈추었다가 초록색 소다를 빨대로 쭉 빨며 그대로 시선만 내 쪽으로 향한 채 말을 이었다.

"면회 장소에서 망자의 영혼은 실체를 가질 수 있죠. 산 사람은 망자를 눈으로 볼 수도 있고 만질 수도 있습니다."

"믿을 수 없어!"

나도 모르게 목소리 톤이 높아졌다. 하지만 소녀는 내 말을 무시하듯 대답하지 않았다. 그저 소다에 올라가 있는 아이스크림을 콕콕 쪼아먹고 있었다.

"어떻게 그게 가능해?"

"하지만 그걸 바라고 츠나구에게 연락한 거 아닌가요?"

소녀가 크게 숨을 내쉬며 퉁명스러운 말투로 덧붙였다.

"못 믿겠으면 다른 곳을 찾아가도 전 상관없어요."

"하지만 역시 '저세상'과 '이 세상'이 이어진다는 게 쉽게 이해가 안 가서 그래…."

"의뢰받은 일에 대해서는 확실하게 수행합니다. 망자의 영혼이 그 의뢰를 수락할지 수락하지 않을지와는 별개로, 망자와의 교섭은 착실히 하고 있답니다."

소녀가 사무적인 말투로 이야기를 척척 진행해 나갔다.

그 말투는 가슴 부근에 리본이 달린 니트 원피스를 입고 양가죽 소재의 앵클부츠를 신은 소녀의 모습과 위화감을 더욱 크게 만들었다.

소녀가 크림소다에서 손을 떼면서 물었다.

"만나고 싶은 사람의 이름과 그 사람이 사망한 날짜를 알려주세요."

"망자와 만나고 싶은 사람은 내가 아니야."

내 대답에 소녀가 의아하다는 표정으로 내 눈을 뚫어지게 쳐다봤다.

“오늘 내가 여기에 온 이유는 내가 누군가를 만나고 싶은 게 아니라, 내 친구가 정말 만나고 싶어 할 사람과 만나게 해줄 수 있냐고 부탁하러 온 거야.”

처음 츠나구에게 전화했을 때 한 번 했던 설명이었다.

츠나구라는 존재를 처음 알았을 때부터 계속 머릿속을 떠나지 않았던 생각이 있다. 이 세상에는 분명 츠나구와 같은 존재를 필요로 하는 사람들이 있다. 그렇기에 츠나구는 그 사람들의 희망을 싣고 도시 괴담처럼 계속 존재하는 것이라고 생각했다.

“그 사람 대신 부탁하러 왔어.”

최대한 진지하게 들어줬으면 하는 마음으로 소녀에게 말했다.

“내 친구와 오래전 세상을 떠났다는 그녀의 친구를 만나게 해줄 수 있을까?”

2

미사는 2년 전 연극 무대에 함께 출연하면서 알게 되었다. 나와 비슷한 시기에 신인으로 연기를 시작했는데 둘 다 주연은 아니었지만, 커플 역할을 함께 연습하면서 친해져 공연이 끝나고도 연락을 주고받는 사이가 되었다.

나는 다른 사람들에게 주목받는 것을 즐기는 타입이었다. 주변에서 ‘유즈루는 스타성이 있다’, ‘배우가 어울린다’, ‘멋있다’라는 칭찬을 받고 우쭐했던 나는, 학생 때부터 아이돌을 육성하는 곳으로 유명한 연예 기획사의 오디션을 닥치는 대로 보았다. 그러다가 여기저기에서 고배를 마신 끝에, 지금 소속사의 최종 단계까지 겨우 올라왔다. 당시 함께 오디션을 본 남자 배우가 개인적인 사정으로 연예계 입문 직전에 소속사를 나가면서 나에게까지 기회가 찾아온 것이었다.

철저하게 준비한 스타성 있는 데뷔는 아니었지만, 연극이나 드라마 연기는 학교에 가는 것보다 몇 배는 더 재미있어서 열심히 했다. 학교 공부는 싫었지만 연기를 보는 것은 물론, 연습하는 것도 무척 즐거웠다. 심지어 하면 할수록 잘한다는 칭찬도 들었다. 그런 칭찬을 처음 들어봐서 그런지 왠지 지금까지 공부하지 못한 것에 대한 복수도 할 수 있을 것 같아서 나는 점점 더 연기에 빠져들었다.

보람도 있었다. 주어진 역할을 해내며, 내가 해야 하는 역할과 비슷한 설정의 영화나 연극이 있으면 그것들을 찾아보았다. 명배우들의 연기에 압도되어 그들처럼은 할 수 없다고 생각하면서도 나는 내 연기 실력이 세상에서 가장 형편없다고 생각했기에 오히려 무서운 걸 모르고 달려들 수 있었다. 다른 사람의 연기를 참고하는 것도, 패배를 맛보는 것도 두렵지 않았다. 그러는 동안 점점 비중 있는 역할을 맡게 되었고, 이번 봄부터 시작한 어린이 드라마의 히어로 역할을 제안받았을 땐 너무 기뻐 울면서 어머니에게 기쁜 소식을 알렸었다.

왠지 모르게 성공할 것이라는 믿음 하나만으로 이 세계에 뛰어들어 앞만 보고 달려온 나는, 엄청나게 운이 좋은 배우였을 것이다. 실제로 '속 편한 배우'라는 좋은 의미인지, 나쁜 의미인지는 모르지만 그런 표현도 자주 들었다.

하지만 미사는 그런 나와는 대조적으로 '정통파'라는 수식어가 붙는 배우였다. 학생 때부터 착실하고 꾸준하게 연극 학교에 다녔고, 지금의 소속사에 들어오기 전까지는 유명한 극단에서 스태프로 일하는 등 아직 젊지만, 소위 '밑바닥'이라고 부르는 기간이 길었다. 미사는 지금도 영화나 드라마에서 가끔 볼 수 있긴 해도, 그건 단역일 뿐 고정 출연은 아니었다. 나보다 표정 연기나 몸짓이 훨씬 뛰어난데도 오히려 텔레비전과 같은 매체에서는 그런 연기가 어울리지 않는지 좀처럼 기회가 주어지지 않는 상황이 동료 배우로서 안타깝게 느껴지기도 한다.

그런 그녀와 함께 연기나 영화, 음악 등에 대해 이야길 나누다 보면 정말 시간이 눈 깜짝할 사이에 지나간다. 책을 거의 읽지 않는 내게 만화책이 아닌, 재미있고 읽기 쉬운 소설을 알려준 것도 미사였다. 글자만 가득한 책을 끝까지 한 권 다 읽었을 때는 너무 감동해서 한밤중에 그녀에게 전화까지 해서 자랑했다.

"대단해. 지금까지 난 내가 멍청하다고 생각했는데, 이런 쾌거를 이루다니!"

"그 말 하려고 일부러 이 시간에 전화한 거야?"

당황한 기색이 역력한 미사였지만, 그래도 목소리는 묘하게 들뜬 것처럼 들렸다.

"너랑 사귀고 싶어!"

어느 날, 나는 책과 음악을 가까이하는 그녀가 갈수록 좋아져서 사귀고 싶다고 돌직구를 날렸다. 가벼워 보일 수도 있겠지만, 그 마음이 진심이었기에 모든 용기를 끌어모아 고백한 것이다. 하지만 미사는 말 그대로 '웃어넘기다'라는 표현이 딱 맞는, 그런 대수롭지 않은 웃음을 보이며 말했다.

"농담이지?"

마침 어린이 드라마의 출연이 막 정해졌을 무렵이었다.

"유즈루는 지금부터가 굉장히 중요한 시기이고, 나도 아직 공부가 더 필요해. 지금은 연애할 때가 아닌 것 같아."

미사의 생각과 결정은 옳은 판단이었지만, 내가 거절당할 것이라고는 전혀 예상치 못했다. 내가 즐거운 만큼, 미사도 나와 함께하는 시간이 즐거울 것이라고 내 맘대로 생각했다.

"혹시 좋아하는 사람이 있는 거야?"

"아니, 없어. 그런 문제가 아니야."

나는 태어나서 처음으로 초조함을 느꼈다. 지금까지 스스로 가능성 있다고 생각한 고백에 실패한 적은 단 한 번도 없었기 때문이다.

미사가 내가 아닌 다른 누군가와 연애하는 모습을 상상하니, 가공의 인물에 대한 질투심이 끓어올라 멈출 수가 없었다. 갑자기 '내가 정말 미사를 좋아하고 있었구나.' 하는 감정이 새롭게 깨달아졌다. 그녀를 다른 사람에게 뺏기는 일은 절대 일어나서는 안 될 일이었다.

"그럼 나, 기다리면 될까? 내가 나이가 들고, 중요한 시기도 지나고, 미사가 일에서 만족스러운 결과를 얻을 때까지. 그때까지 넌 아무하고도 연애 안 할 거지?"

그녀는 내가 그렇게까지 끈질기게 물고 늘어질 줄은 예상하지 못한 것 같았다.

놀라움이 가득한 미사의 표정을 보며, 나는 아무래도 그녀에게 있어 내가 생각한 것보다 더 가벼운 이미지로 비춰진 것 같아서 스스로에게 실망했다.

"아무리 기다려도 안 될 거야. 나는 누군가와 행복해지면 안 돼."

미사도 무심코 내뱉어버린 말 같았다.

"뭐?"

반문하는 내 목소리에 미사가 당황한 듯 허둥지둥 자세를 고쳐 앉았다.

"지금 내가 배우를 하고 있다는 것만으로도 감사한데, 이 이상

개인적인 행복을 바라면 아마 벌 받을 거야."

어색한 웃음을 지은 미사는 그 뒤로 내가 무슨 말을 하려고 하면 얼버무리기에 바빴다.

"유즈루는 너무 좋은 사람이야. 내게는 너무 과분해!"

심지어 그런 말까지 듣고 나니 포기할 수 있는 것도 포기할 수 없었다. 차라리 내가 싫다거나 친구 이상으로는 보이지 않는다는 말이 더 마음이 편할 것 같았다.

미사가 출연한 연극을 보러 갔던 날이었다.

공연이 끝나고 방문한 대기실에서 우연히 미사의 고등학교 선배라는 사람들이 내게 인사를 해왔다.

"우와, 가미야 유즈루!"

연극 관람이 취미라는 그들은 우연히 만난 나를 보고 소리를 질렀다. 아무래도 내가 출연한 연극을 본 적이 있는 것 같았다. 미사가 연극을 보러 온 다른 지인들과 인사하는 동안, 그녀의 고등학교 선배들과 이야기할 기회가 생겼다. 나는 그들에게 미사에 대해 은근슬쩍 물어보았다.

"미사 고등학생 때 남자친구 있었나요?"

어쩌면 연애하면서 생긴 남자에 관한 좋지 않은 경험 때문에, 지금까지 거부감을 가지고 있는 것은 아닌지 하는 생각도 얼핏 스쳤기 때문이었다.

"글쎄요. 미사는 학생 때부터 엄청 진지했으니까요."

또 다른 선배가 말을 덧붙였다.

"옛날에는 지금보다 적당히 행동하고 철부지 같은 면도 있었는데, 어느 시점을 경계로 확 달라졌어요. 지금은 정말 엄격한 사람이 되어버렸잖아요."

그러면서 저만큼 떨어져 있는 미사를 의식해서인지 톤을 낮춰서 어떤 이야기를 들려주었다.

고등학생 시절, 미사의 단짝 친구가 세상을 떠났다는 것. 그 사건을 계기로 미사는 웃음을 잃었고, 좋아하는 남자나 연애에 대해 시시덕거리는 일도 일절 없어졌다고 했다.

"미사는 그 친구랑 정말 사이가 좋았어요. 마치 쌍둥이처럼. 뭐랄까, 지금의 미사를 보고 있으면 마치 미사의 절반을 잃은 것처럼 보여요."

그들은 만약 그런 일이 가능하다면 다시 한번 미사와 세상을 떠난 그 친구를 만나게 해주고 싶다고도 했다.

3

"너무 갑작스럽게 사고를 당해 마지막 인사도 제대로 못 했다는군. 혹시 몰라서 그 당시의 신문 기사도 찾아왔지. 정확한 사망 날짜는…."

사정을 설명하던 나는 문득 아까부터 츠나구 소녀가 말이 없다는 것을 깨닫고 고개를 들었다. 소녀는 크고 똘망똘망한 눈을 깜빡이며 조용히 숨을 내쉬었다.

"열심히 설명하는 와중에 정말 죄송하지만…. 의뢰는 본인이 아니면 받아들일 수 없어요. 다른 사람이 대리로 부탁하는 의뢰는 불가능해요. 그 사람에게 다시 의뢰해달라고 전해주겠어요?"

"아니, 그래도…."

당장이라도 자리에서 일어나 돌아갈 것 같은 소녀를 보고 나는 당황해 엉거주춤 일어났다.

"그 친구가 이런 얘기를 믿는 성격이 아니라서 그래. 극사실주의자라고나 할까, 냉정하고 머리가 좋거든. 절대 자기가 직접 연락하지는 않을 거야."

"마치 츠나구를 찾아오는 사람은 사실주의자도 아니고 머리가 나쁘다는 얘기로 들리는데요."

소녀가 못마땅하다는 듯 눈을 가늘게 뜨고 나를 쳐다봤다. 그 눈빛에 움찔한 나는 최선을 다해 설명했다.

"예전에 츠나구에 관한 얘기를 꺼냈을 때, 거들떠보지도 않는 느낌이었어. 그래서 내가 대신 온 거야. 죽은 사람과 만날 수 있다니, 일반적으론 못 믿는 게 당연하잖아. 그러니까 세상을 떠났다는 친구를 눈앞에 데리고 가서 강제로 만나게 해주는 수밖에 없지 않을까?"

"그 친구가 원하지 않으면 애초에 교섭 자체가 불가능해요. 제가 할 수 있는 일이 없어요."

"하지만 만날 수는 있잖아?"

예상치 못하게 큰 소리가 나와버렸다. 지금까지 차가운 눈빛을 보내던 소녀가 깜짝 놀란 표정을 했다. 내가 말했다.

"만나게 해주고 싶어!"

가게 안에 있던 다른 손님이 나와 소녀 쪽을 바라보는 기분이 들었지만, 그들이 어떻게 생각하든 상관없었다.

"절대로 만날 수 없다고 생각했던 사람과 만날 수 있는 기회가 있다면, 그 기회를 그 친구에게 만들어주고 싶어. 부탁이야. 방법이 없을까?"

"잠깐, 진정해요."

소녀가 깊은 한숨을 내쉬며 곤란한 듯 눈썹을 찌푸렸다. 아이인데도 엄청나게 어른스러운 표정을 하고 있었다.

도대체 어떤 가정에서, 어떻게 키우면 이 아이처럼 될까? 그렇게 생각하는 내 앞에, 소녀가 불쑥 얼굴을 내밀고 나를 뚫어지게 쳐다보았다.

"그러니까 그 친구를 위해 기회를 준비해 주고 싶다?"

"그렇지."

"그렇게 친절을 베풀어서 그 친구가 고마워하고, 잘 되면 그녀와 사귀고 싶은 거라고 생각해도 되나요?"

"뭐라고?"

노골적인 소녀의 말에 아니라고 대답은 했지만, 나는 그 이상 부정도 긍정도 할 수 없었다.

소녀가 메모장을 꺼냈다. 귀여운 곰돌이 캐릭터가 그려진 지극히 평범한 메모장이었다.

"난 그냥 그 친구가 마음속에 가지고 있는 응어리를 풀었으면 하는 거야."

"망자와 만난다고 해서 살아 있는 사람의 마음속 응어리가 해소된다는 보장은 없어요. 어쨌든 오빠가 무슨 말을 하더라도 조건은 달라지지 않아요. 만약 그 친구가 만나고 싶다고 하면, 본인이 직접 오는 수밖에."

신랄한 말을 술술 내뱉는 소녀가 얄미웠다.

"다만 오빠가 그 친구에게 연락처를 알려준다고 해도, 그 친구와 제가 닿을 수 있을지는 안타깝지만 확실하지 않아요. 미안한 말이지만, 츠나구와 의뢰인이 만날 수 있는 건 모두 '인연'이거든요. 어떤 사람은 아무리 전화를 걸어도 연결되지 않는데, 또 연결되는 사람과는 너무나 자연스럽게 연이 닿아 만나게 되는 거죠. 그 친구가 츠나구와 인연이 있는지 없는지는 오빠와는 또 다른 얘기예요."

"그게 뭐야."

무심코 퉁명스러운 목소리가 나와버렸다. 이해할 수 없었다.

"그럼 내 전화는 어째서 순조롭게 연결된 거지? 이렇게 안 된다고 거절할 거면서."

"그게 참 신기한 거죠."

뜻밖에도 소녀가 솔직하게 고개를 갸웃거렸다.

"이런 의뢰는 보통 이어지지 않아요. 그게 신기해서 일단 만나러 온 건데, 왜 그럴까요?"

"에이, 진짜. 그러면 처음 전화를 받았을 때부터 거절하든가. 나도 한가한 사람이 아니라고."

내가 얼굴을 가리며 말했다. 얼마나 소중한 휴일의 오후인데.

내가 배우라는 사실에도 아무런 관심이 없어 보이는 소녀는 아무 말 없이 크림소다만 홀짝였다. 아이스크림이 녹아 음료와 섞이기 시작한 내 잔과는 달리, 이야기를 하면서도 야무지게 먹고 있던 소녀의 잔에는 이제 아이스크림이 남아 있지 않았다.

"어쨌든 그 친구한테 츠나구 이야기를 다시 한번 해보세요. 그러면 친구도 어떻게 할지 생각하겠죠. 이건 그 친구의 문제이고, 오빠는 거기에서 외부인이니까요. 생색을 내고 싶다는 안일한 생각은 그만하는 게 어때요?"

"츠나구 이야기는 이미 했지. 하지만 그 친구는 츠나구를 믿기는커녕 오히려 그런 얘기를 하는 나를 불신감 가득한 눈으로 보더라고."

생색을 낸다는 소녀의 표현에 다시 욱하는 감정이 치밀었지만

나는 말을 계속했다.

"그러면 내가 대신 만나는 건 안 돼? 사고로 세상을 떠났다는 그 단짝 친구랑."

방금 떠오른 생각이었지만, 말하고 나니 꽤 나쁘지 않은 방법인 것 같았다.

미사 대신 내가 세상을 떠난 미사의 친구를 만난다? 단짝 친구와의 갑작스러운 이별을 계기로 완전히 달라졌다는 미사의 마음속 응어리의 원인을, 그 친구라면 분명 알고 있을 것이다. 내가 그 친구를 만나 그것을 알아낼 수 있다면 지금의 그녀에게 도움을 줄 수도 있지 않을까?

"그래도 상관은 없죠."

그렇게 대답한 소녀는 과장된 몸짓으로 테이블에 팔을 올려 턱을 괴었다.

"하지만 그 경우에는 망자가 만나준다고 할지는 알 수 없어요."

"응?"

"츠나구의 규칙, 이어서 설명할게요."

손에 들고 있던 메모장을 내가 보지 못하게 감춘 소녀가 페이지를 넘기며 메모장으로 시선을 떨어뜨렸다. 메모장에 무언가 쓰여 있는지도 모른다.

"만나고 싶다고 바랄 수는 있지만, 망자에게도 그 의뢰를 거절할 권리가 있거든요. 오늘 의뢰를 받고, 전 오빠의 이름과 만나고 싶은 이유를 망자에게 전달할 수는 있어요. 하지만 망자에게도 그 의뢰를 받아들일지 말지를 선택할 권리가 있어요. 망자가 거부하면 안타깝지만 이번 의뢰는 거기서 끝."

"응."

하지만 세상을 떠난 그녀에게도 미사는 단짝 친구였을 것이다. 그런 미사의 지인이라고 하면 나를 만나줄 마음이 전혀 생기지 않는다고는 할 수 없을 것이다. 그렇게 생각하고 있는데 소녀가 말을 덧붙였다.

"면회는 죽은 자와 산 자, 모두에게 딱 한 번의 기회밖에 없어요. 한 명의 망자가 만날 수 있는 사람은 오직 한 명뿐이라는 말이죠."

"뭐라고?"

나도 모르게 소리가 높아졌다.

"그 말은 만약 그 망자가 가족이나 누군가를 이미 만났다고 하면…."

"유감스럽지만 망자에 대한 의뢰는 그 한 번으로 이미 끝입니다. 그런 경우 오빠는 그 사람과 만날 수 없답니다."

"그렇… 구나."

허탕을 친 기분이었다. 소녀의 말을 머릿속에 정리했다.

"다시 말하면 만약 내가 그 친구와 만나버리면…."

"그러면 그 사람은 이제 누구와도 만날 수 없는 거죠. 오빠가 고백한 그녀가 인생을 살면서 언젠가 마음이 바뀌어 츠나구에게 의뢰해보고 싶다는 생각이 들었을 때, 세상을 떠난 단짝 친구는 이미 한 번의 기회를 오빠에게 사용해버렸으니까요."

소녀가 무뚝뚝한 말투로 내 걱정과 우려를 그대로 설명했다. 대꾸할 말을 찾지 못하고 있는데 소녀가 말을 계속했다.

"망자의 영혼과 의뢰인이 '서로 만나고 싶어 하는 상태'라면 교섭이 성립하여 아무 문제 없이 만날 수 있어요. 망자도 그 한 번으로 살아 있는 사람과 만날 수 있는 마지막 기회가 소멸하게 되니 신중하게 고민할 수밖에 없는 거죠."

소녀의 시선이 위를 향했다.

"그리고 우리 츠나구는 거꾸로 망자에게서는 의뢰를 받지 않아요. 오빠가 말한 '이 세상'에서 '저세상', 즉 저승에는 의뢰가 있다는 사실을 전할 수 있고 교섭할 수 있어요. 하지만 '저세상'의 망자가 아직 '이 세상'에 살아 있는 사람을 만나고 싶다고 움직이는 건 불가능해요. 망자는 그저 기다려야만 하는 거죠. 만약 만나고 싶은 사람이 있다면 끈기 있게 의뢰를 기다리는 수밖에 없어요."

"아."

"다시 말해 만약 세상을 떠났다는 그 단짝 친구가 만나고 싶은 상대의 의뢰를 기다리고 있다면…? 오빠는 그사이에 끼어들고도 태연할 수 있나요?"

"…아니."

기운 빠진 목소리로 대답했다. 소녀에게 아무 대꾸도 못 했다는 생각에 입술을 깨물었다.

"그리고 이 조건은 오빠에게도 마찬가지예요."

소녀가 내 얼굴을 똑바로 바라보았다.

"나한테도?"

"네, '이 세상'에 있는 동안 '저세상'의 망자와 만날 수 있는 건 오직 한 명뿐이에요. 만약 이번에 오빠가 그 사람과 만난다면, 이제 오빠도 두 번 다시 다른 망자와 면회할 수 없어요. 그러니 오빠도 신중하게 고민해야 할 거예요."

"그 말은 '이 세상'에 있을 때와 '저세상'에 있을 때 각각 한 번씩이라는 거네?"

"맞아요. 다만 저세상의 상대가 거절하면 그 의뢰는 한 번으로 계산하지 않아요. 어디까지나 실현되어서 만남이 제대로 이루어졌을 경우에 한해서만이에요. 면회가 성사되지 않았으면 다른 상대에게 다시 의뢰할 수 있어요."

"그렇구나. 간단하지 않네."

"그리고 오빠가 나중에 누군가와 만나고 싶어 츠나구에게 연락했을 때, 다시 연결될 수 있을지 없을지는 아까도 말했듯 그것 또한 '인연'이니까 알 수 없는 거고요."

"네 얘기를 들을수록 오늘 너와 만난 나는 엄청나게 운이 좋은 거구나."

까다롭긴 하지만 괜찮은 조건일지도 모른다. 이 세상과 저세상의 출입구.

이 세상과 저세상이 이어진다면 분명 많은 사람이 그곳으로 몰려들 것이다. 그러면 죽음에 의미가 없어진다.

"그 친구는 아직 누구와도 만난 적이 없을까? 십 대에 세상을 떠났으니 부모님과 만났을 수도 있잖아."

"다른 의뢰에 관해서는 대답할 수 없어요. 어떻게 할래요?"

아무렇지 않은 표정으로 마치 자기의 일이 아닌 양 정중하게 물었다.

"그래도 의뢰할 건가요?"

"아니, 안 할래. 진짜 만나고 싶은 당사자가 있을지도 모르는데, 그런 소중한 한 번의 기회를 내가 만나고 싶진 않아."

미사를 한 번 더 설득해보는 수밖에 없다. 실망한 내 감정은 관심 없다는 듯 소녀가 새초롬한 표정으로 쌀쌀맞게 말했다.

"그러신가요?"

그리고 침묵이 이어졌다. 할 말이 없어지자 이제 남은 것은 손을 대지 않아 아이스크림이 흐물흐물하게 녹은 내 크림소다와 소녀의 빈 잔뿐이었다. 달콤한 음료를 휘휘 섞어 빨대로 빨았다.

"크림소다를 고르다니 오빤 특이하네요."

돌아갈 채비를 하는 듯 메모장을 핸드백에 넣는 소녀의 모습을 멍하니 바라보고 있는데 소녀가 물었다.

"어른은 보통 커피를 마시지 않나?"

"그럴지도 몰라. 그런데 난 아이스크림 올라간 음료를 좋아해서."

"흐음."

보통 의뢰로 만난 다른 어른들은 소녀를 따라 이런 달콤한 음료는 마시지는 않을 것이다.

오늘 저녁부터는 다시 촬영이다.

음료값을 묻자 소녀는 괜찮다며 거절했다. 소녀가 핸드백을 열고 안에서 귀여운 지갑을 꺼내 계산하는 뒷모습을 무료하게 지켜보다가 가게 밖으로 발걸음을 옮겼다.

"그럼 전 이만."

다시 쌀쌀맞게 말하는 소녀를 향해 손을 흔들려던 그때.

갑자기 왜 그런 마음이 들었는지 설명하기 어렵지만 나는 충동적으로 소녀에게 말을 걸었다.

"있잖아, 그럼 이것도 귀한 인연이니 다른 의뢰를 해도 될까?"

아무 말도 하지 않고 내 얼굴을 올려다보던 소녀는 당황한 듯 물음표 가득한 표정을 지었다. 이렇게 똘똘하게 말하는 소녀를 만난 건 굉장한 행운이라는 생각이 내 등을 떠밀었다. 이렇게 헤어지면 두 번 다시 이 소녀를 만날 수 없을지도 모른다. 모든 것은 '인연'이니 다시 의뢰하고 싶어도 소녀와 연결될 수 있을지도 알 수 없다.

"아버지가 안 계시거든. 아주 옛날에 어머니와 이혼해서 나는 아버지 얼굴도 모르고…."

그 순간, 불현듯 아버지와의 재회를 의뢰해도 괜찮을 것 같다는 생각이 들었다. 사용할 수 있는 기회를 그냥 날려버리는 것이 아까웠다.

"아버지와 만나게 해줄 수 있어? 이렇게 만나는 게 흔치 않은 '기회'라고 하니까."

소녀가 핸드백에 지갑을 넣으며 기가 막히다는 듯 한숨을 내쉬었다.

"왜 헤어지기 직전에 그런 얘길 하는 거예요?"

귀찮다는 듯 과장되게 어깨를 돌리는 소녀의 몸짓은 아무리 봐도 아이라고 생각하기 어려웠다.

"미안, 미안."

사과하는 나를 흘끗 쏘아본 소녀가 이번에는 지갑 대신 아까 그 메모장을 꺼냈다. 가만히 선 채로 아무것도 적히지 않은 깨끗한 페이지를 펼쳐 펜과 함께 거칠게 내밀었다.

"이름이랑 사망한 날짜 적어주세요."

소녀가 물었다.

"이름은 구마다 이치로. 사망일이 분명…."

나는 기억을 더듬으며 건네받은 메모장에 서툰 글씨로 써 내려갔다.

"이름에 이 한자를 썼던 것 같은데…."

자신 없이 말하는 나를 소녀가 신기하다는 표정으로 바라보고 있었다.

"왜?"

"자기 아버지가 돌아가셨는데 머릿속이 좋아하는 사람의 의뢰로 가득 차 있었던 거예요? 아버지와 만나고 싶다는 생각보다?"

소녀의 목소리에 어이없다는 기색은 없었다. 그저 단순히 궁금했던 것 같다.

"응."

나는 쓴웃음을 지으며 대답했다. 사실 그렇게 대답할 수밖에 없었다. 츠나구의 이야기를 처음 들었을 때부터 그랬다. 가족 중에 돌아가신 분 있냐는 질문을 받았을 때, 어떠한 망설임도 없이 없다고 대답했다. 아버지의 존재는 떠오르지 않았으니까.

세상에는 분명 츠나구의 존재가 필요한 사람들이 있다. 만나고 싶은 누군가와 만날 수 없어 오랫동안 시간이 멈춰버린 사람이 틀림없이 존재한다. 하지만 내게 아버지는 그런 존재가 아니었다.

"만나고 싶은 이유는요?"

소녀가 물었다.

"만나고 싶은 사람의 이름을 들은 이상, 일단 그 사람과 교섭은 해야 하니까요. 이유를 알려주세요."

"음, 그러니까…."

갑자기 떠올라 아버지라고 내뱉긴 했지만 이유를 물으니 할 말이 없었다.

"굳이 말하자면. 얼굴도 모르니 만나보고 싶기도 하고, 어머니를 고생시킨 것을 따지고 싶어서?"

아버지가 살아계실 때도 만날 마음이 없었고, 실제로도 만나지 못한 채 아버지는 세상을 떠났다. 그런데 지금에서야 이런 기분이 들다니, 스스로도 깜짝 놀라고 있었다.

하지만 이 '아까운' 기회를 놓치기 싫어서 하는 선택이 결국 피가 이어진 것 말고는 아무것도 없는 아버지인 것인가.

"흐음."

뭐든 상관없다는 듯 작게 소리를 낸 소녀는 내 지저분한 글자를 찬찬히 들여다본 뒤 메모장을 덮었다.

"아, 비용은 어떻게 되는지? 면회가 성사되었을 때와 실패했을 경우."

소문에 의하면 몇십만, 때에 따라서는 몇백만 엔이라고도 들었다. 들을 준비를 하고 기다리는 나를 아랑곳하지 않고 소녀가 대답했다.

"아, 비용은 필요 없습니다."

"응?"

내가 눈을 크게 뜨자, 소녀가 귀찮은 듯 다시 말했다.

"자원봉사 같은 거예요."

"진짜?"

믿을 수 없다. 자원봉사라는 것을 내세우는 사기 수법은 너무나도 흔한 방법이다.

"몇백만 엔이 필요하다는 얘기도 들었는데?"

"안 내도 된다니까요."

소녀의 얼굴이 점점 일그러졌다. 쌀쌀맞게 말하며 뾰족하게 바라보는 소녀의 모습에 나는 입을 다물었다. 소녀가 불쾌한 듯 메모장을 핸드백에 넣었다. 그리고 나를 향해 내치듯 말했다.

"아버지를 만나고 싶다니 망자의 의사를 확인하고 다시 연락하겠습니다."

내가 고개를 끄덕이자, 이번에야말로 소녀는 뒤를 돌아 내게 등을 보였다.

빠른 걸음으로 멀어지는 소녀의 뒷모습 너머로 혹시 다른 누군가 어른이 있을지도 모른다는 생각에 끝까지 지켜보았지만, 이를 확인하기도 전에 소녀는 지하상가의 모퉁이를 돌았다. 소녀의 모습은 더 이상 보이지 않았다.

4

다음 날은 아침 일찍부터 촬영이 있었다.

“컷! 자, 잠깐 쉬겠습니다!”

조감독의 목소리가 실내 촬영장 안에 크게 울려 퍼졌다. 오늘은 함께 출연하는 아역 배우의 컨디션이 좋지 않았다. 평상시에는 척척 잘 해내는 친구인데 무슨 일인지 오늘은 대사를 틀리거나 동작에 군더더기가 많았다. 계속되는 NG에 잠깐 휴식 시간을 갖기로 했다.

아역 배우인 하야타는 아직 일곱 살이다. 평소의 야무진 하야타에게서는 볼 수 없는 금방이라도 울음을 터뜨릴 것 같은 얼굴을 하고 있던 그때, 그의 어머니가 하야타 곁으로 다가왔다. 나는 스태프에게 건네받은 두꺼운 방한 패딩을 입고 곁눈질로 그들을 지켜보며 커피를 한 모금 마셨다. NG는 누구라도 낼 수 있으니 딱히 촬영장 분위기가 험악해지지도 않았고, 모두들 식사나 하고 오겠다며 공기를 무겁게 만들지도 않았다. 하야타의 옆에 선 어머니가 그런 우리를 향해 미안하다며 연신 허리 숙여 사과했다.

핑크 캐릭터를 맡은 미시로 사나가 하야타에게 붕어빵 하나를 건네며 말했다.

“하야타, 간식 먹을래?”

그 말에 풀이 죽어 있던 하야타의 얼굴이 순식간에 밝아졌다.

"감사합니다. 잘 먹겠습니다."

또랑또랑하게 대답하는 하야타를 보며, 나는 대단하다는 생각과 동시에 조금 딱하다는 생각도 들었다. 높은 시청률을 기록한 연속 드라마에서 눈도장을 찍은 하야타는 나보다 훨씬 인지도가 높은 인기 배우다. 처음 만났을 때 드라마 재밌게 봤다고 말하는 내게, 그때도 하야타는 또랑또랑한 말투로 "감사합니다. 모두가 힘써주신 덕분이에요."라며 고개 숙여 인사했다. 마치 대사를 읽는 듯 막힘없고 매끄러운 그 말투는 그 이상 나와의 대화를 차단하려는 것처럼 들리기도 했다. 하야타는 누구에게나 똑같이 예의가 바르고 인사성이 좋았다.

"가미야 형, 죄송합니다."

NG를 낸 것에 대해 사과하는 하야타에게 나는 신경 쓰지 말라며 웃으면서 손가락으로 브이를 만들어 보였다. 하지만 하야타는 미소 대신 진지한 표정으로 한 번 더 꾸벅 고개를 숙일 뿐이었다. 오히려 카메라가 돌아가고 연기하고 있을 때, 더 자연스럽게 대화가 이어지는 느낌이었다. 그런 하야타를 보며 만약 나였다면 이 일은 절대 어렸을 때부터 하지 못했을 것이라는 생각이 들었다.

겨울인데 춥지도 않은지 맨다리가 훤히 드러난 미니스커트 차림으로 하야타와 나란히 앉아 붕어빵을 먹는 미시로 사나가 귀여워 잠시 바라보았다. 사실 미사가 이번 시즌의 핑크 배역 오디션에서 떨어졌다는 것을, 나는 내 배역이 정해지고 한참 뒤에야 알게 되었다. 나와 동갑인 미사는 핑크 캐릭터를 맡기에는 조금 간당간당한 나이였다. 여배우는 오디션을 볼 수 있는 나이가 남자 배우보다 훨씬 까다롭다.

"식사하러 갈래?"

블랙 캐릭터인 다카스기의 권유에 나는 그와 방한 패딩을 입은 채 촬영장 내의 식당으로 향했다.

가로수를 따라 흐르는 강과 다리 근처에는 공원처럼 일반인도 자유롭게 출입할 수 있어서 오늘도 산책하러 나왔다가 촬영을 구경하는 사람들로 북적였다.

"가나타!"

"블랙!"

스튜디오를 나와 식당으로 향하던 중 들리는 캐릭터의 이름에 뒤를 돌아보자, 유치원생 정도의 남자아이 두 명이 아무 말 없이 잔뜩 긴장한 표정으로 우리가 연기하는 블루와 블랙의 시그니처 포즈를 취하고 있었다. 웃는 얼굴이면 더 좋을 텐데. 하지만 우리를 보고 긴장하는 아이들을 보니 순수하고 예뻤다.

식당에 들어가 식권을 사서 자리에 앉았다. 처음엔 동경만 하던 배우들이 평범하게 식사하는 모습들이 놀랍고 낯설게만 느껴지다가 최근에서야 겨우 익숙해졌다. 속으로는 '우와! 저 배우를 보다니!'라며 심장이 두근거려도, 이제 겉으론 평정심을 유지하는 척 정도는 된다.

“잘 먹겠습니다.”

여느 때보다 사람이 적은 식당의 창가 자리에 앉아 가슴 앞에 손을 모았을 때, 스마트폰의 진동이 울리며 화면에 ‘츠나구’라는 글자가 떴다. 나는 다카스기에게 양해를 구하고 급히 식당의 구석으로 가서 전화를 받았다.

“여보세요.”

“츠나구입니다.”

어제 만났던 소녀의 목소리였다. 오늘도 굉장히 똑 부러지는 어린 목소리가 스마트폰 너머로 또박또박 들려왔다.

“어제 의뢰하신 건으로 연락드렸어요. 아버님이 만나겠다고 하셨습니다.”

한껏 들이마신 공기 한 움큼을 그대로 조용히 토해냈다.

그렇겠지. 제일 먼저 떠오른 감상은 어딘가 차갑게 식어버린 감정이었다.

항상 술에 취해 있었고 바람기도 심했다. 주변으로부터 전형적인 ‘형편없는 인간’이라는 말을 들었던 아버지는 지금까지 누군가가 만나고 싶다고 츠나구에게 의뢰하거나, 앞으로도 만나고 싶다고 할 가능성이 조금도 없을 법한 인물이다.

아버지에게는 나와의 면회가 아니면 츠나구를 만날 기회는 영원히 없을 것이다.

"당신이 욕을 먹거나 맞을 가능성은 전혀 생각하지 못하는 걸까?"

무심코 내뱉은 내 말에 수화기 너머로 한 박자 늦게 소녀가 입을 꾹 다무는 기척이 났다.

"이야기는 나중에 아버님과 만나면 직접 들으세요."

소녀가 사무적으로 이야기를 계속했다.

"아버님과는 단 하룻밤만 만날 수 있어요. 보통은 오후 일곱 시 정도부터 새벽까지, 요즘 같은 계절이라면 오전 여섯 시 정도까지겠네요. 장소는 시나가와의 호텔입니다."

소녀가 호텔의 이름과 면회 날짜를 알려주었다. 2주 뒤였다.

일정이 꽉 차 있어 선뜻 대답하지 못하자 소녀가 말했다.

"만약 그 날짜가 안 된다면 다른 날을 잡아 다시 연락드릴게요. 그때는 그 날짜로부터 약 한 달 후가 될 거예요."

"미안, 일정을 확인하고 다시 연락할게. 그런데 이날이 무슨 의미가 있는 거야?"

"만월이니까요."

단호한 소녀의 목소리에 나도 모르게 고개를 끄덕였다. 달이라는 존재는 틀림없이 신묘한 존재다. 츠나구의 면회와 관련이 있다는 것도 수긍할 수 있었다.

"보름달이 뜨는 날 밤이 면회를 가장 오래 할 수 있거든요. 그럼 일정을 확인하시고 다시 전화 주세요."

"알았어."

용건만 간단히 전한 짧은 전화가 뚝 끊겼다.

고개를 들자 식당 입구에 한결 표정이 편해진 하야타와 그의 부모님이 서 있었다. 매니저를 자처해 아이를 따라 현장에 오는 엄마들은 자주 있지만, 가끔 이렇게 아버지도 함께 촬영장에 오기도 한다. 오늘 하야타는 아버지도 함께 왔구나. 별생각 없이 그들의 모습을 보고 있는데, 하야타 아버지는 실수한 아들을 나무라지 않고 밝게 웃으며 오늘은 엄마가 아주 맛있는 도시락을 싸왔으니 기대해도 좋다며 하야타의 마음을 가볍게 만들며 웃어 보였다.

"아빠."

하야타의 목소리가 평소보다 더 어리게 들렸다. 그의 아버지가 하야타의 손을 꼭 감쌌다.

자리로 돌아가자, 벌써 그릇의 절반 정도가 비어 있는 다카스기가 하야타 가족을 가리키며 흐뭇한 목소리로 말했다.

"저기 봐. 저 녀석, 아버지랑 같이 있으니 저렇게 아이처럼 웃네."

"그야 행동은 우리보다 어른스러워도 아직 하야타는 어린애니까."

나까지 마음이 놓여 농담처럼 말했다.

5

철이 들었을 때, 내게는 이미 아버지가 없었다.

초등학생 시절, 어머니에게 아버지 얘기를 해달라며 그렇게 졸랐었다. 왜 우리 집에는 아빠가 없냐고, 어째서 엄마뿐이냐고, 아빠는 어떤 사람이었냐고. 어머니는 깊게 이야기하고 싶어 하지 않으셔서 나는 겨우 한마디를 들을 수 있었다.

"어딘가에서 살고는 있다고 하더구나."

어린아이란 참 잔혹하다. 어차피 아버지가 똑같이 '없는' 것이라면 차라리 이 세상에 없는 게 더 멋있다고 생각했다. 당시 방영하던 드라마에서도 '사별'은 왠지 모르게 '좋은 이야기'로 흘러가는 요소가 되지만, 아직 살아 있으면서 이혼했다고 하면 이야기가 좋지 않은 방향으로 흘러가곤 했다.

실제로 아버지에 대한 얘기는 어머니가 말해주지 않아도 주변에서 들려왔다. 도박에 미쳐 있던 망나니, 빚투성이의 술주정뱅이. 그런 인간 주변에 왜 여자가 많은지 모르겠지만, 어머니는 내가 태어나기 전부터 아버지 때문에 눈물 흘린 적이 한두 번이 아니었다고 한다. 상대 여자가 칼을 들고 집에 들이닥친 적도 있었다는 소문을 들었을 땐 온몸에 소름이 돋았었다.

아버지는 어머니와 결혼했을 무렵에는 부동산 중개인 비슷한 일을 하면서 꽤 떵떵거리며 위세 부리던 시기도 있었다고 했다.

그러다 뜬금없이 수상한 토지 개발에 손을 대면서 작긴 했지만 경영하던 회사도 도산하고 심지어 빚까지 져버렸다. 사실상 파산이었다. 하지만 아버지는 행실을 고치기는커녕 더 막무가내로 생활했다. 새롭게 일자리를 찾으려 하지도 않았고 급기야는 어머니에게 손찌검까지 하기 시작했다. 결국 어머니는 거의 도망치듯 나를 데리고 집을 나와 간신히 아버지와 연을 끊었다.

"마짱은 자식이 태어나면 사람이 바뀔 거라고 생각한 모양이지만…. 결국엔 아무것도 달라지지 않았지."

친척 아주머니로부터 그 말을 들었을 땐 사실 큰 충격을 받았다. 마짱은 이름이 '마아코'인 어머니의 애칭이었다. 아주머니는 큰 의미 없이 한 이야기 같았지만, 마침 초등학교 고학년으로 사춘기에 접어든 나는 제멋대로 떠오르는 이런저런 생각에 너무나 괴로웠다.

지인의 도시락 가게를 도와 일하던 어머니는 아침 일찍 일어나 밤늦게 잠드는 생활을 했다. 언제나 거칠거칠한 손에 화장기 없는 얼굴이었지만, 그래도 어머니는 누구보다도 아름다웠다. 공개 수업을 하던 날, 참관하러 온 다른 부모님들과 비교해도 단연코 돋보이는 미인이었다.

바람둥이에다 변변한 직업도 없었던 아버지는 어머니에게 나를 떠넘겼다. 내가 어머니의 '짐'이 된다는 생각도 했다. '혹이 딸렸다, 짐이다'라는 표현은 모두 '어머니가 아름다운데 아깝다'라는 말과 세트로 들었던 말이다.

어머니가 재혼이나 다른 누군가와 새로운 인생을 시작할 기회를 내가 빼앗은 것은 아닐까?

하지만 혼자서 너무 깊이 생각하다 비뚤어질 뻔했던 내 마음을 잡아준 사람은 당연히 어머니였다. 비굴하고 우울하던 내 마음을 살피고 있었는지, 어머니는 내게 종종 "유즈루가 있어서 참 다행이야."라고 말했다.

"네 아버지와 이혼하고 여자 혼자서 살아가야 했을 때, 그때 곁에 아무도 없었다면 나는 견딜 수 없었을 거야. 정말 다행이야, 내게 유즈루가 있어서."

그리고 어머니는 이렇게 말했다.

"유즈루가 짐이라니, 그런 말이 어딨어. 짐은커녕 넌 나의 희망이자 든든한 버팀목이란다. 아버지와 네 존재는 별개지. 미운 사람의 자식이라도 나는 유즈루가 너무나도 예쁘고 사랑스러워. 사랑한다, 아들아."

질풍노도의 시기에 접어든 나는 어머니의 '예쁘다'와 '사랑한다'라는 솔직한 표현에 꼼짝없이 두손 두발을 다 들었다. 지금도 약간 마마보이 성향이 있을지도 모르지만 그래도 이런 사연이 있으니 그냥 모른 척 눈감아 주길 바라기도 한다.

"유즈루가 내 옆에 있어서 정말 다행이야!"

어머니의 그 표현은 그만큼 내 앞길을 밝게 비춰주는 원동력이 되어 주었다.

어머니와 나는 아버지가 어디에서 어떤 모습으로 살고 있는지, 강한 척하는 게 아니라 말 그대로 신경 쓰지 않고 살았다.

3년 전 겨울, 어머니에게서 연락이 오기 전까지는—.

"유즈루, 아버지가 돌아가셨다."

내게 전화로 그렇게 말하던 어머니의 목소리는 적어도 슬프게는 들리지 않았다.

혼자 살던 아파트에서 심부전으로 세상을 떠난 아버지는 자신의 인생처럼 볼품없는 모습으로 집주인에게 발견되었다. 숨이 끊긴 지 한 달 가까이 지났다고 했다. 고독사였다.

혹시 모르니 소식을 전한다는 아버지 친척들의 연락을 받은 어머니는 내게 장례식 빈소를 지키러 간다고 말했다.

"같이 갈까?"

"넌 바쁘잖니. 장례식장은 홋카이도야."

배우 일을 시작한 나를 배려한 것인지, 어머니는 내 물음에 가지 않아도 괜찮다고 에둘러 말했다. 한참 후에야 홋카이도에서 돌아온 어머니는 관광하고 왔다며 라면이나 게가 들어간 특산품 봉투를 들뜬 표정으로 내 앞에 펼쳐 놓았다.

"아버지 장례식에 가기 싫었던 것 아니야?"

내가 물었다. 아버지에 대해 이런 식으로 대놓고 어머니에게 질문하는 건, 어렸을 적 이후로 굉장히 오랜만이었다. 어머니에게 아버지는 도망치듯 이혼한 상대였다.

"이미 네 아버지는 세상에 없잖니. 이젠 무섭지도, 싫지도 않구나."

어머니는 오히려 활짝 웃으며 대답했다.

"아버지 유품을 받았어. 이거 원하면 가져가."

어머니는 내게 갈색의 작은 물고기 모양 인형을 건넸다. 나는 그게 무엇인지 모르겠다는 눈빛으로 어머니를 바라보자 낚시 루어라고 말해줬다.

"낚시를 좋아하던 사람이었어."

처음 듣는 말이었다. 형편없는 인간, 망나니라는 말 이외에 아버지와 관련된 정보는 처음 들었다. 나는 어머니에게 루어를 건네받아 가만히 어머니 책상 위에 올려두었다.

"괜찮아. 난 필요 없어."

오랜만에 어머니 혼자 살고 계시는 본가에 들렀더니 선향 냄새가 피어올랐다. 창가에는 장례식에서 입은 듯한 상복이 옷걸이에 걸려 있었다. 조용히 안방을 들여다보니 어머니는 익숙하지 않은 장거리 여행으로 피곤한 탓이라며 완강히 우겼지만, 눈물을 흘린 뒤처럼 눈이 움푹 들어가 있었다.

나는 지금껏 아버지의 사진도 본 적이 없었다. 아버지를 만나고 싶다고 생각한 적도 없었다. 만약 아버지가 나를 보고 싶어 해도, 나는 절대 만나주지 않을 것이라고 마음속으로 굳게 다짐했었다. 하지만 아버지에게 그런 제안도 받지 못한 채, 만남 자체가 완전히 사라져버렸다는 사실이 난데없이 가슴을 후벼팠다. 나는 절대 아버지를 만나고 싶지 않았지만, 그런 형편없는 아버지가 나를 보고 싶어 한 적도 없다고 생각하니 그냥 이유 없이 억울했다. 아버지는 어머니나 내가 보고 싶었던 적이 단 한 번도 없었을까?

고독사를 당했다니 주먹을 쥐며 이를 악물었다. 그때 처음으로 아버지와 만나고 싶다는 생각이 들었다. 아버지를 만나면 한 방 날려야겠다고 그렇게 생각했다.

6

소녀가 면회 장소라고 알려준 시나가와의 고급 호텔은 예전에 촬영하러 한 번 와본 적이 있는 곳이었다. 데뷔 직후 화보 촬영을 위해 방문했던 호텔이다. 당시 나는 무명 배우였지만 호텔 직원들이 공손하게 대해줘서 고마웠던 기억이 있다.

보름달이 뜨는 날 밤이었다. 공기가 찬 만큼 빛을 잘 투과하는지, 한겨울의 밤하늘은 매우 맑고 밝았다. 나는 쏟아지는 달빛을 받으며 도어맨이 열어준 호텔 문을 통과했다. 뻥 뚫린 높은 천장으로 뻗은 계단은 다시 봐도 압도적이다. 촬영 결과물이 만족스럽게 나올 수밖에 없는 구조다. 깨끗하게 잘 닦인 짙은 초록색의 대리석 바닥과 기둥. 정면에는 몇 명이 있어야 겨우 들 수 있을 정도로 큰 꽃병에 꽃이 넘쳐날 만큼 가득 꽂혀 있다.

소녀는 이미 호텔에 와 있었다. 호텔이라는 장소에 작은 소녀가 혼자 앉아 있었지만 자연스럽다고 느껴지는 게 신기했다.

"가실까요?"

지난번처럼 침착하게 말하며 소녀는 나를 앞장서 걸었다.

"저기…, 정말 돈은 안 내도 괜찮아?"

엘리베이터를 향해 걷던 소녀는 내 물음을 무시한 채 대답하지 않았다. 욱하는 마음에 재차 물어보려던 나를 향해 소녀는 뒤도 돌아보지 않고 말했다.

"아버님, 벌써 와 계세요."

말문이 막혔다. 드디어 소녀가 나를 돌아봤다.

"12층 1207호실입니다. 저는 로비에서 기다리고 있을 테니 끝나면 내려오세요. 아침까지 걸려도 상관없습니다."

"아, 밤새 기다릴 생각이야?"

내가 눈을 크게 떴다. 아이가 이런 곳에서 혼자 밤을 새워도 괜찮을까? 하지만 소녀는 전혀 동요하지 않았다. 그저 담담하게 말했다.

"그게 제 일이니까요."

시원시원하게 답하는 소녀의 모습에 오히려 내가 당황했다.

츠나구가 직업인 걸까? 이 또래 아이의 입에서 나오는 '일'이라는 표현에도 엄청난 위화감이 느껴졌다.

엘리베이터가 12층에 도착하니 괜히 위胃가 묵직해졌다.

드디어 때가 왔다. 갑자기 심장이 빠르게 뛰었다.

"여기, 열쇠요."

엘리베이터를 내릴 때 소녀가 호텔 이름이 적힌 명함 크기의 종이를 건넸다. 그 안에 카드키가 들어 있었다.

"다녀오세요."

소녀의 손이 문 안으로 사라지고 엘리베이터는 그대로 아래로 내려갔다.

푹신푹신한 융단을 밟는 발바닥에 현실감이 없었다. 여기까지 와서야 내가 말도 안 되는 일을 하려고 했다는 생각이 들었다.

침을 꿀꺽 삼키고 방을 향해 걸음을 내디뎠다. 눈앞에 나타난 미로와 같은 모퉁이 하나를 돌았다. 1207호는 동쪽 제일 끝방이었다.

문 앞에서 숨을 깊게 들이마셨다.

나는 지금까지 한 번도 아버지를 본 적이 없으니 방에 가짜가 있어도 알아차릴 수 없다는 것을 그제야 처음 깨달았다. 이상한 말이지만 그래서 갑자기 마음이 차분해졌다. 츠나구라는 저 소녀가 준비한 가짜가 연기하는 것일지도 모른다. 그것을 간파할 수 있을지 없을지는 모르겠지만, 진짜 아버지가 아닐지도 모른다고 생각을 하니 조금은 마음이 가벼워졌다.

똑똑. 문을 두 번 노크했다.

"들어오세요."

예상외로 또렷한 목소리가 들려와 나는 마음을 다잡고 손잡이를 밀었다.

7

방에 들어서자마자, 떠오른 첫인상은 '술 냄새'였다.

문을 열자마자 맥주의 씁쌀한 향기가 코끝을 찔러 방에 들어가기가 망설여졌다. 하지만 천천히 발걸음을 옮겼다.

술을 마시고 있었다니, 엄청난 실망감이 몰려왔다. 아버지에게 무언가를 기대하고 오지는 않았지만 역시 소문대로였다. 가짜가 기다릴지도 모른다는 생각은 완전히 빗나갔다. 그런 형편없는 인간이 내 아버지다.

진짜 아버지가 맞다.

츠나구는 진짜다. 정말 내 아버지를 저세상에서 데려왔다. 방 안쪽의 책상 앞에 아버지가 있었다. 의자에 앉아 있지 않았다.

카펫 위에 양 무릎을 꿇고 내가 들어온 쪽을 똑바로 응시하고 있었다. 그 얼굴이 딱딱하게 굳어 있었다.

나를 본 순간, 눈을 크게 뜨고 입을 열었다.

"유즈루 씨인가요?"

뜬금없이 이름 뒤에 '씨'를 붙였다.

언제 빨았는지 꾸깃꾸깃한 얇은 노타이셔츠에 꾀죄죄한 하얀 슬랙스. 확실히 변변한 직업은 없을 것 같은 한 남자가 나를 보고 그대로 고개를 푹 숙였다. 짧게 자른 백발 머리를 이마가 카펫에 닿을 정도로 깊게 숙였다.

"나를 불러주어 고맙네."

꼴깍, 남자의 목울대가 울렸다. 침을 삼킨 뒤 해야 할 말을 찾는 듯 갈라진 목소리로 이름을 말했다.

"구마다 이치로라네."

당황했다. 가짜라도 괜찮으니 한 방 날리겠다던 마음이 허를 찔려 갈 곳을 잃었다.

"아, 네."

참으로 한심한 목소리가 나왔다. 방아깨비처럼 몸을 접은 남자는 그대로 고개를 들지 않았다. 분명 먼저 말을 하기가 거북했는데 내가 말을 꺼내기 전까지 저러고 있을 거라고 생각하니 나도 모르게 그만 자기소개를 하고 말았다.

"가미야 유즈루… 입니다."

남자는 고개를 들지 않았다. 아직도 과장된 몸짓으로 넙죽 엎드려 두 손을 바닥에 붙이고 상체를 들어 올리지 않았다.

"저기…."

나를 놀리고 있다고 생각했다. 아니면 내게 어떤 말을 들어도 욕을 먹어도, 한 대 맞아도 불평할 수 없는 처지인 걸 알고 일부러 자신을 낮추고 있는 걸까?

만약 그렇다면 정말 너무 이기적이다.

"저기요…."

마음이 복잡한 나머지 목소리가 미묘하게 거칠어진 나는 바닥에 납작 엎드린 남자의 손을 보고 그만 뒷말을 삼켜버렸다.

카펫을 짚은 남자의 두 손이 덜덜 떨리고 있었다. 손 위의 삭발한 머리가 진동하듯 미세하게 위아래로 움직이고 있었다. 눈물인지 침인지, 콧물인지 모를, 닦지 못한 액체가 포개진 두 손 위로 줄줄 흘러내렸다. 그리고 엎드린 남자의 입에서 억누르는 듯한 목소리가 새어 나왔다.

남자는 울고 있었다.

"미안하네, 정말 미안해."

처량하게 그렇게 중얼거렸다. 한 방 날리려던 마음이 순식간에 꺾여버렸다. 나도 벌어진 입술을 다물고 한숨을 내뱉었다. 고개를 옆으로 돌리자, 테이블 위에는 다 마신 듯 납작하게 찌그러져 있는 맥주 두 캔이 아무렇게나 놓여 있었다.

죽은 인간도 술을 마시는구나. 이상한 부분에서 감탄한 나는 처음으로 그 이름을 불렀다.

"아버지."

스스로도 믿을 수 없을 만큼 담백한 목소리가 나왔다. 바닥에 납작 엎드려 바들바들 떨고 있던 아버지가, 내 목소리를 신호로 여태껏 꾹 참아왔던 소리를 한심할 정도로 길고 내뱉었다.

"흐흑, 미안하구나. 정말로 면목이 없다."

아버지의 목소리가 점점 더 커졌다.

나는 얇은 셔츠를 입은 아버지의 어깨를 잡고 강제로 얼굴을 들어 올렸다. 힘은 내가 더 센 것 같았다. 흐릿한 눈이 나를 바라보았다. 내 눈과 마주치자, 남자의 두 눈에서 갑자기 왈칵 눈물이 쏟아졌다.

"유즈루."

처음으로 성이 아닌 이름으로 나를 불렀다. 살짝 처진 눈꼬리가 나와 똑 닮았다.

진짜 아버지구나. 술의 힘을 빌리지 않으면 아들과 떳떳하게 마주하지 못하는 비겁한 인간. 소문에서만 듣던, 소문 그대로의 내 아버지였다.

8

계속 눈물을 흘리는 아버지를 억지로 일으켜 일단 의자에 앉혔다. 제대로 대화를 나눌 수 있을지 의문이었지만, 시간이 흐르자 약간의 흐느낌만 남고 차차 호흡이 안정되었다.

주먹을 날리고 싶었던 기세를 꺾어 놓고 참으로 태평하다고 생각하는데, 아버지가 눈을 내리깐 채로 내게 물었다.

"내가 얼굴을 봐도 되니?"

"…어."

짜증을 내며 나도 의자에 마주 보고 앉았다. 엉거주춤한 자세로 내 얼굴을 아래에서 위로 올려다보는 아버지가 한심할 정도로 비겁해 보였다. 순간 당당하게 행동하라는 말이 나올 뻔했다. 그랬는데 왜 내 가슴이 먹먹해지고 괴로워지는지 그 이유를 알 수 없었다.

"마짱이랑 많이 닮았구나. 네 엄마는 어떻게 지내니?"

숨을 참는 듯한 그 목소리에 아버지가 어머니를 어떻게 불렀는지 그때 처음 알게 되었다. 그 소리에 포개어져 본가에서 피웠던 선향의 향기와 옷걸이에 상복을 걸던 어머니의 뒷모습이 떠올랐다.

"어머니는 잘 지내."

"그렇구나…."

대화가 끊겼다. 어색한 침묵 속에서 활짝 열어둔 커튼 뒤로 환한 보름달만 그 존재감을 드러내고 있었다.

어깨를 잔뜩 움츠리고 앉은 아버지는 평판대로 형편없는 사람이 분명했지만, 그렇다고 친척들이 말한 것처럼 폭력적인 사람으로는 보이지 않았다. 여자관계도 지저분했다고 들었는데, 이런 남자의 어디가 좋아서 다들 옆에 있었던 건지 알 수 없다. 그래도 젊은 시절에는 매력이 있었던 건지….

나뭇가지처럼 야윈 손이 초라하게 바지 주머니 부근을 꽉 움켜쥐고 있었다. 침묵을 견디지 못하고 먼저 입을 연 것은 아버지였다.

"몇 살이냐."

"스물셋."

"스물셋, 그렇구나."

퉁명스럽게 숫자만 말하는 내 목소리에 아버지는 혼잣말처럼 중얼거렸다. 내가 입을 다물어버리는 것이 무서웠는지 아버지는 말을 계속 이었다.

"결혼은 아직…, 이지? 일은? 아니면 벌써 손자가 생긴 거냐?"

"아직 결혼 안 했어. 일도 제대로 하고 있고."

당신과는 달라. 그렇게 말하고 싶은 것을 꾹 참았다. 내게 아이가 있다고 해도, 이 인간이 '손자'라고 부르는 것에는 저항감이 있었다. 이미 이 세상에 없는 사람을 상대로 그런 어른답지 못한 유치한 생각도 했지만 재미없었다.

아버지는 시선을 떨구었다. 어쩌면 원래 이야기를 좋아하지 않는 성격인지도 모른다. 하지만 냉정하게 짧은 대답만 하는 내게 아버지는 계속 말을 걸었다.

"왜 나를 만날 마음이 생긴 거냐? 물어보니 네가 만나고 싶다고 했다던데…."

"원래 당신과 만날 생각은 없었어. 그냥 어쩌다 보니. 사실 여자친구한테 세상을 떠난 친구와 만나게 해주려고 필사적으로 조사했는데 츠나구가 그런 의뢰는 수락할 수 없다고 하더라고."

"여자친구가 있구나!"

내 말을 듣고 아버지가 조금은 실망하길 바랐지만, 아버지는 내 설명 도중에 쉰 목소리를 냈다.

"어떤 친구냐. 예쁘니? 네 엄마와 닮았어?"

나는 나도 모르게 허세를 부리며 '여자친구'라는 표현을 써버렸지만, 사실 미사는 내 여자친구가 아니다. 그런 식으로 이 사람을 대하는 건 반칙이라는 걸 알았지만 살짝 울컥했다. 그래서 무심코 대답해버렸다.

"엄청 예쁘지."

나도 참 무책임한 성격이라고 생각하면서도 단호하게 말해버렸다.

"여배우거든."

"와, 여배우? 정말이냐?"

"그럼, 거짓말이겠어? 나도 배우야."

순간 아버지가 눈을 크게 떴다. 그리고 방금과 똑같은 말투로 눈을 동그랗게 뜨고 물었다.

"거짓말이지?"

"거짓말이라니. 나, 텔레비전에도 나와."

"정말? 네가 나오는 잡지나 네 여자친구가 나오는 동영상, 뭐든 보고 싶구나."

마음은 그의 요구를 무시하고 싶었지만, 어느새 스마트폰을 꺼내 아버지에게 보여줄 동영상 몇 개를 골랐다. 사진 몇 장을 보여주자 아버지는 내 손에서 빼앗은 스마트폰을 두 손으로 떠받치듯 들었다.

"대단하구나, 유즈루! 배우라니…, 와아!"

"언젠가 보란 듯이 성공한 모습을 보여주고 싶었어."

내 말에 아버지가 얼굴이 야위어 부리부리해진 눈으로 나를 쳐다봤다. 순간 섬뜩했다. 해골처럼 비쩍 마른 모습이었다. 죽기 전에도 저런 얼굴이었을까? 얼굴색도 좋지 않다.

"어머니가 고생 많이 했거든. 여자 혼자 아들을 키우기가 정말 힘들었을 거야. 당신을 만나면 물어보고 싶었어. 당신 말이야, 나나 어머니 앞에 나타날 자격이 없다는 건 알지만, 그래도 죽기 전까지 우리를 만나고 싶다고 생각한 적은 없었어?"

"생각했지."

아버지가 깔끔하게 인정했다.

"당연히 보고 싶었지."

"그럼 어째서…."

내가 물었다.

"어째서 만나러 오지도 않고 죽어버린 거야?"

"그야 당연히…, 무섭잖아."

아버지가 아이처럼 입을 삐죽였다.

"이혼할 때, 두 번 다시 마짱이나 유즈루 근처에 가지 말라는 말을 들었거든. 가뜩이나 고생만 시켰는데, 이제야 만나고 싶다고 사과해도 만나주지 않을 거라고 생각했지. 당연히 보고 싶었다."

표면이 탁해진 아버지의 눈이 미세하게 일그러졌다.

"…그리고 네게는 사과하고 싶었다."

그동안 나는 사람들에게 어느 정도 친절하게 대할 수 있다고 생각했는데, 오늘은 아버지를 향한 비난을 멈출 수가 없다. 아버지와 만날 수 있는 날은 오늘 밤뿐. 이렇게 말하고 헤어지면 틀림없이 한동안 찝찝한 감정과 기억이 남을 테지만 그걸 알면서도 멈출 수 없다.

"맨날 술타령만 하고 바람둥이였다며, 도박으로 진 빚도 상당했다지?"

아버지는 고개를 숙인 채 대답이 없었다. 그 침묵을 긍정이라고 제멋대로 해석해버린 나는 말을 멈추지 않았다.

"어렸을 적부터 그런 얘기를 너무 많이 들었거든. 그래서 지금 난 술 마시는 것도 무서워하고 조그마한 내기에도 벌벌 떨어. 내 안에도 무책임한 당신과 똑같은 피가 흐를 것 같아서…."

나는 정말 온 힘을 다해 술과 도박을 멀리하고 있다. 하지만 정말 마음에 걸리는 건 여자에 관한 것이다. 나도 모르게 매정한 목소리가 나왔다.

"나 말이야, 예전부터 인기가 많았어."

"그렇겠지. 훈남이잖아."

"그런 단어도 알아?"

아버지가 내게서 고개를 돌렸다. 다들 이런 한심한 아버지의 어디가 좋았던 것일까? 하지만 나 역시 존재했던 형편없던 내 지난 시절을 되돌아보며 말을 계속했다.

"나는 내가 일말의 고민도 없이 동시에 여러 여자를 만날 수 있다는 걸 알고 소름이 끼치더라고. 그럴 때마다 당신을 떠올렸지. 당신처럼은 되고 싶지 않다고 마음속으로 되새기면서, 어떻게든 그 저주에서 필사적으로 벗어나려고 했어."

내가 아버지처럼 경솔하고 경박한 사람이 되는 건 아닐까? 미사에게 거절당했을 때, 나는 처음으로 확실하게 자각했다. 지금까지 가능성 있다고 생각한 고백에 실패한 적은 단 한 번도 없었는데 미사는 나를 꿰뚫어 보고 있는 것 같았다.

내 안의 무책임한 아버지의 피를—.

이유는 잘 모르겠지만 미사의 시간은 과거의 어떤 사건으로 인해 오랫동안 멈춰있는 것 같았다. 앞으로 나갈 수 없다는 걸 알면서도 필사적으로 발버둥을 치는 미사는 이제껏 내가 알고 있던 그 어떤 사람과도 달랐다.

"나는 저주구나."

"당연히 당신은 저주지. 당신 때문에 어머니가 얼마나 고생했는데…."

단호하게 내뱉으며 아버지를 돌아봤다. 어머니와 헤어진 후 아버지는 누구와도 재혼하지 않았다고 들었다. 일용직 육체노동으로 근근이 생활을 이어가며, 그 일당으로 홀짝홀짝 술을 마시는 나날을 보냈다고 했다.

"바람을 피우면서 어머니랑 결혼은 왜 한 거야? 어머니를 불행하게 만든다고 생각한 적 없어?"

"왜냐니, 마짱은 다른 여자와는 다르니까."

말없이 아버지를 응시했다. 내가 아무 대꾸도 하지 않자 아버지는 머쓱한 듯 고개를 숙이며 더듬더듬 입을 뗐다.

"마짱이 내 아이를 키웠으면 했어."

말하기가 껄끄러운 듯 아버지가 내게서 시선을 돌렸다.

"이런 훌륭한 여자가 어떻게 아이를 키우고, 어떻게 가족 안에서 '엄마'로 있을지, 그걸 생각하니 마짱이랑 결혼하고 싶었다. 내가 마짱을 너무 좋아했거든."

"하지만 결국엔 그 모습은 보지 못했잖아. 그렇게 행동하는 바람에."

내 말에 이번에 아버지는 비겁하게 대답하지 않았다.

"그랬지."

깔끔하게 인정했다. 그리고 하필이면 미소를 지었다.

"그래도 다행이네. 지금 널 보니 마짱이 제대로 키웠다는 걸, 싫어도 알겠어. 유즈루, 마짱의 곁에 있어 줘서 고맙다. 너를 만나 마짱이 지금 행복하고 건강하게 살고 있다는 걸 알겠어."

말이 나오지 않았다. 모든 것을 내팽개치고 우리를 버린 당신이 무슨 권리로 그런 말을 하냐는 생각이 들었지만, 갑자기 옛날에 어머니가 내게 했던 말이 아버지의 목소리에 포개져 귓가에 울렸다.

'유즈루가 내 옆에 있어서 정말 다행이야.'

그래서 지금 아무 말도 나오지 않는 것일까?

지금 이렇게 가슴이 조이듯 아픈 이유는 어머니 때문이다. 결코 이 무책임한 아버지의 탓이 아니다. 그렇게 생각하면서도 별안간 눈물이 번져와, 이 남자가 알아차리기 전에 조용히 눈물을 훔쳤다. 그리고 퉁명스러운 목소리가 나왔다.

"시끄러워."

"그래도 유즈루가 배우라니. 텔레비전에도 나온다고? 대단하구나."

아버지는 익숙하지 않은 손놀림으로 스마트폰을 아직도 만지작거렸다. 잡지 기사나 팸플릿 사진을 계속해서 손가락으로 밀어 넘겼다. 그러더니 작은 스마트폰을 마치 숭배하듯 두 손으로 떠받들었다. 아버지의 목소리가 또다시 갈라지기 시작했다.

잠시 뒤 아버지는 흐르는 눈물을 감추지 않았다.

"그렇구나…. 유즈루가…. 이야…."

내가 가벼운 것도, 속 편하고 뻔뻔한 것도, 나의 이런 형편없는 아버지에게 물려받은 것일까? 울음으로 잠긴 목소리를 내던 아버지가 몸을 둥글게 말고 본격적으로 울기 시작했다.

"젠장, 나도 네가 크는 모습을 지켜보고 싶었는데…."

그러고는 새삼스럽게 지난 일을 꺼냈다.

"마짱과 함께, 너와 가족이 되고 싶었어. 함께 있고 싶었다."

"그건 당신 잘못이잖아."

입술을 깨물며 말했다.

"그런 제멋대로인 말이 어딨어."

새우처럼 둥글게 만 아버지의 배에 주먹을 푹 찔러 넣었다. 그동안 아버지를 향해 힘껏 주먹질하는 장면을 상상해왔는데, 뾰족한 내 주먹은 뼈만 남아 앙상한 아버지의 배에 아무런 충격도 없이 꽂혀버렸다.

아버지의 배가 오열 소리에 맞춰 크게 들썩였다.

"고맙구나, 나를 만나러 와줘서 고맙구나. 나는 너와 평생 만날 수 없다고 생각했다."

"뭐야, 늦었어. 이미 이 세상에 없잖아."

다시 아버지의 배에 주먹을 한 방 날렸다. 아버지는 눈물로 흠뻑 젖은 얼굴로 웃으며 말했다.

"그렇긴 하지."

비통함이 없는 그저 넋이 나간 얼굴이었다.

"사실 아까 말한 걔, 내 여자친구 아니야."

밤이 깊어지고 나는 맥주 한 캔의 힘을 빌려 겨우 아버지에게 진실을 털어놓았다.

아직 아버지가 들고 있는 스마트폰의 액정에는 아버지의 손기름과 지문이 덕지덕지 묻어 있다.

화면 속 눈부신 미소의 미사를 가리키며 아버지에게 말했다.

"나, 차였어. 내가 야무지지 못한 것도, 무책임한 성격인 것도 미사한테 분명 전해진 거야. 여자친구로 만들지 못했어."

"뭐야, 이 녀석. 한심하구나."

힘껏 얼굴을 찌푸린 아버지가 내 어깨를 툭툭 두드렸다. 저렇게 삐쩍 곯은 몸에서 어떻게 그런 힘이 나오는지 예상외로 강한 힘이었다.

"한 번 차인 걸로 지금 이러는 거냐? 정말 좋아하면 몇 번이고,

몇 번이고 도전해야 하는 거야. 상대가 나를 불쌍하다고 생각할 정도로 열심히 두드려 봐. 나도 네 엄마한테 그랬다고."

"그렇게 해서 그 친구를 불행하게 만든다면, 그건 쉽지."

"네 엄마를 고생시켰지만 그래도 나는 행복했다—."

정말 아버지의 입을 틀어막고 싶을 정도로 너무 무책임한 사람이다. 너무나 당당하게 말한다.

"괜찮아. 엄마는 가여웠을지 모르지만 나는 결혼하고 행복했다. 그리고 네 엄마도 나와 결혼하지 않았으면 너를 만날 수 없었을 것 아니냐. 그 누구도 불행하지 않아."

그리고 아버지는 단호한 말투로 덧붙였다.

"프러포즈라는 건, 그런 마음가짐이어야만 해. 상대방 생각은 일단 잠시 접어 둬. 네가 행복할 수 있다는 마음만 있다면 계속 밀고 나가. 괜찮아, 유즈루는 좋은 남자고 잘생겼으니까."

"말은 잘하네."

원망할 마음을 잃어버린 나는 아버지의 얼굴을 똑바로 바라보았다.

어머니와 함께 내 성장을 지켜보고 싶었다고?

그런 뻔뻔한 말을 하는 아버지가 나를 보고 몸을 부들부들 떨며 '유즈루 씨'라고 부른 것, 이마를 바닥에 대고 엎드린 채 얼굴을 들어 올리지 못한 것. 그것을 어머니에게 알려주고 싶었다. 이제 어머니는 두 번 다시 이 사람과 만나고 싶어 하지 않을지도 모르고, 실제로 만날 수도 없지만 그래도 알려주고 싶다.

동쪽 하늘이 밝아오기 시작했다. 어색해서 무슨 말을 해야 할지 모르던, 한 번도 만난 적 없는 얼굴도 모르는 아버지와의 첫 만남에서 눈 깜짝할 사이에 하룻밤을 지새웠다는 게 너무나 신기했다.

"어머니에게 오늘 일을 말해줄 거야. 어머니는 분명 츠나구의 이야기를 믿지 않겠지만. 언젠가 어머니가 이 세상을 떠나면, 무슨 일이 있어도 꼭 어머니에게 사과하러 가야 해."

정말 저세상이라는 곳이 존재하는지 어떤지는 모르지만, 천국이나 저승이라는 개념이 존재하는 이유를, 나는 오늘 어렴풋하게 알 것 같았다.

두 번 다시는 만날 수 없다고 생각하고 싶지 않으니 '저세상'은 많은 이들의 희망의 장소인 것이다. 이 아버지라는 사람과 나와 어머니는 언젠가 다시 만날 것이다. 그 정도 희망은 품고 있어도 괜찮다.

입을 꾹 다문 아버지가 딸꾹질을 참는 듯한 표정으로 나를 바라보았다.

"이 세상에서 우리 세 명이 함께 산 적은 없지만, 저세상에서 만나면 우리가 여기에서 만난 적 있다고 어머니를 놀라게 해주자는 말이야. 나도 하고 싶었던 말을 다 해서 이제 후련해."

"너무하는구나, 유즈루. 세 명이 함께 산 적이 왜 없어. 낚시도 같이 갔었잖아."

흐릿해진 아버지의 눈에서 얇은 눈물막이 차올랐다.

"응?"

나는 한참 뒤에야 깨달았다. 내 기억에만 없을 뿐, 나는 분명 두 살 정도까지 이 사람과 어머니와 함께 살았을 것이다. 아버지와 낚시하러 갔다는 이야기는 처음 들었다. 아버지는 내가 물고기 모양의 루어를 좋아해 그것을 장화 속에 숨기며 장난치고 놀았다고 말해주었다. 참 귀여웠다고 덧붙이는 아버지의 말에 나는 당연하다고 대답하며 그의 이야기를 들었다.

바다에 빠질 뻔해 위험했던 적도 있었고, 근처 낚시터에서는 정말 물에 빠졌었는데 울음을 터뜨릴 것이라 예상했지만 뜻밖에도 물의 감촉에 신이나 크게 웃었다고, 대담했었다고.

내 어린 시절 이야기를 하면서 아버지는 너무나 즐거워 보였다. 덕분에 완전히 해가 뜨고 아버지가 사라지기 전까지 우리는 더 이상 슬프거나 우울하지 않았다.

수다스럽게 말하던 아버지가, 방금까지 앉아 있던 의자가, 순식간에 갑자기 고요해졌다.

아버지가 있던 자리에 남아 있는 스마트폰에는 나와 미사가 출연했던 공연의 포스터 사진이 조금 전까지 누가 보고 있었던 것처럼 아직 화면에 표시되어 있었다.

새롭게 떠오른 아침 햇살이 스마트폰 화면의 나와 미사 얼굴에 쏟아져 내렸다.

9

로비로 내려오자, 소녀는 어제 말했던 것처럼 의자에 앉아서 나를 기다리고 있었다.

나를 발견하고 벌떡 일어나 내 쪽으로 다가왔다. 어제와 같은 차림으로 어깨에 핸드백을 메고 있었다.

"면회, 끝났나요?"

소녀가 졸리거나 피곤한 기색도 없이 내게 물었다. 로비 정면의 골동품처럼 보이는 큰 시계의 시곗바늘이 아침 6시 30분을 가리키고 있었다. 아침 일찍 출발하는 고객들이 캐리어 가방을 끌고 소녀와 내 옆을 지나가고 있었다.

"응."

소녀의 모습을 한 츠나구는 여전히 현실감 없는 존재였지만, 하룻밤의 면회를 마치고 보니 믿지 못할 이유가 없어졌다. 내가 그 사람이 가짜가 아닌 진짜 내 아버지라고 의심할 여지 없이 믿는다는 사실이 너무 신기했다.

"고마워."

카드키와 함께 건넨 내 말에 소녀는 사무적으로 아무 말 없이 카드키를 받았다. 내게 무언가를 물어보려는 기색도 없었다. 그래서 내가 먼저 말했다.

"츠나구에게 의뢰하고 아버지를 만날 수 있어서 다행이야. 냉장고 안에 있던 맥주, 거의 다 마셔버렸는데, 괜찮아?"

"괜찮습니다. 그럼, 전 이만."

"저기…."

소녀는 대답하자마자 바로 내게 등을 보였다. 그 뒷모습을 향해 내가 다시 말을 걸었다.

"혹 내 사인은 필요 없니? 아니면 촬영장을 견학하고 싶으면 그것도 괜찮은데. 내가 해줄 수 있는 보답은 없을까? 이제 히어로 드라마를 볼 나이도 아니고, 나랑 함께 출연한 배우들 사인도 별 관심 없을지도 모르지만."

싫어할 것을 각오하고 그렇게 말하자, 아니나 다를까 소녀가 매정하게 고개를 저었다.

"괜찮아요. 아무것도 필요 없습니다."

소녀의 단호한 모습에 실망하지 않은 것은 아니지만, 최대한 티 내지 않고 말했다.

"곧 개봉할 예정인 영화도 재미있어."

어른스러운 이 아이는 어차피 관심도 없을 것이라는 생각에 그냥 한 말인데, 예상치 못하게 소녀의 표정에 미세하게 변화가 일었다.

"사인을 받고 싶은 마음이 들 수 있도록 열심히 할 테니까, 꼭 봐줘."

"알았어요."

소녀가 내 얼굴에 시선을 고정하고 가만히 올려다본 뒤 '획' 고개를 돌렸다.

"조금은 기대하고 있을게요."

"고마워."

나는 고개를 숙이며 소녀에게 공손하게 감사 인사를 전했다.

소녀와 헤어지고 호텔 밖으로 나가려고 문을 빠져나가던 순간, 빠른 걸음으로 달려가는 사람과 부딪힐뻔했다.

"아, 죄송합니다."

"아닙니다."

걸음을 멈춘 상대가 고개를 들었다. 희미하게 비추는 아침 햇살 속에서 그가 작게 숨을 삼켰다.

"저…, 혹시 배우 가미야 유즈루 씨 아닌가요?"

상대는 나와 나이가 비슷하거나 나보다 조금 더 나이가 많아 보이는 남성이었다. 그가 입고 있는 코트에 시선이 머물렀다. 맵시가 좋고 멋있었다. 가죽과 천을 덧댄 독특한 스타일의 코트는 이번 겨울 잡지를 촬영하면서 스타일리스트가 입혀준 브랜드의 내 코트와 비슷했다.

"그렇습니다만."

나는 바로 대답하고 그의 얼굴을 바라보았다. 남자는 단정하고 말끔한 외모에다 키도 컸다.

"아, 역시!"

나와 눈이 마주친 그가 웃으며 말했다.

"이런 곳에서 만나다니 운이 좋네요. 저, 완전 팬이거든요. 죄송하지만 사인을 받을 수 있을까요?"

"아, 정말…."

평소라면 다른 사람이 말을 걸어오는 게 익숙해 지금보다 더 괜찮은 대답을 내놓았을 텐데, 츠나구 소녀가 줄곧 쌀쌀맞게 대한 탓인지 팬이라는 남자의 말이 너무 기뻤다. 나도 아주 인기가 없는 것은 아니라는 생각에 괜히 마음이 설레었다.

혹시 히어로 드라마를 보는 자녀라도 있는 걸까? 그가 건넨 공책에 사인하며 생각했다. 아직 아이가 있을 만한 나이로는 보이지 않지만, 젊은 아빠라고 생각하면 또 그렇게 보이지 않는 것도 아니었다.

"고맙습니다."

내게 사인을 받은 그가 정중하게 고개를 숙인 뒤 매무새를 가다듬었다.

"그럼."

"네."

손을 흔드는 나를 향해 그가 아주 예의 바르게 허리를 세운 채 고개를 끄덕이며 대답했다.

그의 입꼬리가 묘하게 올라가 있었다.

"정말 감사합니다. 조심히 들어가세요."

보통 호텔에서 나갈 때 "조심히 들어가세요."라고 말하나? 아마 "안녕히 가세요."와 같은 말을 할 텐데. 무엇보다 호텔 직원도 아닌 그가 그런 말을 하는 것도 어딘가 이상했다. 그 말이 이상하다는 것을 깨달은 건 그로부터 한참 후의 일이었다.

아침 햇살 속에서 나와 그 남자는 그대로 헤어졌다.

10

아버지와 만난 호텔을 나서자마자 나는 미사에게 전화했다. 바빠서 만날 수 없다는 그녀에게 조금만 시간을 내서 근처 공원으로 나와달라고 부탁했다. 그런 다음 어머니에게 전화하고 본가에 들렀다.

"아버지 유품은 제가 가져갈게요."

책상 위에 놓여 있던 물고기 모양의 낡고 지저분한 루어를 챙겨 나왔다. 그러곤 용기 내어 미사가 기다리는 벤치 근처까지 걸어갔다.

블루종 점퍼 주머니에 넣은 오른손으로 루어를 꽉 쥐었다.

어머니에게 내가 어렸을 적 루어를 좋아했다는 것을 기억하냐고 물었지만, 어머니는 "글쎄?"라고만 말할 뿐 명확하게 대답하지 않았다. 하지만 수많은 아버지의 유품 가운데 이 루어를 골라온 어머니도, 또 그것을 버리지 않고 가지고 있던 아버지도 분명 같은 시간을 함께 살아온 사람들이다.

"나 어렸을 때 낚시터에서 빠진 적 있었어?"

내 질문에 어머니가 고개를 저으며 말했다.

"아니, 물에 빠진 건 네 아버지지. 넌 그걸 보며 엄청 웃었어."

순간, 죽은 사람의 소리라고는 생각할 수 없을 정도로 귀에 또렷하게 남은 '정말 좋아하면 몇 번이고 도전해야 하는 거야.'라는 목소리가 들려왔다.

나는 누군가에게 등을 떠밀리듯 미사 앞에 섰다.

"갑자기 무슨 일이야? 나보다 유즈루 네가 더 바쁘지 않아?"

"아니. 오늘은 괜찮아."

미사가 괜히 신경 쓰이는 듯 은근슬쩍 주위를 둘러보았다. 나는 아직 파파라치가 따라붙을 정도는 아닌데, 그래도 둘이 만나면 나란히 걷지 않고 이렇게 나보다 두세 걸음 뒤에서 걷는 미사가 나는 정말로 사랑스러웠다.

"미사."

"응?"

내 목소리에 미사가 나를 보았다. 눈빛이 좋다고 평가받는 미사의 강렬한 눈동자가 오늘은 한층 더 또렷하고 짙게 느껴졌다.

미사가 믿어 줄지 모르겠지만 일단 이야기하자. 내가 오늘까지 겪은 일들을 모두.

그런 뒤에 미사의 이야기도 물어보면 된다. 과거 어떤 일이 있었고, 그것이 지금도 미사를 괴롭힌다고 해도. 내게 질려버리거나 나를 불쌍하게 본다고 해도, 나는 그것들을 떨쳐버릴 만큼 자신이 있다.

미사는 어떤지 모르겠지만 나는 행복해질 자신이 있다.

그렇다면 그냥 인정하자.

바람둥이가 되진 않겠다고 비장한 각오로 임하자. 아버지를 반면교사로 삼은 것만 봐도 내가 예전부터 줄곧 그 인간의 영향을 받고 자란 것은 틀림없다. 벗어날 수 없다.

“츠나구와 만났어.”

내 말에 미사가 숨을 삼켰다. 그리고 큰 눈을 더 크게 떴다. 옛날에 다른 사람에게 츠나구 얘기를 떠벌리던 나였다. 미사는 “그런 얘기는 다른 사람들 앞에서 가볍게 얘기하지 않는 게 좋아.”라며 질린다는 듯 경멸하듯 충고했었다. 분명 이번에도 바보 같은 소리를 한다며 흘려들으리라 생각했다. 하지만 오늘 미사는 그러지 않았다.

미사가 놀란 듯 반쯤 벌어진 입을 다물며 고개를 끄덕였다.

“그래?”

예상치 못한 조용한 반응이었다.

"그 아이는 잘 지내니?"

"응? 아, 잘 지내고 있던데."

츠나구 소녀의 건방진 얼굴을 떠올리며 대답했다. 고개를 숙인 미사가 벤치에 아무렇게나 걸터앉아 자기 다리를 내려다보았다. 그리고 작은 목소리로 무언가 말했다. 내가 잘못 들은 것이 아니라면 분명 이렇게 말했다.

"그 코트 아직 입고 있었어?"

"응?"

내가 무슨 말을 하냐는 듯 의아한 표정을 짓자 미사가 크게 숨을 내쉰 뒤 고개를 들었다.

"유즈루, 츠나구를 통해 누굴 만났어?"

"아버지야."

정말 형편없는 아버지 얘기는 지금까지 한 번도 미사에게 한 적이 없었다. 진지한 표정을 지은 미사는 그저 나를 가만히 바라볼 뿐 재촉하거나 질문하지 않았다. 지그시 시선을 아래로 향한 채 미사가 내게 물었다.

"우리 집에 갈래?"

이번에는 내가 눈을 크게 떴다. 미사가 덧붙였다.

"네 이야기를 들으려고. 방은 좁지만, 갈래?"

"괜찮아?"

"정리는 안 됐지만…."

"저기…, 미사."

지금 이 순간을 벗어나면 말할 수 없을 것 같아서 일어선 미사의 팔을 붙잡았다. 미사가 뒤돌아봤다. 고백 직전, 경직된 내 얼굴을 보며 미사가 한숨을 내쉬었다.

"유즈루는 참 솔직해. 나는 그렇지 못하니까 항상 유즈루가 부러웠어."

"응?"

"우리 처음 둘이서만 만난 날, 기억나?"

"음…, 그게…."

그게 언제였는지 필사적으로 기억하려 했지만 딱히 떠오르지 않았다.

"신주쿠 문화 극장."

그런 내 반응을 보고 미사가 웃으며 대답했다.

"같이 연극을 보러 가자고 약속했는데 내가 정확한 장소를 몰라서 헤매고 있었거든. 그때 2층 극장 앞 난간에 있던 유즈루가 1층에 있던 나를 향해 손을 흔들었잖아. '미사! 여기!'라면서."

미사의 말을 듣고 보니 그런 적이 있는 것도 같았다. 미사의 얼굴에 부드러운 미소가 번졌다.

"난 무명이나 다름없었으니 신경 쓰지 않았지만, 그때 유즈루는 꽤 알아보는 사람이 많았는데 얼굴도 감추지 않고 망설임 없이 나를 부르더라고. 너무 놀랐지만 그래도 기뻤어. 유즈루가 다른 사람의 시선을 신경 쓰지 않고 당당하게 행동해서. 내가 유즈루를 못 찾고 이러지도 저러지도 못해 방황하는 모습을 보고 바로 소리쳤다고 생각했지."

나는 이야기의 끝이 어디로 향하는지 모른 채 가만히 듣고 있었다. 그런 나를 보고 일어선 미사가 처음으로 내게 권유했다.

"그럼, 갈까?"

미사가 하얀 손을 나를 향해 뻗었다.

"츠나구와 아버지 이야기, 천천히 들려줘. 나도 유즈루에게 해주고 싶은 이야기가 있어. 그걸 들으면 내가 싫어질지도 모르지만."

아무래도 좋다는 듯 작은 목소리로 덧붙인 미사의 한마디 한마디를 나는 놓치지 않았다. 나는 아무 말 없이 입술을 깨물고 미사의 손을 잡았다. 처음 잡은 미사의 손은 부드럽고 차가웠으며 조그마했다.

그 손에 힘을 실은 내가 대답했다.

"미사, 난 네 이야기도 들을 준비가 되어 있어!"

◆

"이제 일어나."

자동차가 아키야마 가문의 집에 거의 가까워지자 모퉁이에서 우회전하며 말을 걸었다.

그 소리에 조수석에서 자고 있던 안나가 움찔하며 몸을 일으켰다. 그와 동시에 들고 있던 사인이 담긴 공책이 가슴에서 미끄러졌다.

한 손으로 핸들을 쥐고, 다른 한 손으로 그 공책을 안나의 팔에 돌려놓은 아유미가 다시 한번 말했다.

"일어나, 곧 도착이야."

"아직 졸린단 말이야."

안나가 불만이라는 듯 입술을 삐죽이며 대답했다.

"어린아이에게 이렇게 밤새도록 일을 시키는 건 근로기준법 위반 아니야?"

그렇게 말하며 안나가 아유미를 쏘아보았다.

"아유미 오빠, 이번 일은 그냥 넘어가지 않을 거야. 이번에는 내가 한 번 도와준 거니까 잘 기억하고 있어."

"엄격하군. 한 번 정도는 괜찮잖아."

"뭐, 사인도 받아줬으니 조금 봐줄까?"

그렇게 말한 안나는 아유미가 받아온 가미야 유즈루의 사인이 적힌 공책을 기쁜 듯 소중하게 쓰다듬었다. 아유미가 크게 한숨을 쉬었다.

"그렇게 좋아하면 네가 직접 사인받으면서 악수도 하면 좋았잖아."

"안 돼. 츠나구가 그렇게 행동하면 위엄이 없어 보일 거야."

안나는 여덟 살 초등학생이라 특수 촬영 히어로를 볼 나이는 아니지만, 자기 또래의 아역 배우도 출연해 이 시리즈는 다른 친구들도 관심 있게 보고 있는 편이었다.

"이번엔 내가 특별히 도와준 거야. 의뢰인이 가미야 유즈루라고 하니까 아키야마 가문이 특별히 개입했지만, 매번 이러면 곤란해. 스스로 알아서 잘 처리해주세요. 츠나구의 임무는 이 집에서 분가한 사람의 업무입니다."

"알겠습니다."

진외종조부인 사다유키 할아버지가 돌아가신 후, 아키야마 가문의 당주는 아키야마 안나가 계승받았다. 아유미가 할머니에게 츠나구의 임무를 물려받았을 때 아유미는 아직 작은 꼬마였던 진외종조부의 증손이다. 진외종조부의 유언에 안나를 후계자로 삼는다는 내용이 포함되어 있었다.

이렇게 어른처럼 능숙하게 대화하는 아이가 태어난 것도, 유서 깊은 점술가 가문의 업業인 것일까, 아니면 안나 본인의 재능일까? 아유미도 안나에게는 꼼짝할 수 없었다.

할머니가 세상을 떠난 후에도 아키야마 가문은 변함없이 아유미를 가족처럼 돌봐주고 있었다.

할머니가 바라던 대로 아유미는 여전히 안나뿐만 아니라 아키야마 가문의 도움을 받고 있다.

"그런데 이번 의뢰는 왜 오빠가 직접 하지 않았어?"

"아…, 조금 귀찮아질 것 같아서."

아유미는 전화를 받고 당황했던 그 순간을 떠올렸다.

"저는 가미야 유즈루라고 합니다. 저는 제가 아닌 제 동료라고 할까, 친구의 의뢰를 대신 부탁하려고 하는데요. '아라시 미사'라는 여배우인데 혹시 아시나요? 그 친구가 고등학교 때 친한 친구를 잃었다고 하는데…."

수화기 너머로 들려오는 반가운 이름에 그때의 기억이 되살아났다.

아유미는 그동안 츠나구의 임무를 수행하면서 가시에 찔린 곳을 건드리면 따끔거리는 통증과 같은 그녀의 기억을 항상 떠올렸다.

츠나구의 의뢰는 '인연'이다.

할머니에게도, 진외종조부에게도 그렇게 배웠다. 아무리 전화를 걸어도 절대 연결되지 않는 사람이 있는가 하면, 필요로 하는 사람에게는 자연스럽게 닿게 되어 있다고—.

아유미는 고등학교를 졸업한 뒤, 아라시와 한 번도 만난 적이 없다. 둘 다 졸업하고 당시 살고 있던 동네와 떨어진 곳에서 살게 되어, 아유미는 두 번 다시 아라시를 만날 일은 없다고 생각했다.

아라시 미사는 이미 츠나구를 통해 세상을 떠난 단짝 친구와 만난 적이 있다.

아직 할머니에게 츠나구에 대해 배우고 있던 연수 시절, 아유미가 그 두 사람을 중개했다. 아유미는 그날 들은 아라시 미사의 목소리를 아직도 선명하게 기억하고 있었다.

"미소노가 있는 곳에 가게 해줘. 한 번만. 잠깐만이라도 좋으니까!"

아라시 미사와 미소노 나쓰의 면회는 아유미도 절대로 잊을 수 없었다.

가미야 유즈루는 아라시를 대신해 의뢰하고 싶다고 했지만, 아라시는 이미 아유미에게 의뢰한 적이 있다. 가미야의 이야기를 모두 들은 아유미는 이번에 자신이 직접 관여하는 것은 좋지 않다고 판단했다.

"하지만 다행이야. 아라시 미사가 잘 지내고 있어서."

아유미도 고등학교를 졸업한 이후 아라시의 활동을 종종 보고 있었다. 매일매일 텔레비전에 나오는 것은 아니지만, 그래도 열심히 살고 있는 것 같은 아라시를 계속 잊지 않고 있었다.

"흐음."

조수석에 앉아 고개를 끄덕이던 안나가 아유미를 바라보며 말했다.

"유즈루 씨의 사랑이 이루어지면 좋겠다."

"그러게."

"와, 비행기구름!"

안나가 앞으로 몸을 내밀며 투명한 겨울 아침의 하늘을 가리켰다.

일직선의 하얀 구름이 자동차 앞 유리 너머로 길고 곧게 위로 뻗어 있었다. 난방으로 따뜻한 기운이 가득한 차 안을 환기할 겸, 살짝 창문을 내렸다.

뾰족한 냉기가 얼굴을 간질였다. 맑은 하늘에 밝은 빛이 가득했다.

이제 곧, 아유미가 할머니에게 츠나구를 물려받은 뒤 맞이하는 일곱 번째 봄이 다가온다.

고요함이 존재감을 드러내듯

"이런 의뢰를 하는 사람은 나밖에 없지요?"

그렇게 말한 그가 몸을 앞으로 쑥 내밀자, 목에 맨 넥타이가 생동감 있게 흔들렸다.

"아아, 네에."

박물관 안에 있는 작은 카페에서 그의 맞은편에 앉아 있던 아유미가 그 열정에 순간 멈칫하며 대답했다. 이렇게 천정이 높은 개방형 구조의 카페에서는 아무래도 주변의 시선이 신경 쓰인다. 주위를 둘러보려는 아유미의 관심을 빼앗기지 않으려는 듯 의뢰인 남성이 다시 한번 말했다.

"역사 속 인물과 만나고 싶다는 의뢰는 혹여 생각한 적이 있는 이가 있다고 해도, 그건 아마도 잠깐 떠오른 변덕스러운 마음일 겁니다. 하지만 말이요, 저는 다릅니다."

두꺼운 렌즈의 안경과 소매에 고무줄이 들어간 삼베 셔츠. 아직 봄인데도 그는 이마에 땀을 뻘뻘 흘리고 있었다. 손수건으로 부지런히 땀을 닦는 그는 감정이 고조된 탓인지 손가락에 하얗게 힘이 들어가 있었다.

1

아유미의 아침은 다이칸야마에 있는 회사 '쓰미키의 숲'에 출근하며 시작된다.

"좋은 아침입니다."

책상이 일곱 개밖에 없는 작은 사무실에 들어서자마자 향긋한 노송나무 향기가 아유미를 감쌌다. 그게 다른 회사와의 차이점이다.

"시부야 씨, 왔어? 좋은 아침!"

대학 졸업 후, 집짓기 나무 블록 등을 취급하는 장난감 브랜드의 기획 담당자로 일한 지 벌써 올해로 2년째다.

아유미가 다니는 쓰미키의 숲은 직원을 잘 채용하지 않기 때문에 아유미는 앞으로 몇 년 동안 자신이 쭉 막내일 것을 각오하고 있다. 그런 아유미보다 먼저 출근하는 사람이 바로 이무라 사장이다. 오늘도 이무라 사장은 직접 내린 차를 마시며 창문에 기대 신문을 보고 있었다.

도쿄 내의 몇몇 매장에만 상품을 납품하는 쓰미키의 숲은 광범위하게 판매하지 않는 만큼, 세심하고 꼼꼼하게 상품을 관리하고 있어 아이들이나 부모들에게 평판이 좋다. '쓰미키의 숲'은 고정 고객도 많고 알만한 사람은 다 아는 장난감 브랜드다.

아유미는 아키야마 가문에 안나가 태어났을 때, '쓰미키의 숲'이라는 장난감 브랜드를 처음 알게 되었다. 지나가다 우연히 발견한 매장에서 출산 기념 선물로 쓰미키의 숲의 장난감을 선물했었다. 나무 퍼즐의 색 조합과 손에 닿는 감촉이 좋아서 샀는데 할머니가 무언가를 발견한 듯 장난감 상자를 손에 들고 말했다.

"어머, 여기는 옛날에 네 아버지와 함께 가구를 만든 적 있는 공방이란다."

라벨 이름을 보고 할머니가 눈을 가늘게 뜨며 말했다.

"참 반갑네!"

인테리어 디자이너였던 아유미의 아버지는 이른 나이에 세상을 떠났기에, 할머니가 아유미에게 아버지의 일에 대해 자세하게 이야기한 적은 거의 없었다.

쓰미키의 숲은 아버지와 인연이 있는 공방과 함께 작업하는 회사인 곳일까? 그래서 쓰미키의 숲의 구인 공고가 올라왔을 때 아유미는 운명까지는 아니어도 어딘가 친근하게 느껴져 바로 지원했다. 아버지의 영향이라고 할 수는 없지만, 아유미는 대학에서 미술과 디자인을 공부했다. 그때부터 장난감 같은 공예 디자인에 흥미가 있었다.

쓰미키의 숲 면접에서 아버지에 관한 이야기는 하지 않았지만, 입사 후 아유미는 우연한 기회에 이무라 사장에게 모두 털어놓게 되었다. 그러자 이무라 사장은 아버지와 인연이 있다던 그 공방에 곧장 아유미를 데리고 가주었다. 나무의 감촉을 살린 장난감을 제작하는 '도리노 공방'. 아유미가 도리노 공방에 인사하러 가자, 아버지와 함께 일했다는 주인 부부가 아유미를 환영해주었다.

"도리노 공방은 시부야 씨와 아버님, 시부야 집안 2대에 걸쳐 인연을 맺게 되는군요."

주인 부부가 크게 의미를 담아 한 말은 아니었겠지만, 그 한마디가 아유미에게는 큰 기쁨으로 다가왔다.

안나는 아유미가 선물한 나무 퍼즐을 권장 연령이 되기도 전에 모두 풀어버렸다. 그래서 도리노 공방의 목제 분리 결합 퍼즐을 다시 선물했는데, 아유미도 어려워서 바로 풀지 못한 분리 결합 퍼즐을 안나는 너무나 쉽게 풀었다.

"다음 버전이 나오면 또 사줘."라고 안나는 아유미에게 시건방지게 말했다.

쓰미키의 숲은 직원이 적은 만큼 바빠지는 시기도 있다. 게다가 2년 차 직장인에게는 아직 익숙하지 않은 업무도 많아 다른 직원들의 도움을 받거나 사과하는 것의 연속이었다.

"시부야 씨, 오늘도 도리노 공방에 방문하나?"

"아, 네. 저번에 발주한 상품 샘플이 곧 마무리될 것 같다고 하셔서요."

작년까지는 아직 업무 지원 정도의 일밖에 못 했는데, 올해는 처음으로 자신의 기획 가운데 통과될 것 같은 제품이 하나 나왔다. 바로 실무에 투입하여 업무를 맡을 수 있다는 것도 작은 회사의 장점이다.

"본인의 첫 제품이 가게에 진열된 모습을 보면 분명 감동할걸? 나도 그랬거든. 게다가 그걸 구매하는 사람을 보면 감동은 그 이상 말로 표현할 수가 없지."라며 이무라 사장이 웃으며 말했다.

"네. 전 아마 울지도 몰라요." 대답과 동시에 컴퓨터의 수신 메일을 꼼꼼하게 확인한 뒤 자리에서 일어나 겉옷을 손에 들었다.

"그럼 다녀오겠습니다." 아유미는 사무실을 나섰다.

가루이자와역에서 탄 버스가 자작나무 숲을 빠져나왔다. 공방 근처의 버스정류장에서 내리자 차가 다니지 않는 도로가 나왔다. 숨을 들이켜는 것만으로도 폐 속이 투명해지는 듯한 고요하고 편안한 공기로 가득 찼다.

아유미는 도리노 공방으로 가는 이 길이 너무 좋았다. 고개를 들자 숲과 숲 사이로 난 좁은 길에서 확실히 지난달보다 더욱 진해진 나뭇잎의 색과 향기가 느껴졌다. 오월의 가루이자와는 아직 코트가 필요할 정도로 조금 쌀쌀했지만 그래도 공기까지 무거웠던 겨울은 끝이 다가오고 있었다.

조용한 길에서 공방으로 가기 위해 한 걸음을 뗀 바로 그때였다. 핸드폰이 울렸다. 아유미가 업무나 개인적으로 사용하는 것과는 다른 핸드폰이다.

핸드폰 벨 소리에 아유미는 잠시 걸음을 멈췄다. 가방 안에서 핸드폰을 꺼내 화면에 뜬 낯선 번호를 보았다. 모르는 지역번호로 시작하는 번호였다.

"여보세요."

아유미는 오랜만이라고 생각하며 전화를 받았다.

할머니가 사용하던 스마트폰이 아닌 이 핸드폰은 아유미가 물려받으면서 자택에 전화가 오면 이 핸드폰에서 울리도록 설정해 두었다.

"여보세요?"

수화기 건너편에서 들려오는 목소리는 나이가 지긋한 남성의 목소리였다.

"혹시 '츠나구'의 전화번호가 맞나요? 그, 만나게 해준다는…."

"네, 맞습니다."

고등학생 시절, 당황하며 질문하던 아유미의 목소리는 이제 제법 어른스러워졌다. 하얗게 내리쬐는 햇살이 나무들 사이로 비추고 있다. 실눈을 뜨고 그 광경을 올려다본 아유미는 주변에 다른 사람이 없다는 것을 확인하며 대답했다.

"죽은 사람과 산 사람을 만나게 해주는 창구. 제가 바로 사자使者 츠나구입니다."

할머니의 친정인 아키야마 가문은 물려받은 츠나구 업무를 전업으로 하는 방법도 있다고 아유미에게 알려주었다. 원래 유명한 점술가 집안인 아키야마 가문에는 아유미 한 명을 돌봐주고 지원해주는 것쯤은 어려운 일도 아니었다. 하지만 그것은 아유미가 정중히 거절했다. 할머니가 쓰러지신 이후로 아유미는 고등학생 때부터 츠나구 업무를 책임지고 수행했다.

죽은 사람과 산 사람을 만나게 해주는 창구.

영원히 실현될 수 없는 면회를 의뢰받아 망자와 교섭하고 장소를 지정하는 츠나구의 업무는 알 만한 사람들은 모두 아는 그런 존재다. 하지만 츠나구에 닿을지 닿지 않을지는 모두 '인연'에 따른다. 아유미는 선대 츠나구였던 할머니에게 그렇게 배웠다.

아무리 찾아다녀도 츠나구에 이어지지 않는 사람이 있지만, 필요로 하는 사람은 신기하게도 츠나구와 연결된다. 그리고 츠나구에 도달하기 직전 단계가 바로 아유미의 이 전화였다.

할머니에게 본격적으로 츠나구 업무를 물려받으면서 아유미는 츠나구에게 하는 의뢰가 이루어질 가능성은 정말로 희박하다는 것을 깨달았다.

상식적으로 생각하면 실현될 리 없는 일을 이루어주는 츠나구에게 당연히 의뢰가 쇄도해야 하는데 아유미의 핸드폰은 좀처럼 울리는 일이 없었다. 그만큼 여기까지 도달하는 사람이 적다는 뜻이다. 전화가 울려도 아유미가 받지 못하는 상황도 종종 있고, 부재중 전화가 남아 아유미가 다시 걸어도 신기하게 상대가 받지 않는 경우도 많았다. 타이밍이 맞지 않는지, 그 뒤로 다시 걸려 오는 전화도 없었다.

하지만 아유미가 무조건 받을 수 있는 타이밍에 전화를 거는 사람은 분명히 존재한다.

그런 전화 가운데 성사되는 면회는 한 달에 한 건, 아무리 많아도 세 건 정도다. 어떤 달은 아예 의뢰가 없을 때도 있다. 망자와의 면회는 보름달이 뜬 그 하룻밤 동안 한 건 혹은 두 건의 면회를 준비한다. 그것은 아유미가 고등학생에서 대학생, 그리고 직장인이 되어서도 변하지 않았다. 그래서 나이가 많았던 할머니도, 고등학생이었던 아유미도 츠나구 업무를 부담스럽게 생각하지 않고 소화할 수 있었다. 아유미는 츠나구 의뢰를 위해 다른 일을 하지 않고 그저 아키야마 가문의 도움만 받고 싶지는 않았다. 항상 사무실에서 자리를 지켜야만 하는 직업이었다면 무리일지도 모르지만, 대학 선배들에게 들은 디자인이나 기획 쪽 업무는 회사에 머무는 시간이 비교적 짧은 것 같았다. 아유미는 츠나구 업무에 대한 지원은 아키야마 가문에 부탁했지만, 자립할 수 있도록 직장인과 츠나구 두 가지를 함께하는 길을 선택했다. 애초에 츠나구는 보수가 없는 자원봉사와 같으니 아유미는 엄밀히 말해 그건 '일'이 아니라고 생각했다.

수화기 너머의 의뢰인은 자신을 니가타현에 사는 전직 교사라고 소개했다.

정년퇴직하고 꽤 시간이 흘렀는지 여기저기 두서도 없고 조리도 없는 말투였지만, 기본적으로 예의 바르고 공손했다. 그는 지방 공립고등학교의 교장을 지냈다고 했다.

구체적인 의뢰 내용을 듣기 위해 약속 장소를 정하려고 하자, 의뢰인 남성이 먼저 도쿄 쪽이 좋다고 말을 꺼냈다.

"혹시 학생은 우에노에 있는 일본 전국시대 자료 박물관 안에 도서관이 있다는 것을 알고 있습니까?"

목소리만으로 아유미가 젊다는 것을 알아차렸는지, '학생'이라는 그의 표현이 너무나도 전직 선생님다워 아유미도 문득 초등학교 시절 교장 선생님과 마주한 듯한 기분이 들었다.

"아니요. 죄송한 말씀이지만 오늘 처음 들었습니다. 조사하면 알 수 있는데 거기에서 뵐까요?"

"그 건너편에 카페가 하나 있는데 그곳 안미쓰(팥과 흑설탕을 이용해 만든 일본식 디저트)가 아주 맛있답니다. 커피도 꽤 괜찮아요.

그러면 그 카페에서 봅시다. 제가 대접하겠습니다."

원래 그런 성격인지 수화기 너머로 의뢰인이 거리감을 바짝 좁혀왔다.

"감사합니다."

아유미는 어색하게 웃으며 의뢰인의 제안을 받아들였다.

전화를 끊자, 10분도 걸리지 않은 통화 시간 동안 더 높게 올라간 태양이 새하얀 빛을 내뿜는다. 정말 아름다운 날씨다. 아유미는 팔을 높게 들어 기지개를 켰다.

아유미는 마음을 가다듬고 다시 걷기 시작했다. 공방이 가까워지자, 이번에는 지금까지와 완전 다른 분위기의 숲이 펼쳐지며 자른 지 얼마 안 된 생목의 향기가 점점 짙어졌다.

드르륵드르륵 실톱을 움직이는 소리, 통통 나무망치로 두드리는 소리가 가까워졌다.

"안녕하세요."

작업장인 통나무집에 얼굴을 내밀자, 문이 열려 있던 창고에서 사람이 나왔다.

"아, 시부야 씨."

아유미의 아버지와도 함께 작업한 적 있다는 그분이다.

"시부야 씨 일찍 왔네?"

아유미가 상품의 샘플 제작을 부탁하고 있는 도리노 공방은 가족이 경영하는 작은 공방이다. 아유미는 예순이 가까운 주인 부부를 각각 '대장'과 '사모님'이라고 친근하게 불렀다. 도리노 공방의 직원은 사무 업무를 담당하는 딸밖에 없다.

허리에 작업용 두꺼운 앞치마와 머리에 삼각건을 두른 사모님이 하던 작업을 멈추고 허둥지둥 나왔다.

"어머, 이를 어째. 시부야 씨, 도쿄에서 일찍 출발했나 봐요? 차도 내주지 못해 미안하네. 얘, 나오! 나오!"

"아, 괜찮습니다, 사모님. 신경 쓰지 않으셔도 괜찮아요."

아유미가 딸의 이름을 외치는 사모님을 향해 황급히 고개를 저었다.

아유미의 아버지와 오랜 인연이 있다는 도리노 공방의 주인 부부는 아유미가 방문하면 항상 친척 조카처럼 환대로 맞아준다. 잠시 공방으로 들어갔다가 바로 다시 나온 대장이 아유미의 뒤를 살폈다.

"어라, 오늘은 차 안 가지고 왔어? 샘플을 몇 가지 버전으로 만들어서 가지고 가기 조금 무거울지도 모르는데."

"아, 오늘은 이무라 사장님이 차를 쓴다고 하셔서요."

그렇게 대답한 아유미는 감사하다며 대장에게 고개를 숙였다.

"샘플을 여러 버전으로 만드신 거예요? 와, 빨리 보고 싶네요."

그때 대장 뒤에서 소리가 들려왔다.

"아빠, 들어오시래요."

공방 안쪽 문에서 호리호리한 손이 보이고, 붉은 체크무늬의 앞치마를 두른 나오가 고개를 내밀었다. 그리고 아유미를 보며 웃으며 말했다.

"시부야 씨, 어서 오세요."

맑은 눈을 가진 똑 부러지고 아름다운 사람. 그것이 나오의 첫 인상이었다. 목공 장인인 부모님을 도와 일도 잘하고 거래처도 꼼꼼하게 챙기는 나오는 도리노 공방을 대표하는 마스코트였다. 다른 거래처에서도 나오에 대해 그렇게 말하는 사람이 여럿 있었다.

아유미는 본인보다 세 살 어린 자기에게도 항상 이름 뒤에 '씨'를 붙이며 예의 바르게 행동하는 나오의 모습에서 그녀의 인품이 잘 드러난다고 생각했다.

"잘 지내셨어요?"

가볍게 인사하는 나오가 민망한 듯 웃었다.

"죄송해요. 언제나 모든 가족이 나와 마중하네요. 너무 소란스럽죠?"

"뭐 어떠냐, 나오. 그런데 시부야 씨, 차로 오지 않은 건 정말 큰 실수야. 선물 받은 채소가 많아서 시부야 씨에게도 조금 나눠주려고 했는데."

딸 나오의 말에 입을 삐죽이는 대장을 보며 아유미는 괜스레 미소가 지어졌다.

"잘 먹겠습니다! 어떻게든 가지고 갈게요. 항상 챙겨주셔서 감사드려요."

이 공방에는 인테리어 디자이너였던 아버지가 만들었다는 의자 하나가 있다. 사모님이 계속 사용해서 낡아버렸다고 미안해하며 보여준 그 의자는 등받이 부분이 완만한 곡선을 그리고 있고, 군데군데 작업하면서 생긴 작은 상처와 햇볕에 그을린 흔적들이 남아 있었다.

그 모습을 보고 아유미는 기쁨과 뿌듯함이 몰려왔다. 이 의자는 이곳에서 오랫동안 사랑을 받으며 꾸준히 사용되었다고 했다. 나오가 의자에 물건을 잠깐 올려두기도 매우 편리하다고 알려주었다.

아버지의 의자는 창문으로 쏟아지는 햇빛을 받으며, 오늘도 공방 한가운데에 놓여 있다.

아유미는 행복이 차올랐다. 이 공방에 방문할 때마다 아버지의 의자와 마주한다. 간접적으로 아버지와 만나는 기분이라고 말하면 과장일지도 모르지만, 아유미는 이 공방이 너무 좋다.

2

우에노에 있는 전국 시대 자료 박물관에 도서관과 카페가 있다는 사실을 알기 이전에, 아유미는 그런 박물관의 존재 자체를 처음 알았다.

의뢰인이 말한 박물관에는 의외로 아이를 데리고 나온 부모와 친구끼리 놀러 온 학생들의 모습도 드문드문 보였다. 그 외에는 나이가 지긋한 남성이 압도적으로 많았다. 아이들은 주로 도서관을 방문하는 모양이었지만, 의뢰인이 알려준 카페에는 두꺼운 자료에 몰두하고 있는 노인들의 모습이 눈에 많이 띄었다. 그들은 친구나 가족과 함께 느긋하게 시간을 보낸다기보다, 혼자서 무언가를 연구하는 듯한 분위기였다.

카페 안으로 들어서니 바람이 지나갈 수 있게 뻥 뚫린 공간에 의뢰인의 모습이 보였다.

드문드문 앉아 있는 다른 사람들에 섞여, 의뢰인 혼자만 아유미가 들어오는 출입문 쪽을 기대에 찬 눈빛으로 뚫어지게 바라보고 있었다. 그 모습을 보고 아유미는 바로 알아차렸다.

"사메카와 씨가 맞…."

"실례지만 당신이 츠나구의 심부름꾼, 사자이십니까?"

'사메카와 씨가 맞으신가요?'라고 물으려던 아유미의 말을 가로막고, 그가 선수를 쳤다.

"네."

츠나구의 사자使者라니, 같은 말을 두 번이나 사용했다. 아유미는 고개를 끄덕이며 의뢰인의 말을 정정했다.

"심부름꾼이라기보다는 제가 츠나구입니다."

"아, 그렇군요. 놀랍습니다. 아무쪼록 잘 부탁합니다."

완고해 보이는 할아버지. 그것이 사메카와 씨의 첫인상이었다. 두꺼운 안경에 큐빅이 박힌 넥타이, 마지막 단추까지 정확하게 잠근 셔츠. 단정했지만 어딘지 모르게 후줄근해 보이는 차림의 사메카와는 셔츠의 옷자락까지 꼼꼼하게 바지 안으로 넣고 있었다. 통화할 때 듣던 대로 전직 교장 선생님이라는 분위기를 풍겼다.

"바로 본론으로 들어가서 이야기해주실 수 있나요? 저도 먼저 면회의 규칙 몇 가지를 설명…."

"좋습니다. 그런데 잠시만요. 제가 한 약속이 있지 않습니까."

"네?"

"약속이요. 제가 안미쓰와 커피를 대접하겠습니다."

"아."

배도 고프지 않았고, 처음 만난 상대와 달콤한 디저트를 먹는 것이 어색했던 아유미가 망설이던 틈에 사메카와는 벌써 계산대로 다가가 주문하고 있었다. 그가 주머니에서 꺼낸 손때 묻은 동전 지갑에는 하코네의 선물 가게에서 자주 보이는 요세기 세공의 마름모꼴 키홀더가 흔들리고 있었다. 일흔이 넘은 것 같은 그는 다리가 가늘어 바지가 꽤 남는 것 같았지만 그래도 곧고 정정한 모습이었다.

"많이 기다렸죠?"

주문을 마친 뒤 한 손에 영수증을 들고 돌아온 그가 다시 아유미의 맞은편에 앉으며 말했다.

"제 것도 주문했습니다. 자, 오늘은 잘 부탁합니다. 일단 말이지요, 제가 만나고 싶은 사람의 이름은…."

"자, 잠깐만요. 기다려 주세요."

엄청나게 성미가 급한 의뢰인이다. 이대로 가면 사메카와의 페이스에 말릴 것 같아 아유미가 끼어들자, 그는 놀란 듯 어안이 벙벙한 표정으로 아유미를 바라보았다. 당황한 아유미가 횡설수설 말했다.

"제가 먼저 츠나구의 규칙에 관해 설명해도 괜찮을까요? 일단 전해야 할 의무가 있어서요."

"아아, 그렇군요."

사메카와가 앉은 자세를 가다듬었다.

"좋습니다. 먼저 말씀하세요."

평소에 의뢰인과 만날 때와는 다른 낯선 느낌이다. 그동안 아유미가 만난 의뢰인은 대부분 망설이고 갈등하다가 츠나구를 찾아온다. 망자와의 만남이 정말로 실현 가능한지, 혹시 사기를 당하는 게 아닌지, 그런 반신반의한 마음이지만, 그래도 한 줄기 희망을 품고 아유미를 찾아온다. 그래서 아유미는 그런 사람들에게 차분하게 가장 먼저 츠나구의 규칙을 설명한다.

오소레잔산의 이타코 무당과 같은 형태가 아니라 죽은 사람이 살아 있을 때와 똑같은 모습으로 나타난다는 점, 재회의 기회는 죽은 사람과 산 사람 모두에게 단 한 번씩밖에 없다는 점, 그래서 누군가와 만나면 두 번 다시 다른 사람을 만날 수 없다는 것까지 우선 의뢰인에게 공지한다. 상대가 받아들이기까지 시간이 필요한 이 규칙들에 관해 아유미는 의뢰인의 망설임과 머뭇거림을 이해하고 공감하며 이야기한다.

그런데….

사메카와는 아유미의 말에 "흐음~."이나 "그렇군!"이라고 맞장구를 치면서도, 말을 끊거나 질문하지 않고 그저 듣고만 있었다. 그 과정이 너무나도 순조로워 아유미는 그가 제대로 알아듣고 있는 것인지 걱정될 정도였다.

"망자는 살아 있을 때와 똑같은, 심지어 만질 수도 있는 모습으로 나타납니다. 면회는 오직 하룻밤만 할 수 있고요. 언제든 가능하지만 되도록 만월의 밤을 추천합니다. 보름달이 뜨는 날 밤이 가장 오래 면회할 수 있기 때문입니다."

"언제든지 상관없습니다."

사메카와가 무게를 잡는 듯한 목소리로 고개를 끄덕였다.

"말씀하신 날, 언제든지 괜찮습니다. 이제 제 이야기를 해도 되겠습니까?"

"아…, 네."

망자와의 면회를 의심하기는커녕 자기 얘기가 하고 싶어 안달

난 사메카와가 기다림에 지친 듯 이야기를 꺼냈다.

"아직 젊으신데, 혹시 '우에카와 가쿠만'이라는 이름을 들어본 적이 있습니까? 가쿠만은 한때 다케미쓰라고 불린 적도 있습니다."

"아뇨, 죄송합니다. 처음 들었습니다."

"그렇습니까. 뭐, 그럴 만도 하죠. 도쿄에서 태어났습니까?"

"네."

"그렇군요, 그래요."

순간 아유미는 사메카와가 우에카와 가쿠만을 모르는 자신을 타박하는 것처럼 느껴졌지만, 어쩐지 사메카와는 만족스러운 표정으로 고개를 끄덕이며 말했다.

"제 고향의 유명 인물입니다. 일본 전국 시대의 니가타현에는 가노 장군의 존재에 가려진 인물이 여럿 있습니다. 우에카와는 그중에서도 가장 계급이 낮았던 인물인데, 훌륭한 장군들과 함께 정치를 한 사람이라기보다 농민들이 사는 마을의 우두머리 같은 위치에 있던 사람입니다."

"아, 그러면 옛날이야기에 나오는 쇼야(전국 시대 이후, 에도 시대에 마을의 정사를 돌보던 사람을 가리키는 말로, 오늘날의 촌장에 해당한다)라고 생각하면 됩니까?"

"쇼야!"

아유미는 꽤 괜찮은 이미지를 떠올렸다고 생각했는데, 사메카와는 믿을 수 없다는 눈빛으로 아유미를 바라보았다. 불쾌하거나 싫어서가 아니라, 단지 깜짝 놀란 듯 사메카와가 어깨를 들썩였다.

"쇼야는 말이죠, 에도 시대부터 존재했습니다. 당시 마을의 세 가지 벼슬 가운데 최상위 계급을 말합니다. 네, 맞습니다. 시간이 흘러 에도 시대가 되면 우에카와 가문이 쇼야가 되니, 틀린 말은 아니네요. 하지만 우에카와 가쿠만이 살던 시대는 그렇지 않았습니다. 적어도 그 무렵에는 쇼야라고 불리지 않았을 거예요."

"아, 그렇습니까."

아유미는 아무래도 사메카와의 말을 끊지 않는 게 좋겠다고 생각했다.

"흠흠."

공연한 방해를 받았다는 듯 사메카와가 헛기침을 하며 자세를 고쳐 앉았다.

"우에카와 가쿠만은 전국 시대에 살았던 인물입니다. 그리고 당시 그 주변은 가노 장군이 다스렸지요. 주변 마을과의 다툼이 끊이지 않는 시대였습니다."

아유미는 아까부터 이야기에 등장하는 '가노 장군'이 누구인지 궁금했지만, 질문하면 다시 사메카와의 이야기가 끊길까 봐 차마 묻지 못했다. 역사 시간에 배운 내용과 일본 지도를 머릿속에 떠올리니 어느 정도 짐작은 할 수 있었는데, 또 틀린 얘기를 할지도 모른다는 생각에 쉽사리 입 밖으로 말이 나오지 않았다.

그런 아유미의 마음을 꿰뚫어 본 듯 사메카와가 물었다.

"질문이 없다는 건 '가노 장군'을 알고 있다고 생각해도 되겠습니까?"

"네? …아, 아뇨."

사메카와는 순간 말문이 막힌 아유미를 놓치지 않았다.

"어휴."

결국 숨을 크게 내쉰 사메카와가 천장을 올려다보았다.

"전국 시대의 니가타현이라고 하면 우에스기 겐신이 가장 먼저 떠오르지요."

"아, 그렇죠…."

"어휴, 이런."

사메카와가 과장되게 어깨를 으쓱했다.

"잘 몰라도 상관없습니다. 하지만 모르면서 아무 말도 하지 않는 것은 좋지 않아요. 그럴 때는 꼭 물어보세요."

"사메카와 씨는 예전에 학교 선생님을 하셨다고 했는데 혹시 역사 선생님이셨나요?"

"아니요. 국어 선생님이었습니다."

사메카와가 딱 잘라 말했다.

"이 정도는 니가타 토박이라면 당연한 상식입니다. 제 전공은 고전이고요."

"아, 그렇군요."

무엇이 그렇다는지 잘 알지 못한 채 아유미가 말하려는데, 때마침 주문한 안미쓰와 커피가 나왔다. 아유미는 크림이 듬뿍 올라간 그릇의 크기에 깜짝 놀랐다. 과연 다 먹을 수 있을지 의문인 크림 안미쓰 두 개가 각각 아유미와 사메카와의 앞에 놓였다.

"잘 먹겠습니다."

그렇게 말한 사메카와가 숟가락을 들었다. 머뭇머뭇 손을 뻗는 아유미와는 대조적으로 사메카와는 주저하지 않고 숟가락을 움직였다. 사메카와는 꿀을 핥는 듯한 소리를 내며 안미쓰를 먹었다. 아무래도 단 음식을 좋아하는 모양이다.

"전국 시대에도 농민들이 다스리는 마을은 많았고, 우에카와 가쿠만처럼 계급이 낮은 영주도 있었습니다. 우에스기 겐신이 한창 활발하게 전쟁하던 무렵에는 무사는 무사, 농민은 농민이라는 구분이 점차 희미해지던 시대도 있었지요. 어느 마을이나 전쟁에 참전해 공로를 세운 사람 한두 명 정도 나오는 게 일반적이었어요."

"그렇습니까."

"우에카와 가쿠만이 대단한 이유는…."

크림이 듬뿍 올라간 숟가락을 입으로 가져간 사메카와가 크림을 삼킨 뒤 말을 계속했다.

"자신이 다스리던 마을의 농민을 단 한 명도 전쟁에 내보내지 않았기 때문입니다. 전쟁이 점차 격렬해지면서 우에스기 겐신과 다케다 신겐이 대립한 가와나카지마 전투 때는 다른 마을에서도 많은 농민이 차출되었는데, 우에카와 가쿠만이 다스리던 마을에서는 그 누구도 참전하지 않았습니다. 농민까지 끌어들이라는 위에서 내린 지시에도 우에카와는 '우리 마을에서 전쟁에 나갈 수 있는 사람은 아무도 없다.'라며 딱 잘라 거절했다고 합니다."

"와아."

"무슨 의미인지 확실히 알겠나요?"

아유미는 진심으로 감동해 내뱉은 감탄사였지만, 사메카와는 그 반응으로는 만족스럽지 않았는지 아유미에게 다시 질문했다.

"이건 말이죠, 말로는 간단하지만 결코 흔한 일이 아닙니다. '하극상'이라는 표현에서도 알 수 있듯, 당시는 태어날 때부터의 신분을 뛰어넘어 출세할 수 있는 시대였습니다. 원래 농민은 평생 농민으로 살아야 했는데, 그 당시에는 전쟁에서 공로를 세우면 포상도 받고 신분도 받을 수 있었거든요. 그렇게 옆 마을에서는 공로를 세운 사람들이 나왔습니다. 하지만 가문을 이을 장남은 해당되지 않았습니다. 둘째나 셋째 아들이 포상과 신분 등의 유혹을 뿌리치고 전쟁에 참전하지 않는다는 것은 큰 용기가 필요한 일이었고요. 당연히 반대하는 목소리도 있었겠지요. 하지만 그래도 우에카와 가쿠만은 마을 사람들을 전쟁에 내보내지 않았습니다. 뭐, 말하자면 목숨을 지켜준 것이지요."

"그렇군요."

"그건 대단한 겁니다."

안미쓰의 옆에 놓인 커피에 설탕과 우유를 섞어 홀짝거리던 사메카와가 말을 계속했다.

"당시에는 그를 배신자라고 손가락질했을 겁니다. 하지만 결과적으로 우에카와 가쿠만은 마을 사람들에게 전쟁과는 전혀 관계없는 인생을 가져다주었습니다. 그의 그런 훌륭한 결정이 대단하다고 평가받은 것은 후세의 역사에서 보면 비교적 최근입니다."

사메카와가 숟가락을 들며 아유미를 가만히 쳐다보았다.

"저는 그 우에카와 가쿠만이라는 사람이 굉장히 흥미로웠습니다."

"그렇군요."

"어렸을 적부터 할머니에게 마을을 다스린 우에카와 가쿠만이라는 사람은 정말로 대단하다는 소리를 들으며 자랐습니다. 그래서 교사가 된 이후에도 관련 문화재를 둘러보고 향토사를 읽으며 우에카와 가쿠만을 연구해왔지요."

거기까지 들으니 이제 아유미도 알 수 있었다. 처음 있는 형태의 의뢰다. 아유미가 사메카와에게 물었다.

"그러니까 사메카와 씨가 츠나구에게 면회를 의뢰하고 싶은 사람이 역사 속 인물인 우에카와 가쿠만이라는 말씀이십니까?"

"그렇습니다."

정중한 말투라고 생각했는데, 마치 선생님인 양 지시를 하기도 하고 은근히 무례한 태도를 보이기도 했다. 이날 최고의 공손과 경의를 담은 것처럼, 사메카와가 아유미에게 깊게 고개를 숙이며 말했다.

"잘 부탁드립니다."

3

의뢰는 보통 망자가 살아 있을 때 의뢰인이 만난 적이 있는 사람을 지명한다. 가족이나 친구, 은사, 연인 같은…. 일면식도 없는 상대를 지명한 경우는 오래전 츠나구를 막 시작했을 무렵, 동경하던 아이돌과 만나고 싶다던 의뢰, 그 한 건뿐이었다.

약속 장소에서 사메카와의 모습을 봤을 때도 아유미는 틀림없이 사별한 아내나 다른 누군가와 만나게 해달라는 의뢰일 것이라고 생각했다. 처음 있는 상황이라 아유미도 잠시 말을 잃었다.

그리고 잠시 뒤 물었다.

"알겠습니다. 하지만 우에카와 씨가 사메카와 씨를 만나줄지는 보장할 수 없습니다. 그러면 우에카와 씨가 돌아가신 날짜는…."

"덴쇼 15년입니다. 도요토미 히데요시가 교토에 '주라쿠다이聚

楽第'라는 대저택을 완성한 그해지요. 우에카와 씨는 마을의 하나부터 열까지 구석구석 정성을 다해 살폈습니다. 자녀가 없어, 집안의 대를 잇는 일도 형제에게 물려준 검소한 노인이었다고 전해지고 있습니다."

아유미는 정신이 아득했다.

덴쇼 15년이라니. 얼마나 먼 과거인지 짐작도 가지 않았다. 당혹해하는 아유미를 눈치챘는지 사메카와가 설명을 계속했다.

"덴쇼 15년은 1587년입니다. 그해 9월 7일에 우에카와 씨가 세상을 떠났다는 기록이 있습니다."

"400년이 넘었군요."

"그렇지요."

고개를 끄덕이는 아유미에게 갑자기 사메카와가 질문했다.

"이런 의뢰는 처음입니까?"

어쩌면 어려울지도 모른다고 걱정하는 심정으로 한 말이었을까? 하지만 말과는 반대로 사메카와의 얼굴에는 묘한 즐거움이 깃들어 있었다.

"이런 의뢰를 하는 사람은 나밖에 없지요?"

그렇게 말한 사메카와가 몸을 앞으로 쑥 내밀자, 목에 맨 넥타이도 생동감 있게 흔들렸다.

"아아, 네에."

아유미는 그의 열정에 순간 멈칫하며 대답했다. 이렇게 천정이 높은 개방형 구조의 카페에서는 아무래도 주변의 시선이 신경 쓰인다. 주위를 둘러보려는 아유미의 관심을 빼앗기지 않으려는 듯 사메카와가 다시 한번 말했다.

"역사 속 인물과 만나고 싶다는 의뢰는 혹여 생각한 적이 있는 이가 있다고 해도, 그건 아마도 잠깐 떠오른 변덕스러운 마음일 겁니다. 하지만 말이요, 저는 다릅니다."

두꺼운 렌즈의 안경과 소매에 고무줄이 들어간 삼베 셔츠. 아직 봄인데도 그는 이마에 땀을 뻘뻘 흘리고 있었다. 손수건으로 부지런히 땀을 닦는 그는 감정이 고조된 탓인지 손가락에 하얗게 힘이 들어가 있었다.

그런 사메카와의 기세에 흠칫하면서도, 아유미는 어쩌면 당연하다는 생각도 들었다.

아유미도 그런 생각을 한 적이 있다. 세상을 떠난 사람과 만난다는 것은 다시 말해 같은 시대를 살 수 없었던 과거의 사람과도 만날 수 있다는 얘기다. 역사 속 인물은 그중 가장 적절한 존재일 것이다. 많은 사람이 '만약 역사 속 누군가와 만날 수 있다면'이라는 가능성을 떠올릴 것이다.

아유미도 동경하는 위인이나 좋아하는 연예인이 있다. 하지만 단 한 번밖에 없는 기회를 오로지 자신의 흥미를 위해 사용할 수 있을지는 또 다른 이야기다. 일면식도 없는 사람을 위해 필사적으로 츠나구를 찾아 헤매는 사람은 거의 존재하지 않는다. 하지만 사메카와는 그런 열정으로 츠나구를 찾아 헤매다 결국 츠나구까지 도달했다.

사메카와가 눈을 반짝이며 격식을 차린 어조로 질문했다.

"어떤가요. 당신은 아직 젊어 보이는데, 혹시 저처럼 의뢰한 사람이 있었습니까?"

"제가 알기로는 없었습니다. 말씀하신 대로 역사 속 인물을 떠올리는 사람은 물론 있겠지만, 행동으로는 옮기는 사람은 없는 게 아닐까요?"

아유미는 이번 의뢰가 '인연'으로 이어졌다는 것 자체가 어쩐지 신기하게 느껴졌다.

"흐음."

사메카와가 고개를 끄덕이더니 갑자기 김이 빠진 표정으로 말했다.

"그런 어리석은 사람은 없었습니까? 에이, 시시하군요. 어떻게 됐는지 결말을 듣고 싶었는데."

"어리석은 사람? 사메카와 씨는 역사 속 인물을 만나고 싶다고 하셨잖아요."

"아뇨, 저는 다릅니다. 철저하게 준비하고 왔으니까요. 제가 말한 어리석은 사람이란, 아무런 각오나 준비 없이 몇백 년 전의 사람과 만나고 싶다고 가볍게 생각하는 사람을 말합니다. 그저 좋아한다는 이유로 헤이안 시대의 작가인 무라사키 시키부를 만나고 싶다거나, 전국 시대의 인물인 오다 노부나가를 만나게 해달라는 그런 사람들이요.”

그런 역사 속 인물들은 의뢰인이 원한다고 해도 아마 그들이 만나주지 않을 것이다. 그들이 살던 시대에도 츠나구가 있었는지, 만약 있었다고 하더라도 츠나구가 어떤 상황이었는지 아유미는 알 수 없다. 하지만 무라사키 시키부나 오다 노부나가 정도의 인물이라면 이미 츠나구를 통해 다른 누군가와 만났을 가능성도 크다. 역사 속 인물들도 죽은 후에는 역시 가족이나 연인, 혹은 가까운 누군가와 만나고 싶을 것이다. 그들이 시대를 뛰어넘어 팬과 만나는 장면은 아유미의 머릿속에 그려지지 않는다.

그때 사메카와가 말했다.

“그런 사람들은 아마 만나도 후회할 겁니다. 그 시대는 분명 지금과 말이 다를 테니까요. 아마도 외국인을 만난 것 같겠지요.”

‘아.’

아유미는 마음속으로 짧게 탄성을 내뱉었다. 동시에 사메카와가 자신의 전공을 고전이라고 소개했던 것이 떠올랐다. 아유미가 학교에서 배운 고전은 분명 ‘국어’였다. 몇백 년 전의 언어, 지금과는 다른 ‘일본어’였다.

“똑같은 일본이라는 나라의 언어라고 할지라도 몇백 년의 시간이 흐르면 언어는 변합니다. 최근에는 드라마나 만화에서도 다양한 시대의 일본을 다루는데, 작품에 등장하는 인물들이 모두 현대의 일본어를 사용하니, 사람들은 실제로 과거의 인물을 만나도 바로 대화할 수 있다고 믿어버리지요. 하지만 그건 현대인의 근거 없는 자신감입니다."

"아아, 네."

아유미는 사메카와가 왠지 자신을 꾸짖는 것 같았다. 그런 것을 생각해 본 적도 없었다. 조용히 고개를 끄덕이는 아유미가 만족스러웠는지 그는 말을 계속했다.

"예를 들어 오늘날의 우리에게도 친숙한 햐쿠닌잇슈(일본의 고전 시가로, 시인 백 명의 노래를 한 수씩 모은 작품집)는 굉장히 오래전부터 전해 내려오는 가곡집입니다. 사실 당시에는 가락도, 발음도 전혀 달랐다고 합니다. 연구자들이 만든 그 시대의 발음으로 읽는 햐쿠닌잇슈도 있으니 들어보면 분명 재미있을 겁니다."

"어떤 식인가요? 요즘 들을 수 있는 녹음된 노래도 일상에서는 듣지 못한 독특한 발음이라고 생각했는데요."

"뭐랄까요, 전혀 다릅니다. 이해가 안 되는 것은 아니지만, 마치 장난치는 것처럼 들린다고나 할까요."

"오호, 그렇군요."

아유미는 감탄과 동시에 의문도 샘솟았다.

"그런데 당시에 그렇게 발음했다는 걸 어떻게 아나요? 들은 사람도 없는데."

"그건, 지금 처음부터 하나하나 설명하면 굉장히 길어집니다. 많은 연구를 학자들이 오랜 기간 쌓아온 결과지요."

당시에는 녹음 수단도 발달하지 않았고 당연히 그 시대부터 지금까지 살아온 사람도 없으니 신기하다는 생각에 던진 질문일 뿐이었지만, 아유미가 괜한 트집을 잡는 것처럼 들렸는지 사메카와가 욱하며 대답했다.

"어쨌든."

그리고 말을 이어 나갔다.

"제가 만나고 싶은 사람은 제가 살던 마을의 옛 지도자인 우에카와 가쿠만입니다. 저는 우에카와 씨가 내린 결단으로 그 마을에서 천수를 누린 농민의 자손입니다. 만약 그가 농민들이 자유롭게 전쟁에 나가도록 허락했다면 저는 어쩌면 이 세상에 존재하지 않았을지도 모르지요."

"그에 대해 감사 인사를 전하고 싶으십니까?"

"그것도 물론 그렇지요. 하지만 그보다 전 우에카와 가쿠만을 연구하는 사람입니다."

그렇게 말한 사메카와가 어깨를 폈다.

"전 어렸을 적부터 할아버지와 할머니 그리고 부모님께 우에카와 가쿠만의 그런 훌륭한 결단에 대해 자장가처럼 듣고 자랐습니다. 그래서인지 누가 시킨 것도 아닌데 어렸을 때부터 우에카와 가쿠만을 연구해왔지요. 이렇게 보여도 우에카와 씨 덕분에 고향의 대학에서 강연도 하고 지역 박물관에서 가이드도 하고 있습니다."

"네."

"하지만 그렇게 평생에 걸쳐 우에카와 씨를 연구해왔는데도 도저히 이해할 수 없는 두 가지 의문점이 있습니다."

"의문이요?"

"네."

사메카와가 고개를 끄덕였다. 다시 눈빛이 뜨거워졌다.

"첫 번째는 전해지는 이야기처럼 우에카와 씨가 농민을 전쟁에 내보내지 않았다는 것에 관한 의문입니다. 당시 대영주였던 우에스기 가문에 반대하면서까지 농민의 전쟁 참전을 금지했다는 것은 오늘날의 평화주의 관점에서 보면 용기 있는 결단이지만, 당시에는 몹시 어리석은 행동이었겠지요. 겁쟁이나 배신자라는 비난은 피할 수 없었을 것입니다."

"네."

"그런데도 어째서 그 결정이 옳다고 생각했는지, 우에카와 씨의 결단은 당시로서는 너무나도 신선하고 현대적입니다. 당시에 어떻게 그런 판단을 내릴 수 있었는지, 또 왜 그런 판단을 내리려고 했는지 연구자들 사이에서는 오랜 기간 수수께끼로 남아 있습니다. 그의 뒤를 봐준 어떤 존재가 있었을 것이라며 계속 탐구하고 있는 것이지요."

"그렇군요."

"그리고 다른 하나는 그가 남긴 노래입니다."

"노래요?"

"우에카와 가쿠만이 남겼다는 몇 가지 노래가 있습니다. 그중에 이런 노래가 있어요."

생각만으로도 그리움에 사무치는 그대,
그러나 무엇을 바라리오.
여전히 그대로인 내 모습이 애처롭구나.

사메카와가 평생에 걸쳐 우에카와 가쿠만을 연구했다는 것은 사실일 것이다. 허리를 곧게 편 아유미는 목울대를 움직이며 낭랑하게 노래를 낭독하는 사메카와의 모습을 넋을 잃고 바라보았다. 그는 수첩이나 메모장도 없이 노래를 암기하고 있었다.

"어떻습니까. 엄청나게 훌륭하지는 않지만, 우에카와 씨가 남겼다고 전해지는 노래입니다."

"아, 이게 훌륭한 노래가 아닌가요?"

아유미와 같은 보통 사람은 크게 의심하지 않고 고전문학 시간에 배우는 문장을 당연히 아름답다고 생각해 버린다. 그래서 노래의 우수성까지는 잘 알지 못한다. 사메카와가 아유미의 시선을 마주치지 않은 채 대답했다.

"뛰어난 노래는 아닙니다. 우에스기 겐신은 와카(일본의 전통적인 정형시)에 능한 인물이었기에 가신들도 와카를 배우고, 교토의 귀족 계급과 관계가 깊은 사람도 많았습니다. 가쿠만도 그런 우에스기가 지배하던 시절에 살았으니 어렸을 때부터 와카에 친숙했겠지요. 하지만 이 노래는 너무나도 헤이안 시대(일본 역사의 시대 구분 중 하나로, 794년부터 1185년까지의 시기)의 낭만을 끌어온다고나 할까요. 그래서 당시 시대와는 맞지 않는 시대착오적인 작품이라고 생각합니다."

"그…렇습니까."

아유미는 전국 시대에 있었던 헤이안 시대의 영향을 시대착오라고 표현하는 것이 잘 이해가 되지 않았지만, 아는 사람이 보면 그럴지도 모른다고 생각했다.

"이것은 사랑 노래라고 할 수 있습니다. 우에스기 겐신이 어렸을 적 겪었던 사랑의 추억을 읊었다는 노래, '생각만으로도 가슴이 아려오는 그대, 그러나 무엇을 바라리오. 이미 내 마음은 신께 모두 바쳤는데.'를 본떠 만들었다고 여겨집니다."

와카의 세계에 기존 노래를 일부 모방하여, 그 노래를 연상시키면서도 깊이가 느껴지도록 하는 '혼카도리'라는 기법이 있다는 것을, 아유미도 학생 시절 고전문학 수업에서 배워 대충은 알고 있었다.

"우에카와 씨의 노래는 '나는 사랑에 애를 태우고 있지만, 당신

만은 나처럼 괴로워하지 말고 당신답게 살아가길 바란다. 아무것도 하지 않고 살아가는 내 처지가 처량하다.'라고 해석할 수 있습니다. 모방한 우에스기 겐신의 노래에서 볼 수 있는 깊은 신앙심이 옅어지고, 대신 우에카와 씨의 인간다움을 엿볼 수 있는 노래지요."

"그렇군요."

사메카와가 진지한 눈빛으로 아유미를 바라보았다.

"그런데 여기서 의문이 생겼습니다. 왜냐하면 우에카와 가쿠만의 인생에는 이 노래에 등장할 만한 여성이 존재하지 않기 때문입니다."

"결혼은 했…."

"결혼은 했지만 아내는 우에카와 씨가 이렇게 뜨거운 사랑을 노래할 만한 대상은 아니라고 생각합니다."

사메카와가 단호하게 고개를 저었다.

"우에카와 씨는 훌륭한 지도자였지만 자녀가 없었습니다. 다른 누군가 숨겨 놓은 상대가 있었다거나, 아니면 당시 군주나 스승, 제자와의 관계에 대해 읊었다는 설도 있습니다만, 저는 그 무엇도 납득할 수 없습니다."

"다른 연구자들은 사메카와 씨의 의견에 대해 뭐라고 하십니까?"

잘은 모르지만, 사메카와처럼 지역 역사 연구에 열정을 기울이는 사람은 많을 것이다. 그의 말을 들어보면 우에카와 가쿠만을 연구하는 사람은 사메카와 한 사람뿐만은 아닌 듯했다.

사메카와가 몹시 불만이라는 듯 표정을 일그러뜨렸다.

"다른 연구자들은 아내일 것이라고 하더군요. 이 노래를 읊었을 때의 마음은 그렇지 않았을지도 모르지만, 아내와 만난 지 얼마 안 됐을 때를 회상한 노래라고 말이지요. 다들 시간이 많이 흐른 뒤, 과거를 추억한 노래가 아니냐고 추측했습니다."

"그러면…."

"하지만 저는 그들과 다르게 해석합니다. 우에카와 가쿠만이 떠올린 추억은 여성을 가리키는 것 같지만 사실 여성이 아닌 거지요. 저는 특정 대상을 위해 이 노래를 만들었다고 생각하지 않습니다."

사메카와에 압도된 듯 아유미가 입을 다물었다. 사메카와는 이야기를 멈추지 않았다.

"우에카와 씨가 남긴 글 중에 그의 필적으로 전해지는 다른 노래가 몇 가지 있습니다만, 사랑 노래는 오직 이것 하나뿐입니다. 그래서 저는 이 노래에서만 뜨거운 사랑을 얘기한다는 게 이해가 가지 않습니다. 누구를 그린 노래일까, 당시의 우에카와 씨에게는 그런 상대가 없었을 텐데 하고 말이지요. 그래서 저는 우에카와 씨가 사랑을 가장해 '백성'이나 '마을'에 대한 마음을 노래한 것이 아니냐는 결론에 이르게 되었습니다."

"'백성'이나 '마을'을요?"

"네, 이 노래는 고뇌가 많았던 우에카와 씨가 마을의 백성을 배려해 그 괴로움을 보여주지 않으려 했다는 명백한 증거입니다. 저는 이 노래가 역사 속 훌륭한 지도자도 자신이 생각하는 대로만 행동하는 게 아니라, 사실은 깊이 갈등하고 고민했다는 증거라고 생각합니다. 솔직히 고백하자면, 이 결론에 도달했을 때 머리에 벼락을 맞은 줄 알았습니다."

"아아, 네."

솔직히 아유미에게는 확 와닿지 않았지만, 흔들림 없는 사메카와의 목소리는 아까보다 더 흥분해 있었다. 그에게 잔소리를 듣기 싫었던 아유미는 다시 한번 용기를 내어 맞장구를 쳤다.

"다시 말해 사랑은 아니었다, 그 말씀이시죠?"

"그렇죠."

사메카와가 고개를 끄덕였다.

"그래서 우에카와 가쿠만 씨에게 제 가설이 맞는지 물어보고 싶습니다. 직접 물어볼 수만 있다면 죽어도 상관없다는 각오로 오늘 여기에 왔습니다."

사메카와가 다시 아유미를 가만히 바라보았다. 그는 한층 더 신비로운 표정을 짓고 있었다.

"만약 우에카와 씨를 만날 수 있다면 지금까지 해온 모든 연구를 내던질 각오로 임하고 싶습니다. 우에카와 씨와 이야기할 수 있도록 당시의 언어를 최대한 다시 공부하고 연구하려 합니다. 부디 잘 부탁드립니다."

아유미가 안미쓰의 삼 분의 일도 먹지 않을 동안, 사메카와의 그릇에는 이미 아무것도 남아 있지 않았다. 깔끔하게 먹었다고는 할 수 없지만, 접시에 내려둔 숟가락에는 어느새 냅킨이 다시 씌워 있었다.

"알겠습니다."

아유미가 고개를 끄덕이자 사메카와의 표정이 밝아졌다.

"다만. 꽤 오래전에 돌아가신 분이니 우에카와 씨가 의뢰를 수락할지는 저도 장담할 수 없습니다. 어쩌면 다른 분을 이미 만났을 가능성도 있고…."

"아, 고맙습니다. 고마워요. 당신은 참 멋진 분이네요."

아유미의 말이 끝나기도 전에 사메카와가 천진난만하게 말했다. 가슴에 손을 모으고 아유미에게 공손히 절을 하려는 사메카와의 모습에 아유미가 당황하며 두 손을 세차게 흔들었다.

"아, 이러시면 곤란합니다."

교섭하고 결과를 통보하는 의뢰에 관한 사항을 몇 번이나 확인한 뒤, 아유미는 전국 시대 자료 박물관 앞에서 사메카와와 헤어졌다. 오늘 밤 신칸센을 타고 니가타로 돌아간다는 사메카와를 배웅하며 아유미는 작게 한숨을 내쉬었다.

그러고 보니 사메카와는 비용을 걱정하지 않았다. 츠나구의 일을 하다 보면 의뢰인이 반드시 한 번은 꺼내는 말이다. 의뢰하는 데 필요한 비용을 묻거나 무언가 사례를 하고 싶다거나.

하지만 사메카와는 츠나구의 존재를 의심하는 기색도 없었을 뿐더러 사례에 대해서는 생각도 하지 않는 것 같았다. 아유미가 비용에 관해 말하면 사메카와는 기꺼이 내겠지만, 그는 인색한 사람이라기보다 그냥 당연히 무료라고 생각하는 듯했다.

'나쁜 사람 같지는 않지만 조금 특이한 분이구나.'

아유미는 멀어져가는 사메카와의 뒷모습을 바라보며 그렇게 생각했다.

4

사메카와와 헤어진 그 날은 아유미가 안나를 보러 아키야마 가문의 본가에 방문하기로 한 날이었다. 할머니가 남긴 츠나구 업무는 원래 아키야마 가문이 오랫동안 담당하고 있었기에 의뢰가 있을 때마다 하나하나 아키야마 가문에 보고하고 있었다. 면회 장소인 호텔의 예약도 아키야마 가문에서 책임지고 관리하기 때문이다.

아유미가 도착하니 아키야마 가문의 현 당주인 안나는 넓은 집의 방 하나에 누워 텔레비전을 보고 있었다. 안나 나이 또래의 아이들에게 인기 있다는 특수 촬영 히어로 드라마다.

방에 들어온 아유미를 발견한 안나가 텔레비전을 끄고 몸을 일으켰다.

"아유미 오빠, 왔어?"

"응. 다녀왔어."

아유미는 회사에 입사하면서부터 할머니와 작은아버지, 작은어머니와 함께 살던 집을 나와 회사 근처로 독립했다. 하지만 작은아버지 가족들도, 안나의 가족들도 집에 방문한 아유미를 손님처럼 대하지는 않는다. 아유미는 언제나 자신을 당연하게 맞이해 주는 곳이 있다는 것에 감사해하며, 그들의 호의를 고마운 마음으로 받아들이고 있다.

아키야마 가문의 본가에는 현재 안나와 안나의 부모님이 살고 있다. 예전에는 진외종조부와 그의 장남인 안나의 할아버지도 함께 살았었다. 그런데 안나의 할아버지는 진외종조부가 안나를 후계자로 지명하자 "내 소임을 다했다."라고 말하면서 점술 일을 그만두고, 지금은 시즈오카현 아타미에 집을 짓고 한적하게 지내고 있다.

오늘은 안나의 부모님 두 분 모두 출장 중이었다.

"부모님 따라서 안 갔어?"

"학교에 가야지."

아유미의 질문에 안나가 시무룩한 표정으로 흘끗 아유미를 쳐다보며 대답했다.

"아빠랑 엄마와는 다르게 저는 학교에 가야 한답니다. 의무 교육을 받고 있거든요."

"아, 그렇구나."

학교를 쉬고 부모님을 따라가는 방법도 있을 텐데, 안나는 의외로 고지식하고 진지한 부분이 있다. 안나는 또래 아이들에 비해 어른스럽고 영리했다. 진외종조부인 아키야마 사다유키의 증손이니 어쩌면 당연한 것일지도 모르지만, 솔직히 아유미도 안나에게 말로 꼼짝 못 하고 쩔쩔매는 경우가 많다.

안나와 대화를 나누다 보면, 아유미는 항상 안나가 2회차 인생을 사는 것 같다는 느낌을 받는다. 이미 인생을 한 번 경험한 다른 누군가가 안나의 몸속에 들어와 있는 것 같다. 진외종조부나 아유미의 할머니, 아이코와 같은 사람이—.

정원이 깔끔하게 정돈된 아키야마 가문의 본가. 안나의 부모님이 집을 비울 때도 언제나 가정부와 집사들이 안나를 돌봐주고 있다. 아유미가 앉자마자 가정부가 따뜻한 차를 내왔다.

"고맙습니다."

하지만 차와 화과자가 놓인 아유미와 달리 안나의 앞에는 빨대를 꽂은 콜라가 놓였다.

"이번 의뢰인은 어땠어?"

"그게…."

아유미가 사메카와에 대해 요점만 간추려 간단하게 얘기하자 안나가 눈을 반짝였다.

"오호."

그리고 흥미진진하다는 듯 감탄했다. 안나에게는 흔치 않은 반응이었다.

"일단 우에카와 씨가 만나줄지 어떨지는 모르겠지만 교섭은 해볼 생각이야. 이미 누군가가 벌써 만나버렸을 가능성도 크지만."

"아니, 그런 경우엔 거울이 빛나지 않아."

아유미는 망자와 교섭할 때 할머니에게 물려받은 거울을 사용한다. 달 아래 거울을 든 손을 올리면, 그 위에 모인 빛의 입자가 형상을 만들어내며 나타나는 망자와 교섭을 진행한다.

지금까지 망자가 이미 다른 누구를 만나버린 경우는 한 번도 없었다. 할머니의 말에 의하면 그때는 거울이 빛나지 않아 교섭조차 할 수 없다고 했다. 그리고 의뢰인에게는 그 사실을 그대로 전달한다.

"흐음."

빨대로 콜라를 쭉 빨아들인 안나가 손으로 턱을 괴었다.

"사메카와 씨라는 그 할아버지랑 꼭 만나게 해주고 싶다. 평생을 연구한 사람과 만날 수 있다니, 그건 동경하는 사람과 만나는 거잖아."

"그건 그렇지."

안나가 학교에서 벌써 전국 시대를 공부했다고는 생각할 수 없지만, 그래도 어느 정도 역사에 대한 지식이 있는 것 같았다.

"그 할아버지가 실망하진 않았으면 좋겠네"

아유미의 걱정을 아랑곳하지 않은 안나가 말을 계속 이었다.

"의뢰인은 망자를 만날 수만 있다면 죽어도 좋다고 말했지만, 역사로 전해지는 인물상과 실제 인물은 당연히 다를 수 있어. 그 할아버지가 가지고 있는 이미지도 있을 테니까, 그 마음이 배신당해서 할아버지가 실망하지 않았으면 좋겠어."

"그것까지 각오하고 만나고 싶다고 찾아온 게 아닐까? 연구자라고 했으니 그 정도는 알고 있을 거야."

아유미는 안나가 '인물상'이라는 단어를 알고 있다는 것에 감탄하며 대답했다.

하지만 아유미는 안나가 무슨 걱정을 하는지도 알 것 같았다. 사메카와는 확실히 신념이 강한 사람이다. 와카 하나를 해석하는 데도 개인적인 감상이 다분히 포함된 느낌이었다.

"아유미 오빠, 그래서 어떻게 할 거야?"

"뭘?"

"교섭할 때 하는 말."

그러면서 안나가 아유미 앞에 놓인 화과자를 가리키며 안 먹냐고 물었다.

"응, 안나 네가 먹어."

방금 사메카와와 안미쓰를 먹고 온 아유미가 안나 쪽으로 그릇을 밀었다.

"야호!"

그릇을 받아 든 안나가 기쁜 듯 박수를 쳤다.

"교섭할 때, 아유미 오빠는 우에카와 씨랑 대화해야 하잖아. 그러고 보니 언젠가 키우던 강아지와 만나고 싶다는 의뢰가 있었다고 들었는데?"

"강아지?"

"응, 증조할아버지가 츠나구였을 때."

화과자를 한 입 베어 문 안나가 검지를 턱에 대고 무언가를 떠올리려는 표정을 지었다.

"증조할아버지도 의뢰인에게 이유를 물었더니, '이유가 필요한가요?'라는 대답을 들어서 수락했다고 하셨어. 그러면서 이유 없이 그냥 만나고 싶은 마음도 알 것 같다고 하시더라고. 그리고 동물도 인간의 언어로 말할 수 있는 옵션 기능이 있었다면 츠나구의 힘은 더욱 강해졌을 거라고."

"그거 엄청난 이야기네."

보통 일반적으로 절대 실현 불가능한 면회인데 심지어는 기적을 바란다. 터무니없는 생각일지 모르겠지만 아유미도 조금은 상상할 수 있었다. 그래서 그 만남이 정말 이루어졌길 바랐다.

"그렇지?"

"그래서 그 의뢰는 어떻게 됐어?"

"안타깝지만 면회는 이루어지지 않았나 봐. 역시 만날 수 있는 건 사람뿐인지, 그때도 거울은 빛나지 않았다고 했어."

안나는 아직도 우물우물 입을 움직이고 있었다.

"그래서 아유미 오빠는 어떻게 할 거야?"

"츠나구에 그런 굉장한 옵션 기능이 있다면 얘기가 다르지만, 이번 의뢰는…, 글쎄. 옛날에 사용하던 언어가 지금과 다른데 오빠는 말할 수 있어? 우에카와 씨가 살던 시대의 말을 모르면 교섭할 때 힘들지 않을까?"

"아, 그건 문제없어."

아유미가 고안한 방법은 아니지만 안나의 말에 자신감 있게 고개를 저었다. 의아한 표정으로 오물거리던 입을 멈춘 안나에게 아유미는 한 통의 편지를 꺼내 보여주었다. 편지에 적힌 발신인의 이름을 본 안나가 이해했다는 표정을 지었다.

"그렇구나, 편지로 전한다는 거네."

거친 붓글씨로 '우에카와 가쿠만님께'라고 쓴 편지는 오늘 사메카와와 헤어질 때 그에게서 받은 것이다. 교섭할 때 이 편지를 우에카와 가쿠만에게 보여주라며 아유미에게 건네주었던 것이다. 편지 안에 무슨 내용이 적혀 있는지 아유미도 열어보진 않았다. 일반 편지지나 봉투가 아닌 대하드라마에서나 볼 법한 전통 종이를 이어 붙여 접은 편지는 제법 두께가 있었다.

"정말 대단한 열정이다."

기분 탓인지 편지를 달라고 해서 받아든 안나의 손동작이 경의를 표하듯 정중하고 공손해졌다.

"두 사람이 꼭 만났으면 좋겠다."

안나의 말에 아유미도 고개를 끄덕였다. 돌려받은 편지를 가방에 넣으려다 살짝 열린 틈으로 아유미의 시선이 지금 제작 중인 장난감 샘플에 꽂혔다.

"아, 그렇지. 이번에 기획한 장난감이 상품으로 나올 것 같아. 거북이 모양 장난감인데 지금 색 때문에 고민하고 있어. 한번 볼래?"

다리를 조작하면 소리를 내며 걷는 거북이 장난감은 도리노 공방에서 등껍질을 빨강, 파랑, 노랑 세 가지 색으로 샘플을 만들어주었다.

"초록색."

아유미가 장난감을 꺼내려던 순간, 장난감을 한 번도 본 적이 없는 안나가 말했다. 아유미는 깜짝 놀라 고개를 들었다.

빨강, 파랑, 노랑은 있지만 초록색은 없다. 그렇게 말하려던 아유미를 향해 안나가 생긋 웃었다.

"거북이의 등껍질 색으로 고민 중이라면 당연히 초록색이지!"

"하지만 초록색은 없는데."

"그럼 새로 만들면 되잖아. 실제 거북이랑 크게 다른 빨간색이

나 파란색은 애들 속임수 같다는 생각이 들어.”

안나가 건방지게 말하면서, 속으로 울컥해하는 아유미의 손에서 거북이 장난감을 낚아채듯 가져갔다.

“오, 귀여운데?”

안나가 거북이 다리를 팔딱팔딱 움직이며 아이 같은 얼굴로 천진난만하게 웃었다.

5

며칠 뒤 우에카와 씨와 무사히 교섭을 마친 아유미가 업무 중 잠시 짬을 내어 사메카와에게 전화를 걸었다. 계속 자신의 연락을 기다린 것인지, 식사 때였지만 전화는 통화연결음이 한 번 울리더니 바로 연결됐다.

아유미의 목소리에 수화기 너머로 자세를 바르게 하는 기척이 느껴졌다. 사메카와가 살짝 긴장한 목소리로 물었다.

“뭐라고 하던가요?”

“만난다고 합니다.”

아유미의 말에 사메카와가 숨을 삼켰다.

아유미는 우에카와의 긍정적인 답변을 사메카와에게 전할 수 있어 다행이라고 생각하며 말을 이었다.

“지금부터 면회 일정에 관해….”

"알겠습니다. 때마침 지역 박물관의 가이드 일을 일주일에 몇 번이나 해야 할지 조율하던 중이었는데 정말 다행입니다. 방문객이 많은 주말만이라도 해달라고 해서 지금 논의하고 있던 참입니다."

수화기 너머로 기쁨과 떨림이 한 박자 늦게 찾아온 듯한 목소리가 전해졌다. 바스락바스락 종이를 준비하는 소리가 들리고 사메카와가 숨을 삼킨 뒤 말했다.

"저기…."

"네, 말씀하세요."

"우에카와 가쿠만 씨가 제 편지를 읽으셨나요?"

"네."

거울 위에 희미하게 모인 빛의 입자 속에 우에카와 가쿠만으로 추정되는 사람이 모습을 드러냈다. 언제 적의 모습인지 홀쭉하게 야윈 노인이었다. 전국 시대의 영주라는 말을 듣고 우락부락한 분위기를 상상했는데, 예상과 달리 우에카와는 빛이 바랜 갈색 기모노를 입고 있었다.

아유미는 다른 교섭을 할 때보다 더 긴장된 목소리로 말했다.

"안녕하세요."

그렇게 인사한 아유미가 형식적인 내용을 현대 언어로 천천히 설명해나갔다. 안나의 말처럼 츠나구의 옵션 기능이 실제로도 존재하는지 어떤지는 잘 모른다. 다만 우에카와 가쿠만은 피하고 싶을 만큼 올곧은 시선으로 아유미 쪽을 뚫어지게 바라보고 있었다. 아유미는 본인의 말이 조금은 전해지고 있다고 느꼈지만, 그것도 아유미가 그저 마음대로 한 해석일 뿐이다.

"의뢰인이 전해달라고 부탁받은 편지입니다."

아유미가 우에카와에게 사메카와의 편지를 건넸다.

면회 때는 실체를 가진 모습으로 나타나는 망자지만 교섭 단계에서 망자에게 물건을 건네는 것은 아유미도 처음이었다. 하지만 우에카와는 확실히 그 편지를 받아 들었다.

우에카와는 아무 말 없이 편지를 읽었다. 그리고 아유미의 눈을 보며 천천히 턱을 깊게 당겼다.

"만난다는 말씀이신가요?"

아유미의 질문에 우에카와가 다시 고개를 끄덕였다. 그의 입에서 긍정의 소리가 새어 나오는 것 같았다.

자신의 편지를 읽었다는 말에 수화기 너머로 사메카와가 낮게 신음하는 소리가 들렸다. 그게 어떤 감정인지 아유미는 짐작할 수 없었지만, 아마도 감동으로 벅차오른 듯 분명하지 않은 소리였다.

아유미는 핸드폰을 손에 든 채 사메카와가 진정하기를 기다렸다. 잠시 뒤 사메카와가 입을 열었다.

"고맙습니다."

"아닙니다."

"감사합니다, 정말 감사합니다."

똑같은 말만 반복하던 사메카와가 코를 훌쩍이는 소리가 들렸다. 그리고 안정을 찾은 듯 아유미에게 물었다.

"어디로 가면 될까요?"

6

사메카와 고헤이는 둔한 사람은 아니었다.

츠나구와의 면회 장소로 향하던 길.

신칸센 안의 화장실 거울 앞에 섰다. 사메카와는 세차게 뛰는 가슴을 진정시키며 넥타이를 조절했다. 오늘을 위해 깔끔하게 자른 하얗게 센 머리를 단정하게 빗어넘기고 모자를 고쳐 썼다. 교장 선생으로 근무했던 고등학교를 떠나며 받은 퇴직금으로 큰맘 먹고 마련한 정장을 오랜만에 꺼내 입은 것이다.

사메카와는 둔한 사람이 아니다. 오늘이 아마도 자신의 인생에서 가장 멋진 날이 된다는 것을 알고 있다는 게 그 증거다.

검소하고 성실하며 견실한, 고전밖에 모르는 바보.

사메카와는 어렸을 적부터 사람들이 자신에게 했던 말을 어느 정도 공감했다. 학문은 굉장히 좋아하지만, 흥미가 없는 분야에 대해서는 거들떠보지도 않는 성격이었다.

점점 더 좋아지는 마음에 책을 읽고, 역사를 공부하고, 고서를 읽으며, 선생님이 된 것까지는 좋았다. 하지만 그쯤 되니 자신을 보는 주변 시선이 달라져 있었다. 학생들도, 학부모들도, 다른 선생님들도 사메카와를 '독특한 사람'이라고 생각했다.

사메카와는 학생들이 뒤에서 '사메카와 선생님'을 줄여 '사메쌤'이라는 별명으로 부르고, "사메쌤은 결혼도 안 했어."라며 소문을 내고 다닌다는 것도 알고 있었다. 결혼하지 않은 자신을, 마치 다른 사람들은 다 하는 당연한 일을 하지 않는 사람의 상징으로 여기는 것 같았다. 부모님이 세상을 떠나고 형제도 결혼하여 독립하자, 사메카와에게는 친척은 있어도 가족은 없었다. 자신을 도저히 이해할 수 없는 사람으로 보는 주변의 시선은 예전부터 느끼고 있었다.

사메카와는 둔하지 않았다. 그는 그저 필요하지 않기 때문에 가족을 만들지 않는 것뿐이었다.

"좋은 교장 선생님이긴 한데 조금 독특하시네요."

사메카와는 그 말의 이면에 자신이 좋아하고 몰입하는 지역의 역사나 서적 등은 실생활에 아무런 도움이 되지 않는다는 비웃음이 담겨 있는 것처럼 느껴졌다.

주변 사람들은 기가 막히면서도 걱정이 되는 듯 사메카와에게 인생의 즐거움이 무엇이냐고 물었다. 마치 자신을 외로운 사람으로 보는 것 같았다. 하지만 사메카와는 고독하지 않았다. 오히려 스스로 너무나 즐겁고 자유로운 사람이라고 생각했다. 그래서 주변에서 뭐라고 하든지 크게 개의치 않았다.

자라온 마을의 역사를 되돌아보면, 어렸을 적부터 영웅담처럼 일화를 들은 우에카와 가쿠만이 있었다. 대학에서 전문적으로 연구를 계속하지는 않았지만 사메카와는 지역의 사정과 언어, 기후를 알고 있는 자신보다 우에카와 가쿠만의 인생을 공부하고 이해할 수 있는 사람은 존재하지 않는다고 생각했다. 특히 퇴직 후에는 우에카와 가쿠만의 고결한 삶의 태도에 한층 더 매료되었다.

그 와카가 사랑이나 애정을 읊은 노래가 아니라는 생각이 번뜩 떠올랐을 때, 사메카와는 운명이라고밖에 표현할 방법이 없다는 것을 느꼈다.

그 깨달음만으로도 분에 넘치는 행복이었지만, 그 후에 사메카와는 츠나구의 존재에 대해 알게 되었다. 큰 마을의 도서관이나 자료관에 보관된 자료를 할 수 있는 대로 찾아 헤매던 사메카와는 어느 문헌에서 츠나구의 존재를 확인했다.

사메카와는 세상을 떠난 사람과 만날 수 있다는 그런 신기한 이야기를 다루는 몇 가지 민화에서 묘한 공통점을 발견했다. 그리고 그때부터 츠나구를 찾는 데 열중했다.

사메카와는 실제로 츠나구에게 의뢰한 적이 있는 사람과 만날 수 있었던 것도 운명이라고 생각했다. 그 사람은 자신과 마찬가지로 시코쿠 지역의 작은 지역 박물관을 돕는 가이드 자원봉사자였다. 그는 츠나구를 통해 세상을 떠난 누이동생과 만났다고 했다.

그 사람을 통해 츠나구 연락처를 손에 넣었을 때, 사메카와의 머릿속에 떠오른 이름은 오직 한 사람뿐이었다. 그리고 사메카와는 그것이 외롭다고 생각되지 않았다. 자신에게 이렇게 깊은 마음을 품고 뒤를 따를 수 있는 사람이 존재한다는 사실이 매우 자랑스러웠다.

신칸센을 내려 환승해 시나가와역에 도착했다.

사메카와는 사람이 북적이는 곳을 그다지 좋아하지 않는다. 여든이 되기 전에는 어디든지 갈 수 있다고 생각했던 가벼운 다리가 이제는 분하게도 계단 오르기가 너무 힘들어졌다. 분명 살은 빠졌을 텐데 허벅지가 무겁게 느껴지고 조금만 계단을 올라도 숨이 찼다.

크게 숨을 내쉬고 마음을 가다듬었다.

츠나구와 만나기로 한 역 근처의 호텔 로비는 눈이 부실 정도로 휘황찬란했다. 사메카와는 이런 호텔에서 숙박해본 적이 한 번도 없었다.

하지만 오늘은 다르다. 츠나구에게 면회 장소가 이 호텔이라는 것을 안내받은 뒤, 사메카와는 직접 이 호텔의 숙박을 예약했다. 체크인 시간에 맞추어 호텔에 도착한 그는 프런트에서 숙박 카드를 작성했다. 들뜬 마음에 손이 미세하게 떨리며 글씨가 지저분해졌다.

오늘 밤 우에카와를 만난다는 흥분 때문이었다. 다른 사람에게 나이 탓이라고는 보이고 싶지 않아 사메카와는 코로 숨을 크게 내쉬고, 오른손에 왼손을 포개어 여러 번 문질렀다. 다행히 떨림이 잦아들어 숙박 카드의 빈칸을 무사히 채워 넣었다.

벨보이에게 짐을 방까지 옮겨달라고 부탁한 사메카와는 약속 시간인 7시까지 침대에 누워 있을 계획이었다. 눈을 감고 니가타에서 출발한 여정의 피로가 약속 시간 전까지는 풀리길 바랐다. 하지만 당연히 잠은 오지 않았고 결국 그대로 매무새만 단정하게 정리한 사메카와는 6시에 츠나구와 만나기로 한 1층 로비로 향했다.

잠시 뒤 츠나구 청년이 모습을 드러냈다. 면회 준비를 하고 있었는지 엘리베이터에서 내린 그는 이미 로비의 의자에 앉아 있는 사메카와를 보고 깜짝 놀란 모양이었다.

"안녕하세요. 벌써 와 계셨네요."

"네, 이 호텔에서 하룻밤 묵으려고 방을 잡았습니다."

이런 의뢰인은 흔치 않은지 츠나구 청년은 눈을 크게 떴다.

"특이한가요? 흔치 않은 경험이니 기념이 될 겁니다."

"면회 장소의 준비는 이미 끝났습니다. 우에카와 가쿠만 씨를 만나실 수 있습니다."

그의 말에 사메카와는 괜히 마음이 술렁이고, 피가 끓어오는 듯한 느낌이 들었다.

면회는 지금부터 아침까지.

아침 해가 뜨면 망자의 모습은 사라진다고 했다.

츠나구 청년은 로비에서 기다릴 테니 면회가 끝나면 내려와 달라고 했다.

그가 당부하는 말을 들은 사메카와는 천천히 고개를 끄덕이며 대답했다.

"알겠습니다."

"면회를 마치고 깜빡하고 제 방으로 돌아가지 않도록 조심하겠습니다."

"네. 부탁드립니다."

츠나구 청년도 작게 웃었다.

면회를 위해 준비된 방은 사메카와가 머무는 방보다 두 층 위인 11층이었다. 카드키를 건네받은 사메카와는 아까 자신의 방에 들어갈 때 시간이 걸렸던 것을 떠올리며 역시 방을 예약해 두길 잘했다고 생각했다.

츠나구 청년과 함께 탄 엘리베이터가 11층에 도착했다. 청년이 돌아가고 숫자가 적힌 호텔 방문을 확인한 사메카와는 심호흡을 했다. 막상 만남 시간이 다가오니 역시 긴장이 됐다. 떨리는 손을 꽉 쥐었다.

우에카와 가쿠만과 순조롭게 대화를 이어 나갈 수 있을지는 알 수 없다. 만반의 준비를 하고 오긴 했지만, 저도 모르게 떨림과 흥분이 앞서 이야기를 제대로 나눌 수 없을지도 모른다. 하지만 그가 편지를 읽었다고 하니 여차하면 글로 소통을 하려고 종이와 펜도 준비해 왔다. 가슴 주머니에 넣은 메모장을 확인했다.

우에카와가 있다는 방 앞에 도착해 '똑똑!' 두 번 노크했다.

초인종이 있다는 것은 알고 있지만 갑작스러운 초인종 소리가 그를 놀라게 할지도 모른다는 생각 때문이었다. 대답이 없어 문을 조심스레 열었다.

방 안에서 모습이 살짝 보였다. 문틈으로 우에카와 가쿠만의 얼굴을 들여다보았다.

'아아.'

거칠고 남루한 천으로 만들어진 갈색 기모노. 옷자락이 보이고 의자 위에 미동 없이 앉아 있는 그의 모습이 보였다.

"아!"

우에카와 가쿠만이다. 말로는 도저히 표현할 수 없는 감격의 탄식이 새어 나왔다.

7

사메카와는 오전 6시가 되기 조금 전에 다시 로비에 모습을 드러냈다.

자료를 펼치고 일하고 있던 아유미가 사메카와의 모습을 발견하고 허둥지둥 일어났다. 벌써 날이 밝은 것이다. 사메카와는 면회 시간을 온전히 다 사용한 모양이다.

"사메카와 씨."

아유미가 서류를 급히 가방에 넣고 로비 중앙까지 나와 사메카와를 부르자 그가 뒤를 돌아보았다.

"아아!"

짧게 소리를 낸 사메카와가 아유미를 바라보았다.

그는 마치 꿈속에 있는 듯한 표정을 짓고 있었다. 아직 마음이 현실로 돌아오지 않은 듯 뺨이 상기되고 눈가가 붉어져 있었다. 연로한 사메카와를 걱정하는 아유미를 아랑곳하지 않고 그는 똑같은 말만 반복했다.

"고맙습니다, 정말 고마워요."

생각보다 또렷한 목소리였다.

아유미는 다리가 풀린 사메카와를 부축해 로비의 빈 소파에 앉혔다. 그와 동시에 사메카와의 입에서 다시 짧은 탄성이 새어나왔다.

"아아!"

허리에 힘이 들어가지 않는 듯 사메카와는 소파에 기대어 몸을 축 늘어뜨렸다. 그리고 두 손을 얼굴 앞에 모으고 그 팔에 그대로 이마를 맡기는 듯한 자세를 취했다.

"괜찮으신가요?"

무슨 말을 해야 할지 난감해하던 아유미가 조심스럽게 사메카와에게 물었다.

"네에."

바로 사메카와에게서 답이 돌아왔다. 고개를 숙인 사메카와의 귀가 아까보다 한층 더 붉게 물들어 있었다. 아유미는 그 홍조가 격한 흥분과 고양감 때문이라는 것을 바로 알아차렸다.

"우에카와 가쿠만이 맞았습니다."

사메카와가 입을 열었다. 그제야 고개를 든 그가 아유미 쪽을 지그시 바라보았다.

"정말로 틀림없는 우에카와 가쿠만이었습니다. 아니, 혹시 닮은꼴로 저를 속였다고 하더라도 전 행복합니다. 그와 대화를 나누고 이 귀로 진실을 들을 수 있었으니까요."

굉장히 충실하고 알찬 시간이었던 모양이다. 사메카와는 나이도 많고 동경하던 사람이라고는 하지만 전혀 일면식도 없는 인물과 만난 것이다. 심지어 그 상대는 사메카와와 살아온 시대도, 말도 달랐다. 그런데도 두 사람의 대화는 면회가 끝나는 아침까지 이어졌다. 아유미는 그 사실에 새삼스레 감탄했다. 촉촉해진 사메카와의 눈이 붉게 물들었다.

"물 좀 가져다드릴게요."

아유미의 말에 사메카와가 고개를 저었다. 그리고 천천히 입을 열었다. 사메카와의 표정에는 아직도 황홀함과 흥분이 남아 있었다.

"대화는요."

"사투리도 심한 데다 말이 달라 솔직히 대화는 매우 힘들었죠. 당신에게 미리 편지를 전해달라고 맡겨서 정말 다행이에요. 필담, 몸짓, 손짓까지 동원해서 어떻게든 소통은 됐어요. 아무리 뛰어난 연구자나 교수라도 우에카와 씨와 고향이 같은 저 같은 사람이 아니면 사투리 단계부터 막혔을 겁니다. 저도 이만큼 필사적이었는데, 역시 제가 아니면 힘든 거죠."

"우에카와 씨는 사메카와 씨가 생각했던 그런 인물이었습니까?"

아유미를 바라보며 그는 작게 고개를 끄덕였다.

"조금 더 젊은 우에카와 가쿠만을 기대했는데 제가 만난 우에카와 씨는 거의 노년에 가까운 모습이었습니다. 빛이 바랜 낡은 기모노를 입고 있었는데, 그것 역시 제가 전해 들은 그대로였습니다. 농민들과 어우러져 함께 모내기하는 그런 사람이었다고 했으니까요."

"그렇군요."

"지역 박물관에 우에카와 씨의 모습을 그린 초상화가 있습니다만, 솔직히 실제 모습과 닮지 않았어요. 그냥 그렇게 전해지고 있을 뿐 전혀 다른 사람을 그린 것 같다는 생각까지 들었습니다. 그래서 조금 심경이 복잡합니다. 고향에 돌아가면 그 초상화를 우에카와 가쿠만이라고 소개하는 것이 제 일이니까요."

아유미는 긴 시간 면회를 하고 온 사메카와를 또 로비에서 붙잡고 얘기하는 것이 살짝 망설여졌지만, 사메카와는 아유미의 그런 걱정을 눈치채지 못한 듯 말을 멈추지 않았다. 잔뜩 흥분한 채 누군가에게 이야기하고 싶어 참을 수 없는 모습이었다.

"저는 지금까지 우에카와 씨가 단순히 고결한 인물이라고만 생각했습니다. 하지만 예상외로 말투도 털털하고 장난기도 있는 사람이었어요. 만나고 싶다는 제 의뢰가 폐를 끼친 건 아닌지 물었는데 오히려 우에카와 씨는 즐거워 보였습니다."

"즐거워 보였다고요?"

"죽은 사람과 산 사람이 만날 수 있다는 이야기가 존재한다고 해도 이상하지 않다, 사실 그와 비슷한 이야기를 들어본 적이 있다고 하면서요. 그러면서 '드디어 내게도 순서가 왔구나'라고 생각했다고 말하더군요. 본인을 만나고 싶어 하는 유별난 사람이 누구인지 궁금했던 것 같았어요."

무언가 떠오른 듯 사메카와의 얼굴에 미소가 번졌다.

"저보다도 오히려 우에카와 씨의 질문이 산처럼 쌓여 있었습니다. 제가 입고 있는 정장이나 호텔 방에서 내려다보이는 풍경이 우에카와 씨가 살던 시대와 전혀 다르니, 지금은 도대체 무슨 시대이고, 어떤 세상이며 누가 이 땅을 다스리고 있는지 우에카와 씨의 질문은 끝이 없더군요. '어휴.' 저를 가만히 놔두지 않아 곤란했습니다."

말과는 달리 그의 얼굴에는 기쁨과 행복이 가득했다.

"아침이 와서 모습이 사라지는 마지막 순간까지, 오늘날의 정치 구조가 어떻고, 자신이 세상을 떠난 뒤 영토는 어떻게 되었는지, 우에카와 씨의 질문 폭격이 멈추지 않았습니다. 다른 나라와의 전쟁에 대해 말하면 틀림없이 우에카와 씨가 깜짝 놀랄 거라고 생각했는데, 어떤 얘기든 상관없다고 계속 졸라대는 탓에 이런저런 얘기를 들려주었지요. 우에카와 씨는 대화하는 내내 눈을 반짝였어요."

그리고 사메카와가 말을 덧붙였다.

"영광입니다."

그의 눈가가 조금 촉촉해졌다.

"우에카와 씨가 세상을 떠난 뒤, 지금까지의 역사를 그에게 전하는 임무를 맡다니! 외람되지만 매우 영광스러웠습니다."

"사메카와 씨의 의문점은 풀리셨나요?"

"네, 풀렸습니다."

그 대답을 들으니 아유미도 흥미가 생겼다. 사메카와가 누구에게도 말하지 않고, 혼자 가슴에 묻어두고 싶어 하면 아유미는 더 깊게 물어보지 않을 생각이었다. 하지만 사메카와는 의외로 담담하게 말했다.

"아무 생각이 없었다고 합니다."

"네?"

"그런 훌륭한 결단을 내린 이유 말입니다."

사메카와가 말했다.

"당시 전쟁에 농민을 한 명도 내보내지 않았던 이유는 단지 요즘 말로 겁을 먹었기 때문이라고 하더군요. 전쟁에 농민을 내보낼 수 있었지만, 한 집안의 기둥을 잃으면 농사가 걱정되니 일단 참전시키지 않기로 결정했다고 합니다. 만약 우에스기 가문이 다시 한번 강력하게 요청했다면, 우에카와 씨는 자진해서 농민을 전쟁에 내보냈을지도 모른다고 하더군요. 하지만 전쟁에 강했던 우에스기 겐신은 우에카와 씨가 농민을 보내지 않아도 항상 승리했다고 합니다."

말문이 막힌 아유미가 사메카와를 바라보았다.

그렇다면 사메카와가 좋아하던 우에카와 가쿠만은 영웅이 아니었을까? 그렇게 생각하는 아유미의 마음을 꿰뚫어 본 듯 사메카와가 웃었다.

"말하는 것만 봐도 꽤 우유부단한 지도자였을 거라는 느낌이

들었습니다. 친해지기는 쉬워도 위엄있는 지도자는 아니었어요. 고민하고 망설이며 결론을 내리지 못하고 있으면 주변이 먼저 정리되어 결국 결단을 내리지 않아도 마무리되는, 그런 상황의 반복이었던 것 같습니다. 뭐, 운이 좋았던 거지요. 그런 의미에서 처세가 좋은 사람이긴 했습니다."

"노래에 관한 의문은…."

"아아, 그것도 걸작입니다."

사랑과 인연이 없어 보였다는 우에카와 가쿠만의 사랑 노래는 도대체 누구를 향한 노래였을까? 정설로는 아내로 본다고 했지만, 그에 위화감을 느낀 사메카와는 틀림없이 마을이나 농민에 관한 노래일 것이라고 했다.

"그것은 우에카와 씨의 노래가 아니라고 합니다."

"네에?"

이번에도 담담하게 말하는 사메카와의 목소리에 아유미가 무심코 소리를 높였다. 하지만 오히려 사메카와의 얼굴에는 비참함도, 허탈함도 보이지 않았다. 오히려 산뜻하고 후련한 표정을 짓고 있었다.

"하하하! 우에카와 가쿠만 본인의 노래는 아니라고 하지만, 그건 그거대로 우에카와 씨의 인품을 알 수 있는 아름다운 이야기입니다. 우에카와 씨가 말하길, 그 노래는 글을 쓰지 못하는 가신의 이야기를 대필한 노래라고 했습니다."

"대필이요?"

"어쩐지…, 우에카와 씨답지 않은 노래라고 생각했지요."

사메카와가 뿌듯한 듯 고개를 끄덕였다.

"당시 평화롭던 시절, 마을에 존재했던 노래 모임에는 노래를 잘하는 사람이나 못 하는 사람, 글쓰기 솜씨가 서툰 사람이 굉장히 많이 참석했다고 합니다. 그 가운데 글은 모르지만 참여하고 싶다는 가신을 도와 우에스기 겐신의 유명한 와카를 본떠 함께 노래를 만든 뒤 자신이 대필한 것이라고 했습니다. 우에카와 씨도 바로 떠올리지 못해 저도 놀라 멍해지더군요. 우에카와 씨는 한참 다른 이야기를 하다가 겨우 떠올렸습니다."

"그러셨군요."

진실을 듣고 보니 너무나 허무한 이야기였다. 두 가지 모두 우에카와 씨의 인정이 많고 마음이 여린 인품은 느껴지지만, 그건 어쩌면 사메카와 씨가 바라고 동경하던 인물상은 아니었다.

"저…."

"네? 왜 그러시죠?"

"실망하지는 않으셨나요?"

결국 물어보고 말았다. 그렇게나 온 마음을 다해 열정적으로 훌륭한 지도자를 만나고 싶어 했는데 그에게는 침울한 기색이 조금도 없었다. 그리고 뜻밖에도 그가 고개를 끄덕였다.

"물론 실망은 했습니다. 겨우 그런 이유였나 싶어서요. 그는 훌륭한 결단을 내리지도 않았고, 사랑 노래를 읊지도 않았어요. 하지만 역사라는 건 결국 그런 거겠죠. 전해지는 말이 전부가 되어버리는 것이고, 그런데도 지금 그 진상을 아는 사람은 이 세상에서 저 한 명뿐이라고 생각하면 거기에는 또 다른 감동이 있는 것입니다."

아유미는 사메카와가 느끼는 우월감을 왠지 알 것도 같았다. 갑자기 사메카와의 시선이 먼 곳을 향했다. 로비 천장을 가만히 바라보며 천천히 입을 열었다.

"그리고 그 뒤로는 우에카와 씨의 질문뿐이었습니다. 제가 물어보고 싶은 이야기를 모두 듣고 난 다음에 아, 뭐라고 표현하면 좋을까요. 왠지 우물쭈물하게 되더군요."

'우물쭈물'이라는 표현이 어울리지 않게 귀여워 아유미는 저절로 미소가 지어졌다. 입술을 적신 사메카와가 말을 이어 나갔다.

"우에카와 씨가 그렇게 묻더군요. 자신이 죽은 후, 자기의 일생이 저와 같은 사람이 평생을 연구에 바칠 만한 그런 인생이었는지 자신의 이름이 후세에 남아도 되는지를요."

그 순간 이른 아침 로비의 고요함이 존재감을 드러내듯 갑자기 정적이 내려앉았다. 아유미도 숨을 삼켰다.

아유미에게서 눈을 돌린 사메카와는 이제 어디도 보고 있지 않았다. 고요했던 그 눈이 다시 붉게 물들고 회색빛이 감도는 눈동자가 흔들렸다.

"그리고 감사 인사를 하더군요. 누군가 자신의 인생을 그렇게 생각해준다고는 상상도 못 했다면서요."

그렇게 말하는 사메카와의 목소리가 마치 성대에 들러붙은 것처럼 갈라졌다. 얼마 뒤 고개를 든 사메카와의 얼굴이 다시 밝게 빛나고 있었다. 그리고 아유미를 향해 말했다.

"고맙습니다, 정말 고마워요. 우에카와 가쿠만에게 그런 말을 듣다니, 저는 행복한 사람입니다."

"아닙니다."

우에카와 가쿠만이 반드시 훌륭한 지도자가 아니어도 된다.

적어도 지금 이 순간, 이 사람에게는.

"고맙습니다."

할 말이 아직 많이 남은 듯 쉽게 흥분을 가라앉히지 못한 사메카와가 말했다.

지금 사메카와가 말하고 싶은 상대는 어쩌면 아유미가 아닐지도 모른다. 사메카와는 지금 우에카와 가쿠만에게, 혹은 그런 동경하는 사람을 뛰어넘은 존재에게 감사 인사를 전하고 있었다. 그렇게 하지 않으면 사메카와는 분명 아쉬움이 남을 것이다. 아유미는 왠지 그럴 것 같았다.

8

사메카와를 호텔 방까지 바래다준 아유미는 그대로 가루이자와의 도리노 공방으로 향했다.

츠나구의 일과 일상의 업무는 언제나 이런 식으로 교차된다. 아유미는 수면 부족과 싸우며 호텔을 나오자마자 도쿄역으로 발걸음을 옮겼다. 오늘은 신칸센에서 잠깐이라도 눈을 붙일 수 있을 것 같다.

아유미는 신칸센 플랫폼에서 사메카와와 우연히 마주칠 걱정이 없어 마음이 놓였다. 그는 지금쯤 호텔 방에서 좋은 꿈을 꾸고 있을 것이다. 어쩌면 흥분으로 잠을 이루지 못할지도 모르지만, 그래도 분명 그 격양된 기분에 나른함까지 더해져 기분 좋은 아침을 보내고 있을 것이다.

호텔 방에 사메카와를 바래다줄 때, 그가 아유미에게 말했다.

"칠십 대까지는 생각도 못 했습니다."

"네?"

"제 인생의 의미를요."

사메카와는 아유미에게 통하든 통하지 않듯 상관하지 않는다는 목소리로 말했다.

"그런 것으로부터 자유로웠던 사람이었는데, 여든을 넘긴 무렵부터는 저 같은 사람도 궁금하더군요. 츠나구에 비유해서 말하자면, 누구를 만나고 싶은지가 아니라 내가 죽은 후에 누가 만나러 올 것인가, 그게 더 궁금한 거지요. 아까 우에카와 씨의 기분을 조금은 알 것 같습니다. 애초에 전 누군가 절 만나러 온다는 것은 기대도 하지 않습니다만."

자조적인 말투가 아니었다. 오히려 너무나 밝고 시원시원한 말투라 아유미도 순간 할 말을 잃었다.

한참 뒤 아유미가 먼저 입을 열었다.

"사메카와 씨는 여든이 넘으셨나요?"

"그렇습니다."

"그렇게 안 보입니다."

"그런 말 자주 듣습니다."

사메카와가 웃었다. 복도 저편에서 쏟아지는 아침 햇살에 그의 얼굴이 하얗게 빛났다.

"오늘은 너무 좋았습니다. 제 인생 최고의 날입니다."

내 인생에도 의미가 있을까? 역사에 이름을 남길 수 있을까?

지금까지 아유미는 이에 대해 한 번도 생각한 적이 없었다. 여든을 넘긴 사메카와가 그런 감정에 휩싸인다는 것도, 아유미는 머리로는 이해해도 아직 실감은 나지 않았다.

아유미가 공방으로 향하는데 오늘은 업무용 스마트폰에서 문자 알람이 울렸다. 도리노 공방의 나오가 보낸 문자였다. 이번 주초에 전화로 상담했는데 벌써 작업을 시작해 주었다는 생각에 아유미는 마음속으로 감사 인사를 건넸다.

"저도 초록색에 한 표요!"

활기찬 메시지 아래 첨부된 사진에는 지난주 샘플로 받은 거북이 장난감의 등껍질이 초록색으로 제작되어 담겨 있었다. 색만 다를 뿐인데 훨씬 거북이답고 사랑스러웠다. 공방으로 향하는 아유미의 발걸음이 가벼워졌다.

어쩌면 닮았을지도 모른다고 생각했다.

자기 인생의 의미와 역사, 그리고 이름—.

그들에 비하면 정말로 사소한 것일지도 모르지만, 아유미는 자신의 디자인이 처음 완제품으로 구현될지도 모른다고 생각하니 기쁨을 감출 수 없었다.

"멋진 장난감을 만들어 봐요!"

아유미는 길을 걸으며 이제 곧 만날 나오에게 그렇게 답장했다.

바다는 아무 일 없이 평온했습니다

물속에 가라앉는 꿈을 몇 번이나 꾸었다.

신기하게도 꿈에서는 당시의 상황이 그대로 재현되지는 않는다. 예를 들어 지난밤 꾼 꿈의 내용은 이렇다.

나는 남편과 딸 메이와 함께 자동차를 타고 어느 지역의 바닷가 옆 도로를 달리고 있었다. 남편이 운전하는 자동차가 바다 한가운데 우뚝 선 철골 주차장으로 들어갔다. 발이 빠질 정도로 바닥에 큰 틈이 벌어져 있는 철골 주차장에는 우리 가족 말고도 많은 자동차가 주차되어 있는데, 그 바로 아래로 새까맣게 깊은 바닷물이 들여다보였다.

나는 불안감에 휩싸였다.

과연 주차는 할 수 있을지, 혹시 자동차가 떨어져 버리는 것은 아닐지, 그런 불안감이 아니다. 남편이 "이런 위험한 곳에 주차할 수 있을까?"라며 말을 꺼낼 것 같은 그런 불안감이었다.

"이건 좀 심하네. 무서우니까 메이는 엄마랑 같이 밖에서 기다리고 있어."

예상대로 꿈속에서 남편이 그렇게 말했다.

나는 애초에 주차장이 그렇게 위험하게 설계되었을 리 없다고, 괜찮을 거라고 불만스럽게 생각했지만 말하진 않았다. 유아용 카시트의 안전띠를 풀고 메이와 함께 자동차에서 내렸다. 우리 둘이 내린다고 주차하는 데 크게 영향을 주진 않을 거라고 생각하면서.

바로 아래에 보이는 바다의 수위가 높아지고 파도도 한층 거세졌다. 철골이 드러난 바닥은 사람도 충분히 떨어질 수 있을 만큼 틈이 벌어져 있었고 나는 불현듯 어젯밤 날씨가 좋지 않았다는 것이 떠올랐다.

새파랗게 짙은 바다는 몹시 깊어 보였다. 여기에서 떨어지면 끝이다. 그렇게 생각하며 메이를 보았다. 메이가 여기로 떨어지진 않겠지? 그런 현실감 없는 생각을 하면서.

여러 번 보았던 아이들의 수해 사고 뉴스가 떠올랐다. 아이를 구하기 위해 뛰어든 부모도 함께 목숨을 잃었다는 뉴스도 동시에 머릿속을 스쳐 지나갔다.

"아이들이 높은 파도에 휩쓸리거나 빠진다고 해도 절대 함께 뛰어들지 말기를 바랍니다."

프로그램 진행자가 그렇게 말하던 장면도 떠올랐다.

메이에게 어서 말해줘야지. 위험하니까 떨어지지 않도록 조심하라고.

그렇게 생각했다. 하지만 나는 말하지 않았다. 분명 아무 일도 일어나지 않을 테니까. 바다에 떨어지다니, 그런 일은 현실에서 일어날 리가 없어.

그렇게 생각하는데 눈앞에 메이가 호기심 어린 눈빛으로 바다를 바라보고 있었다.

바로 그다음 순간이었다.

철골 사이 바다로 메이가 떨어졌다.

멍하니 있다가 떨어졌다기보다 흥미로워 보여 호기심에 한 번 떨어져 본다는 느낌이었다.

꿈속에서 나는 비명을 질렀다. 그리고 비명과 함께 메이가 떨어진 그 틈으로 똑같이 바다에 뛰어들었다. 뉴스에서 절대로 따라 뛰어들지 말라고 경고했지만, 실제로 그렇게 할 수 없다는 것을 나는 이미 알고 있었다.

왜 나는 메이가 떨어지기 전에 조심하라고 말하지 않았을까? 주의했어야 했는데.

하지만 아직 시간이 있을 것이다. 반드시 구조할 수 있다.

머릿속에 떠오른 생각은 그 두 가지다.

바다 안은 어둡고 선명했다. 다가올 봄에 책가방을 메고 초등학교에 입학할 예정이었던, 아직 만으로 여섯 살밖에 안 된 메이의 뒷모습이 마치 물안경을 쓰고 보는 것처럼 또렷하게 보였다. 실제로 이렇게 색이 짙은 깊은 바닷속에서는 아무것도 보일 리가 없는데….

메이의 등을 향해 손을 뻗었다. 필사적으로 물을 가르며 메이에게 가까이 가려 했지만, 내 몸은 생각만큼 빠르게 나아가지 못했다. 메이는 발버둥 치지도 않았고 허우적거리지도 않았다. 이미 의식을 잃은 듯 그저 아래로, 아래로 가라앉고 있었다.

메이와의 거리가 전혀 좁혀지지 않는다는 것을 인식하고 난 뒤에 나는 그제야 깨달았다.

메이를 구할 수 없다는 것을.

메이는 하염없이 바다 아래로 가라앉고 있었다. 끝이 어딘지도 모를 바닷속 아래로—.

이미 늦었다. 저 아이를 잡을 수 없다.

메이! 이름을 불렀다. 마음속으로 외쳤다.

꿈속에서도 아직 나 혼자는 살아나갈 수 있다는 것은 알고 있었다. 지금 방향을 바꾸면 나는 아직 수면 위로 올라갈 수 있다. 하지만 눈앞에 보이는 메이의 등을 못 본 체하고 혼자 바다 위로 올라가는 것은 생각조차 할 수 없다. 나만 물에서 빠져나와 바다에서 메이가 구조되기만을 기다리는 것은 상상할 수 없었다.

아아, 나는 이대로 메이와 함께 죽는구나.

딱 한 번, 바다에 떨어지는 메이를 막지 못한 탓에.

남편은 분명 나와 메이를 구하기 위해 차에서 내려 망설임 없이 바다로 뛰어들 것이다. 그리고 구할 수 있을 것이라 확신하지만, 결국엔 내가 그랬던 것처럼 불가능하다는 것을 깨달을 것이다. 그러니 남편도 여기에서 함께 죽는다. 알고 있어도 멈출 수 없다.

우리 가족은 모두 죽는다.

죽음은 분명 이런 식으로 찾아온다. 메이를 잃은 채 나만 이 세상에 남는다. 그건 상상도 할 수 없다.

후회는 없다.

꿈속의 바다에서 나는 그렇게 생각했다.

1

시부야 아유미는 시나가와의 호텔 라운지에서 가만히 이야기를 듣고 있었다.

오직 한 번, 죽은 사람과 산 사람을 만나게 해줄 수 있는 츠나구로서 의뢰인 앞에 앉아 조용히 그들의 목소리에 귀를 기울이고 있었다.

의뢰인은 시게타 쇼이치와 미사토 부부였다.

그들 부부는 5년 전, 바다에 빠져 숨진 딸 메이를 만나고 싶다고 했다.

부부가 함께 츠나구에게 의뢰하러 온 것은 처음이었다. 그들은 아유미가 설명하기도 전에 한 명의 망자는 오직 한 사람만 만날 수 있다는 규칙을 이미 알고 있다고 했다.

"아내인 미사토가 메이와 만나려고 합니다."

남편 쇼이치가 말했다.

메이와 만나길 바란다는 아내 미사토는 요즘도 계속 딸을 잃는 꿈을 꾼다고 담담하게 말하며 아유미를 가만히 바라보았다.

"그 꿈은 실제로 메이를 잃을 때의 상황과는 전혀 다릅니다. 저는 바다에 뛰어들지도 않았고 정말 메이가 언제 사라졌는지도 모릅니다. 저도 남편도 메이에게서 눈을 떼고 있었으니까요."

아유미는 맞장구조차 치지 못한 채, 두 사람의 이야기를 가만히 듣고 있었다. 그들도 아유미에게 딱히 반응을 기대하지 않는 것 같았다.

시게타 부부가 가지고 온 사진 속에는 바닷가의 제방을 배경으로 모자를 쓴 세 가족이 활짝 웃고 있었다. 사진 속 시게타 부부는 아직 젊은 모습이었고 지금 아유미 앞에 앉아 있는 사람과 동일인이라고는 생각할 수 없을 정도로 밝은 표정으로 딸의 손을 양쪽에서 잡고 있었다.

딸 메이는 당시 여섯 살로 이듬해에 초등학교에 들어갈 나이였다. 조그마한 얼굴에 작은 손. 빨간 깅엄체크의 멜빵바지가 너무나도 아이다운 모습이었다. 부부가 소중히 보관하는 사진이긴 하지만 평소에 꺼내 보는 일은 거의 없다고 했다.

"메이가 세상을 떠난 그 날 찍은 사진입니다."

그 말을 들은 아유미는 세 가족 뒤로 펼쳐진 바다가 어린 딸의 목숨을 빼앗아 갔다는 생각에 도저히 말이 나오지 않았다.

그다지 좋은 날씨는 아니었던 것 같다. 청량한 미소의 세 사람과는 대조적으로 하늘에는 구름이 드리워져 있었다. 바다의 색도 매우 짙었다.

아유미가 할머니로부터 츠나구의 임무를 물려받은 지 꽤 시간이 지났지만, 오늘 같은 의뢰는 그동안의 의뢰 중에서도 특히 시간이 길고 무겁게 느껴진다.

가족과 만나고 싶다는 의뢰는 지금까지도 많았다. 하지만 그 가운데 자식이 부모보다 먼저 세상을 떠나버린 의뢰는 너무나도 괴롭다. 자식을 먼저 떠나보낸 사람들 중에는 망자와 만나기 전부터 눈물을 보이는 사람이 대다수였다.

시게타 쇼이치도 수화기 너머로 목소리가 떨리고 있었다.

"이렇게 의뢰하는 것도 정말 면목이 없습니다만…, 그래도 이야기를 들어주실 수 있으십니까?"

조심스러운 쇼이치의 말투에는 여전히 그들의 후회와 안타까움이 녹아 있었다.

5년 전 딸 메이가 세상을 떠났다고 하지만, 시게타 부부에게는 아직 어제의 일처럼 선명한 기억일지 모른다. 쇼이치의 목소리에는 한마디 한마디 말할 때마다 피가 나는 듯한 고통이 스며들어 있는 것 같았다. 가족이든, 애인이든, 친구든, 의뢰인이 망자의 죽음을 현재진행형의 사건으로 인식하고 있을 땐 이야기를 듣는 아유미도 마음이 편치 않다.

그날 시게타 가족은 나들이로 놀러 간 지바현의 바다에서 취미인 제방 낚시를 하고 있었다고 했다. 딸 메이는 양동이 안에서 헤엄치는 물고기를 보며 "물고기다!"라며 천진난만하게 기뻐하면서.

"긴장이 풀렸었나 봅니다."

쇼이치는 더듬더듬 말하면서도 아유미를 똑바로 바라봤다. 떠올리고 싶지 않을 기억일 텐데 당시의 상황을 하나하나 자세하게 설명했다.

"낚시를 하다가 문득 정신을 차리고 주위를 둘러보니 메이의 모습이 보이지 않았어요."

줄 세운 낚싯줄을 바다에 드리우고 있던 시게타 부부는 메이가 없다는 것을 깨닫고 당황했지만, 처음에는 그냥 자동차 그늘에 숨어 있거나 조금 떨어진 장소까지 걸어갔다고 생각했다.

"저나 아내나 메이가 바다에 떨어지는 풍덩 소리를 들은 기억도 없었고 설마 바다에 빠졌으리라고는 생각지도 못했습니다. 시간이 지나도 메이의 모습이 어디에서도 보이지 않아 결국 경찰에 연락했습니다. 저희는 해양 경찰이 바닷속을 찾고 있을 때까지도 메이가 바다에 빠지진 않았을 거라고 굳게 믿고 있었지요."

호텔 라운지 밖으로는 널따란 정원이 펼쳐져 있었다. 푸른 잔디 위로 오후의 햇살이 구름의 움직임과 하나가 되어 미끄러지고 있었다.

쇼이치의 옆에서 미사토가 멍하니 창밖을 바라보고 있었다.

"정말 바다에 빠지는 소리를 들은 기억이 없어요. 사라졌다는 것을 알자마자 만약의 경우를 위해 허둥지둥 바다 쪽을 살폈지만, 바다는 아무 일 없이 평온했습니다. 그때 바로 뛰어들었어야 했는데…. 하지만 저희는 '메이는 절대 바다로 가지 않았다.', '바다는 아닐 테니 유괴의 가능성을 염두에 두고 찾아달라.'고 했어요. 지금 생각해보면 근거 없는 얘기지만 그렇게 생각했습니다."

"그러셨군요."

아유미가 마침내 맞장구를 치자, 미사토의 시선이 이번에는 아유미 쪽을 향했다. 순간 눈이 마주쳤다.

"메이는 밤이 되어서야 결국 바다에서 발견되었습니다. 싸늘한 주검이 되어 돌아왔지요."

쇼이치는 일부러 '싸늘한 주검'이라는 표현을 사용해 자신을 더욱 몰아붙이려는 것 같았다.

"저는 뭔가 착오가 있을 거라 생각했습니다. 하지만 바다를 수색했던 사람들이 옳았던 거예요. 메이는 사건에 휘말렸을 가능성이 희박해 사고사로 처리되었습니다."

'사건과 유괴.'

당시 시게타 부부는 그 가능성에 더 무게를 두었을지도 모른다. 경찰에게도 그렇게 울며 매달렸을 것이다. 딸을 잃고 오랜 시간이 흘러 이제야 부부는 그나마 입 밖으로 꺼낼 수 있을 만큼 감정에 매듭이 지어졌는지도 모른다. 그렇게 느껴지는 긴 침묵이 이어졌다.

잠시 뒤 미사토가 고개를 들었다.

"메이는 제방 위에서 균형을 잡고 걷기도 했고, 그 위에서 바다를 바라보기도 했어요. 메이에게 조심하라고 말해야 한다고 생각하면서도 한 번도 위험한 일이 일어난 적이 없으니 주의를 주지 않았습니다. 바다가 무섭다는 건 저도 너무나 잘 알고 있었습니다. 하지만 몇 번이나 갔던 곳이었고 만약 메이가 바다에 빠진다고 해도 빠르게 대응하면 구할 수 있다고 생각했어요."

남편 쇼이치가 아유미를 바라보았다.

"메이를 만나고 싶어요. 사실 츠나구에 관한 이야기는 메이를 잃었을 때부터 여러 번 들었습니다. 저희 부부처럼 사고로 아이를 먼저 보낸 부모들의 모임이 있는데 거기에서 몇몇 사람에게 죽은 아이와 만나게 해주는 '츠나구'라는 존재가 있다는 이야기를 들었지요."

그 부부들은 실제 츠나구를 통해 재회를 경험한 이들일까?

시게타 부부는 더 이상 말이 없었고 아유미도 묻지 않았다. 하지만 그들은 아마도 시게타 부부에게 망자와 만날 수 있다는 황당무계한 이야기를 믿게 할 만한 무언가를 말했을 것이다.

"처음에는 바로 믿지 못했습니다. 다들 어떻게 알았는지 그 시기에는 저희 부부에게 종교단체의 권유나, 딸의 죽음을 틈타 이상한 얘기가 많이 쏟아졌으니까요."

"그렇군요."

"츠나구가 그런 수상한 단체들과는 다르다는 것을 알고 있어도 지난 5년 동안 좀처럼 결심이 서지 않았습니다. 믿지 못하는 마음도 있었지만, 무엇보다 조심하지 못해 아이를 죽게 한 저희가 그런 뻔뻔한 의뢰를 해도 되는지 알 수 없었어요."

'죽게 했다'라는 뾰족한 표현이 유달리 오후의 라운지에 날카롭게 울렸다. 쇼이치는 이야기를 담담하게 전하며 붉게 물든 눈을 거의 깜빡이지 않았다.

"무엇보다 그 아이가…."

쇼이치가 크게 숨을 들이마셨다. 옆에 앉은 미사토의 눈동자에도 눈물이 차오르는 듯 물기가 번졌다.

"그 아이가 우리를 만나고 싶다고 해줄지 자신이 없었습니다. 무서웠습니다. 그리고 지금도 두렵습니다."

아유미의 입에서 그럴 리 없다는 말이 나올 뻔했다. 하지만 멈추었다.

아이를 잃은 지난 몇 년 동안 끊임없이 고민하고 방황하고, 갈등했을 그들에게 오늘 처음 만난 아유미가 할 수 있는 말은 아무것도 없었다.

시게타 부부가 딸의 죽음에 관해 말로 표현할 수 없을 만큼 큰 책임과 후회를 느끼고 있다는 것이, 그들과 마주 앉아 있는 것만으로도 아유미에게 고스란히 전해져 왔기 때문이다. 나란히 앉은 두 사람이 아유미를 향해 정중하게 머리를 숙였다.

5년이라는 세월이 그들의 마음속에 딸과 만나고 싶다고 결심을 서게 할 무언가를 가져다준 것일까? 시게타 부부는 딸의 이야기를 할 때만큼은 괴로워 보였지만, 그래도 이 호텔에 맞게 단정한 차림을 하고 있어 다부지고 착실한 사람들이라는 인상을 주었다.

사십 대 정도 되었을까. 쇼이치의 머리에는 희끗희끗한 흰머리가 조금 섞여 있었다.

"저희 부부는 오랜 시간 깊은 대화를 나눈 끝에 미사토가 메이를 만나기로 했습니다. 아무쪼록 잘 부탁드립니다."

시게타 부부는 본인들보다 훨씬 어린 아유미에게도 예의 바르게 행동했다. 둘도 없는 소중한 딸을 잃은 이 부부가 츠나구의 존재를 어떻게 받아들였고, 그동안 두 사람 사이에 어떤 이야기가 오고 갔는지 아유미는 감히 상상할 수 없었다.

불의의 사고로 아이를 먼저 떠나보낸 가족의 경우 이혼하거나 가정이 무너지는 사례도 많다고 들었다. 함께 있는 시게타 부부도 지금은 서로를 토닥이고 지탱해주는 듯 앉아 있지만, 보이지 않는 곳에서는 틀림없이 여러 망설임이 있었을 것이다.

"알겠습니다."

아유미가 대답했다.

"두 분의 의뢰를 받아들이겠습니다."

2

츠나구와 의뢰인은 모두 '인연'에 의해 이어지게 되어 있다.

시게타 부부가 돌아간 후, 호텔 라운지에 혼자 남은 아유미는 할머니가 해주신 말씀을 떠올렸다.

의뢰인에게 걸려 오는 전화에서 '의뢰'는 시작된다. 할머니는 "몇 번을 걸어도 연결되지 않는 사람이 있는가 하면, 정말로 절실한 사람은 반드시 츠나구와 닿게 되어 있단다."라고 말씀하셨다.

그 말을 들은 이후 아유미가 지켜본 재회 중에는 분명 할머니가 말한 대로의 만남도 있었고, 어떨 때는 만나지 않는 것이 더 나았을 뻔한 만남도 있었다.

오늘 아유미가 시게타 부부의 이야기를 특별하게 느낀 이유는 그들의 마음속에 아직 딸 메이의 죽음이 끝나지 않았기 때문이다. 물론 사람의 죽음에 '끝'이 있다고는 할 수 없다. 하지만 할머니가 말한 '인연'에 의해 만난 의뢰인은 슬픔에 잠겨는 있어도, 만나고 싶은 상대의 죽음을 이미 자신의 안에서 정리하고 오는 사람이 대부분이다. 다르게 말하면 그 정도가 되어야 츠나구의 '인연'이 닿게 되는 것일지도 모른다.

그렇다면 아직 딸의 죽음을 정리하지 못한 듯한 이 부부가 오늘 츠나구를 만나 의뢰한 것에는 어떤 의미가 있을지도 모른다. 아유미는 의미가 있었으면 좋겠다고 진심으로 기도했다.

손목시계를 보니 만나야 할 다음 의뢰인과의 약속 시간까지 10분 정도 남아 있었다. 오늘은 하루 종일 외근이 있는 날이라 저녁에도 거래처를 방문해야 한다. 사무실로 돌아가면 아마도 밤이 될 것이다. 평소 의뢰인과의 만남은 각각 다른 날로 잡아야 하지만, 이번 달은 일이 너무 많아 하루로 모을 수밖에 없었다.

아유미는 다음 의뢰인이 올 때까지 요즘 진행 중인 업무 자료를 꺼내어 볼지 순간 망설여졌다. 조금이라도 짬이 나면 일을 하고 싶었지만 그러다가 의뢰인이 왔을 때 자료가 널브러져 있으면 그건 츠나구의 위엄을 떨어뜨리는 일이라 왠지 안나에게 한

소리를 들을 것 같았다. 그렇지 않아도 많은 의뢰인이 아유미를 어리게 보는 경향이 있어서 항상 행동을 조심하고 있었다.

잠시 망설이던 아유미는 자료를 꺼내지 않은 채 테이블에 남겨진 물을 마셨다.

그때 라운지 입구에서 인기척이 느껴졌다. 고개를 돌리자 인자해 보이는 노부인이 서 있었다.

꽃무늬 블라우스에 광택이 나는 검은 바지를 맵시 있게 입은 노부인이 아유미의 모습을 보고 단박에 알아차린 듯한 표정을 지었다. 옅게 색이 들어간 멋진 안경이 굉장히 잘 어울리는 분이었다. 아유미는 그를 보고 두 번째 의뢰인 오가사와라 도키코라는 것을 금방 알아차렸다.

도키코는 자리를 안내하려고 다가온 웨이터를 매우 익숙한 몸짓으로 괜찮다며 거절했다. 그리고 그대로 아유미 쪽으로 다가왔다. 지난번 통화에서 그녀는 나이가 일흔넷이라고 했다. 하지만 부드럽게 미소를 지어 보이는 도키코는 허리가 여전히 꼿꼿하여 나이보다 훨씬 젊어 보였다.

"츠나구 씨인가요?"

아유미에게 묻는 목소리도 또박또박하고 힘이 있었다. 아유미가 고개를 끄덕였다.

"오늘 잘 부탁드립니다."

지금까지 아유미가 츠나구 업무를 수행하며 하룻밤에 가장 많이 안내한 면회는 세 건이었다.

츠나구를 물려받은 지 얼마 되지 않았을 때는 그 이상의 면회 중개는 부담될 것이라 걱정했었는데 신기하게도 의뢰는 한 달에 최대 세 건을 넘지 않았다.

하루에 여러 건의 의뢰가 있는 경우, 아유미는 각 의뢰인의 약속 시간을 조금씩 다르게 잡는다. 면회가 끝나는 시간을 특정할 수는 없지만, 신기하게도 지금까지 면회가 동시에 끝나 아유미가 허둥지둥 대응하는 경우는 없었다. 그런 부분에서도 할머니가 말씀하신 '인연'의 신기한 힘을 느끼고 있다.

"어서 오세요. 자리에 앉으시죠."

고개를 든 아유미가 마음을 가다듬고 오늘 두 번째 의뢰를 들을 준비를 했다.

3

"만나고 싶은 사람은 제 딸입니다."

도키코의 첫마디를 듣고 아유미는 숨을 삼켰다. 바로 직전에 만났던 시게타 부부가 머리를 스쳐 지나가며 순간 등 뒤가 서늘해지는 느낌이 들었다. 천천히 고개를 든 아유미의 앞에는 처음과 마찬가지로 온화하게 미소 짓는 도키코가 앉아 있었다. 그녀의 표정이 어둡게 가라앉아 있지 않아서 그나마 마음이 조금 놓였다.

"따님, 말씀이신가요?"

"네, 벌써 세상을 떠난 지 20년이 넘었습니다. 제가 쉰, 딸이 스물다섯이 되던 해에 유방암으로 히비야의 병원에서 숨을 거두었습니다. 의사나 간호사 선생님들도 참 열심히 돌봐주셨는데 나이가 어려 병의 진행이 더 빨랐다고 하더군요."

망자와의 재회를 의뢰하기 위해서는 망자의 이름과 사망한 날짜, 그리고 만나고 싶은 이유가 필요하다. 그런데도 일부러 아유미에게 병원의 이름까지 전하는 도키코의 태도에서 그 연배의 성실함과 정직함이 은연중에 나타나는 것 같았다.

"딸 에이코입니다. 건강하던 시절의 모습이지만…."

도키코가 사진 한 장을 테이블 위에 올려놓았다. 쾌활한 미소의 사진 속 여성은 밝은 인상의 미인이었다. 머리에 굵게 웨이브를 넣은 여성이 치아를 보이며 환하게 웃고 있었다. 도키코 씨가 항상 몸에 지니고 다니는 사진일지도 모른다. 사진은 빛이 바래고 살짝 누렇게 변해 있었다.

사진 속 그녀는 혼자가 아니었다. 키가 크고 어깨가 넓은 외국인 남성이 환한 미소로 그녀를 뒤에서 끌어안고 있었다. 행복해 보이는 두 사람은 연인처럼 보였다.

아유미의 시선 끝에 남성이 있다는 것을 눈치챘는지 도키코가 말했다.

"딸 옆에 있는 사람은 사위입니다. 독일인이고 이름은 '칼'이에요. 두 사람은 딸이 세상을 떠나기 9달 전에 결혼했습니다. 그래서 에이코의 풀네임은 에이코 버크너입니다."

"국제결혼을 하셨군요."

"지금은 그리 이상하지 않을지도 모르지만, 당시에는 국제결혼이 거의 없었어요. 느닷없이 외국인과 결혼하고 싶다는 에이코의 말에 처음에는 눈을 부릅뜨고 반대했었지요."

말을 하던 도키코가 이상하다는 듯 '후훗!' 하고 웃었다. 당시에도 꽤 개방적인 사고방식의 가정이었을 것이다. 그것은 도키코의 고상한 말투와 행동만 보아도 잘 알 수 있었다.

"에이코는 대학 시절 독일로 유학을 갔습니다. 아동문학을 공부하고 있었는데 재학 시절 독일로 건너가 그대로 독일에서 졸업하고 연구를 계속했지요. 그다지 넉넉한 재정은 아니었는데 다행히 두 딸이 어렸을 적부터 시집갈 때를 대비해 각각 적금을 넣어 두고 있었습니다. 에이코의 유학 비용에는 그 돈을 사용했지요."

지난날이 아련한 듯 눈을 가늘게 뜬 도키코가 안경을 밀어 올렸다.

"저는 전업주부여서 일을 한 적이 없습니다. 결혼을 후회하는 건 아니지만 좋아하는 일을 마음껏 해보았냐고 스스로 질문하면 자신 있게 할 대답이 없어요. 그래서 만약 딸들이 하고 싶은 일을 발견한다면 적극적으로 뒷받침해주겠다고 생각했지요."

"훌륭한 생각이네요."

진심 어린 아유미의 말에 도키코가 감사하다며 기쁜 듯 고개를 끄덕였다.

"유학 비용은 내주지만 결혼 비용은 스스로 마련하라며 에이코를 독일에 보냈습니다. 해외에서 공부한다니 당시에는 주변에서도 흔치 않은 일이라 저는 유학을 간 에이코가 자랑스러웠습니다. 독일로 건너간 지 5년 정도 됐을 무렵일까요."

도키코가 손에 든 커피를 한 모금 마신 뒤 말을 계속했다.

"새해에 잠시 귀국한 에이코가 결혼하고 싶은 사람을 소개해주고 싶다고 했습니다. 그 말에 저나 남편은 당연히 독일에서 만난 일본인 남성이라고 생각했어요. 그런데 에이코의 입에서 '칼'이라는 이름이 나왔을 때는 너무 놀랐습니다."

익살맞은 말투로 도키코가 경쾌하게 말하자 아유미의 입가에도 자연스럽게 미소가 번졌다.

"그래서 만나셨나요?"

"아니요. 자라온 환경도, 문화도 다른 사람들이 부부의 연을 맺어 좋을 게 없다고 저도 남편도 크게 반대했습니다. 국제결혼은 인정 못 한다, 그러려고 외국에 보낸 것이 아니다. 그렇게 말하며 딸이 포기하도록 설득했습니다."

"그래서 따님은…."

"포기하겠다고 말하더군요. 엄마가 반대하는 결혼은 하지 않겠다고."

말을 멈춘 도키코의 얼굴에 처음으로 그늘이 드리워졌다.

"지금 생각해보면 딸에게 너무 몹쓸 짓은 한 거지요. 무언가를 결정하면 꼭 해내고 마는 뚝심 있는 딸이었지만, 부모를 생각해 고민 끝에 일부러 져준 거라고 생각합니다."

"네."

"그때는 그렇게 일단락을 짓고 에이코는 다시 독일로 돌아가 학교에서 연구를 계속했습니다. 하지만 얼마 뒤 에이코에게 전화가 왔어요. '엄마, 나 병에 걸렸어. 유방암이래. 일본으로 돌아가 치료받으려고.'라고 말하더군요."

억양이 없는 담담한 목소리는 아마도 딸이 한 말을 그대로 따라 한 것 같았다. 20년 이상 흘러도 도키코는 그때의 말을 잊을 수 없는 것일지도.

도키코가 이번에는 묵직하고 느긋한 말투로 말했다.

"일본에 올 때 딸은 칼과 함께 왔어요. 칼이 에이코가 투병하는 것을 가까이에서 지켜보고 응원해주고 싶다며 독일에서 와준 거예요. 그걸 보고 저와 남편은 마음을 바꾸었습니다. 두 사람에게 결혼을 허락했어요. 그래서 결혼식만큼은 일본에서 올릴 수 있었던 거예요. 칼도 일본 전통 의상을 입었지요."

"그러셨군요."

"딸은 결혼하고 1년도 채우지 못하고, 9달 후에 세상을 떠났습니다. 그래도 딸 부부는 행복하다고 말해주었죠."

그때가 생각나는지 도키코가 햇살 아래 반짝이는 잔디를 응시하고 있었다.

"에이코가 죽고 난 뒤 칼이 그러더군요. 저와 남편에게 에이코가 살던 독일을 보여주고 싶다고요. 저는 그때까지 해외에 나간 경험도 없었고, 에이코도 없이 저희 부부만 가면 무슨 소용이냐고 망설였어요. 그런데 에이코의 동생 히로코, 그러니까 둘째 딸이 제 등을 떠밀더군요. 엄마가 가고 싶은 마음이 조금이라도 있다면 무조건 가라고요."

"그랬군요."

"사실 이번에 츠나구 씨에게 의뢰를 고민할 때도 히로코와 사위에게 상담하고 결정했어요. 아, 저는 2년 전 남편을 먼저 보내고 지금은 둘째 딸 부부와 함께 살고 있습니다."

도키코가 테이블에 놓인 커피를 한 모금 마셨다.

"처음에 딸과 사위는 죽은 사람과 만나게 해주는 사람도 있냐며 소스라치게 놀라더군요. 속고 있는 게 아니냐며 의심하기도 했어요. 하지만 결국 히로코는 '사실인지 아닌지는 모르겠지만 엄마가 믿어보고 싶으면 마음대로 해.'라고 말해주더군요."

"따님 부부가 걱정하지는 않으셨나요?"

"걱정하긴 했지만 결국 본인 책임이라고 했어요. 만약 상대가 거액을 요구하면 당장 그만두라고 그랬는데 돈은 필요 없는 거지요?"

"네."

츠나구에게 하는 첫 전화에서 도키코가 확인한 사항이었다. 약간의 비용은 지불할 수 있다는 우아한 목소리에 손사래를 치며 아니라고 대답했던 것을 아유미도 기억하고 있었다.

"제가, 전화 받은 사람은 왠지 잘생긴 남자일 것 같다고 말했더니, 히로코가 웃더군요."

"아, 아니, 그런…."

갑작스런 말에 당황한 아유미가 고개를 젓자 도키코가 다시 '후훗!' 하고 웃었다.

"오늘도 히로코에게 걱정되면 같이 가자고 했어요. 그런데 그 애는 오히려 어처구니가 없다는 듯 저보고 혼자 가는 게 불안하냐고 물었어요. 본인 일도 있고 어느 정도는 저를 믿어 주는 거겠지요."

아마도 히로코는 츠나구의 존재가 아니라 그것을 믿으려고 하는 어머니를 신뢰하고 있을 것이다. 그런 부분에서 도키코와 히로코 모녀의 분위기를 짐작할 수 있었다. 아유미는 첫째 딸인 에이코의 성격도 왠지 알 것 같았다.

테이블 위의 사진 속에는 여전히 에이코가 남편과 함께 웃고 있었다.

츠나구에게 하는 의뢰는 보통 재회를 희망하는 당사자가 고민과 생각을 끌어안고 있다가 혼자서 결단을 내리고 찾아오는 경우가 많은데, 오늘 두 의뢰인 모두 다른 가족과 상의한 것은 가족과 관련된 의뢰이기 때문이라는 생각이 들었다.

"이야기가 다른 길로 새버렸네요. 미안합니다."

그렇게 말한 도키코가 앉은 자세를 가다듬었다.

"칼도 그렇게 일본어를 잘하는 편이 아니었어요. 하지만 칼과 함께한 독일 여정은 너무나 즐거웠습니다. 칼이 에이코의 친구들을 만나게 해주었는데, 그들은 저를 무척 만나고 싶었다고 말하더군요."

독일 여정이 정말 즐거웠다는 것을 도키코의 말투에서도 느낄 수 있었다. 도키코가 생긋 웃으며 말을 이었다.

"에이코 친구들에게 저를 아냐고 물었더니 다들 당연하다고 얘기했습니다. 에이코가 독일에 올 수 있었던 것은 어머니 덕분이라며 제가 없었으면 본인들은 에이코와 만날 수 없었을 것이라고 하면서요. 딸이 친구들에게 부모님이 모아주신 결혼 자금으로 독일에 유학을 왔다고 말했나 봐요."

도키코의 시선이 마주 앉은 아유미로 향했다.

"딸과 만나고 싶은 이유는…. 감사 인사를 전하고 싶어서입니다. 에이코의 친구들을 만나면서 저도 여러 문화의 차이나 생각의 차이를 알게 되었어요. 그 경험이 세상에는 다양한 사람이 있고, 제 생각만이 정답은 아니라는 시야를 넓혀 주었습니다. 정말로 감사하고 있어요."

도키코가 크게 숨을 들이마셨다.

"건강하게 낳아주지 못해 미안하지만, 그에 아쉽지 않을 정도로 에이코는 자신의 인생을 즐겨주었어요. 저 같은 부모를 만나지 않았더라면 더 많은 가능성을 펼칠 수도 있었을 텐데, 그래도 제게 행복했다고 말해주었습니다."

아유미는 살짝 놀라 순간 입을 다물었다. 흐르는 정적을 깨고 도키코가 아유미를 바라보며 말했다.

"츠나구 씨?"

"아, 죄송합니다."

사과한 아유미가 다시 도키코를 바라보았다.

도키코가 작게 웃더니 말을 이어 나갔다.

"그러니 츠나구 씨, 오늘 잘 부탁드립니다."

자세를 바르게 한 도키코가 정중하게 고개를 숙였다. 츠나구 씨라는 표현이 아유미는 왠지 민망했다.

아유미도 앉은 자세를 가다듬으며 대답했다.

"알겠습니다. 도키코 씨의 의뢰를 수락하겠습니다."

4

세상을 떠난 시게타 메이는 안나보다도 작은 아이였다. 안나를 보러 아키야마 가문으로 향하던 길에 아유미는 시게타 부부가 가지고 온 딸 메이의 사진을 떠올렸다. 안나가 있어서 아이의 사망 사건이나 사고 이야기는 몇 배나 더 가깝게 느껴진다. 한층 더 견딜 수 없는 기분이 들었다.

보통 외출할 때가 많은 안나의 부모님이 오늘은 두 분 모두 집에 계셔서 저녁 식사에 아유미를 초대한 것이다.

"오, 아유미."

안나의 아버지가 활기찬 목소리로 아유미를 맞이했다.

"안나, 이제 텔레비전은 그만. 30분만 보기로 약속했지? 아직 숙제도 다 안 했잖아."

"아직 20분밖에 안 지났어요!"

복도 끝 안나의 방 쪽에서 안나 어머니의 목소리가 들리고, 뒤이어 대답하는 안나의 목소리가 들렸다.

"거짓말은 하면 안 돼요!"

안나 어머니의 언성이 높아졌다. 이런 대화를 듣고 있으니 아무리 유명한 점술가 가문의 '당주'라고 하지만 안나도 그냥 보통의 8살 꼬마 아이라는 생각이 들었다.

"여보, 조금만 참아요. 아유미가 모처럼 왔는데."

안나의 아버지가 소리 나는 쪽을 향해 외쳤다.

"미안, 아유미. 우리 집이 조금 시끄럽지?"

아유미를 향해 미소 짓는 안나 아버지의 얼굴이 지금은 돌아가신 그의 할아버지이자 아유미의 진외종조부와 많이 닮았다. 나이 터울이 있어 실감이 나진 않지만, 안나 아버지와 아유미는 육촌 형제다.

아유미는 자신과 안나의 관계를 나타낼 표현이 없어 그저 친척이라고 부를 수밖에 없다는 것이 조금 안타까웠다.

아유미는 철이 들 무렵부터 안나의 부모님과 육촌간이지만 어렸을 때부터 삼촌과 숙모라고 불렀다.

"괜찮아요."

삼촌을 향해 괜찮다며 아유미가 신발을 벗고 언제 와도 반가운 다다미 향기가 나는 넓은 집에 들어섰다.

"오, 아유미 오빠! 수고 많았어!"

"다녀왔습니다."

안나가 복도 안쪽에서 아이답지 않은 인사를 하며 나왔다. 안나를 보고 아유미는 저도 모르게 불쑥 어른을 대하는 듯 대답하고 말았다.

집 안에서는 따뜻한 된장국 냄새가 풍기고 있었다. 그들의 모습을 보며 아유미는 옛날 자신의 집도 이런 모습이었을까 상상했다. 자기 혼자만 남기고 세상을 떠난 부모님과의 시간을 어렸던 아유미는 거의 기억하지 못한다. 하지만 분명 이런 식으로 가족의 시간이 흘렀을 것이다.

저녁 식사를 마친 뒤, 설거지를 하려는 숙모와 함께 아유미도 싱크대 앞에 섰다. 자신을 손님 대접하며 마음을 쓰지 않아서 고맙다. 아유미가 이 집에 오기 편한 이유 중 하나이다.

아유미가 그릇을 물로 헹구면 숙모가 옆에서 받아 행주로 물기를 닦은 후 찬장에 넣었다. 토끼 모양이 그려진 안나의 작은 밥공기를 손에 든 숙모를 보고 아유미는 문득 물어보고 싶어졌다.

"엄마라는 존재는 자신의 아이에 대해 모두 본인의 책임이라고 생각하나요?"

아유미의 갑작스러운 질문에 숙모가 의아한 표정으로 고개를 들었다.

"응?"

"아니…, 오늘 만난 츠나구의 의뢰인이 그런 비슷한 말을 해서요."

"아아."

아유미는 오늘 오가사와라 도키코가 했던 말이 계속 마음에 남았다. 건강하게 낳아주지 못했다고….

도키코 같은 사람도 그렇게 생각한다니 아유미는 그저 놀라웠다. 사고나 사건, 자살로 갑자기 자식을 잃은 부모가 그 죽음에 책임을 느낀다면 그건 아유미도 어느 정도 이해할 수 있었다. 하지만 만약 병에 의한 죽음이라고 해도 부모라는 존재는 그 책임을 자신에게서 찾는 것일까?

딸의 바람을 이뤄주고, 딸은 물론 그 친구에게 감사하다는 말을 들어도, 부모는 '나 같은 부모를 만나지 않았다면'이라고 생각하는 것일까?

"의뢰인은 훌륭한 어머니 같았어요. 따님이 꿈을 이룰 수 있게 도와주고, 실제로 따님도 고마워했대요. 하지만 '자신이 부모가 아니었다면 딸이 더 꿈을 펼칠 수 있지 않았을까, 건강하게 낳아주지 못했다.'라고 말씀하시더라고요."

"부모잖아. 자기 자식에 대해 책임을 느끼지 않는 날이 없지."

숙모가 옅게 웃었다.

"숙모도 그래요?"

"그럼, 물론이지. 안나가 하는 말을 듣지 못했거나, 안나의 생활 습관이 흐트러져 있을 때, 내가 안나를 신경 쓰지 못했기 때문은 아닐까 하는 책임감을 느끼지. 텔레비전을 좋아하고, 입었던 옷을 그대로 벗어둔 채 정리하지 않는 안나를 보면 내가 너무 자주 집을 비우고 옆에서 잘 돌봐주지 않는 엄마라서 그런 거라는 생각이 들기도 하거든."

숙모의 말에 옆방에서 텔레비전을 보고 있던 귀가 밝은 안나가 크게 소리쳤다.

"나 불렀어?"

숙모가 모른 척 안나에게 대답했다.

"아무것도 아니야."

그리고 아유미를 향해 미소를 지었다.

"아유미의 어머니도 그러셨어. 네가 어렸을 때 피망이나 양파를 먹지 못하면 본인의 요리 방법이 잘못됐기 때문이라고 고민한 적이 있거든."

"어머니가요?"

설마 자신의 이야기가 나올 것이라고는 생각지도 못한 아유미가 깜짝 놀라 반문했다.

"제 부모님과 그런 얘기를 나눈 적이 있어요?"

"아직 약혼만 했을 때긴 하지만, 그 무렵부터 남편의 먼 친척까지도 종종 만났으니까."

아직도 약혼이라는 제도가 가능하다니, 새삼 아키야마 가문의 대단함이 느껴져 아유미는 살짝 기가 죽었다. 숙모가 장난꾸러기처럼 짓궂은 눈빛으로 아유미를 바라보았다.

"지금은 피망이나 양파도 잘 먹지?"

"그럼요. 학교에서 철봉 거꾸로 매달리기를 못 할 때, 할머니가 피망을 먹으면 할 수 있다고 속이셨어요. 그래서 지금은 먹을 수 있어요. 양파도 그런 식으로 어느새 먹게 되었죠."

"속였다는 표현은 너무하다. 하지만 정말 아이코 할머니다운 방법이네. 하하하!"

숙모가 큰 소리로 웃었다.

"내가 옆에서 봐도 아유미의 어머니는 요리도 잘하고 꼼꼼하게 잘 챙기는 사람이었지. 그래도 아유미에게 무슨 일이 생기면 그렇게 생각했었어. 단순히 아이가 싫어하는 것일 수도 있는데 부모는 꼭 자신에게서 원인을 찾게 되거든. 아니면 그 원인이 자기에게 있다고 생각하고 싶은 것일지도 모르고."

"원인이 자기에게 있다고 생각하고 싶다고요?"

"그렇게 생각하면서 자기 자식이 언제까지나 아이로 있길 바라는 거지. 물론 아이는 자라면서 계속 어린애 취급한다고 느껴져 고맙긴 해도 달갑지 않은 간섭이겠지만. 엄마의 이기심이랄까, 조금 뻔뻔하게 들리겠지만."

아유미의 손에서 설거지한 그릇을 가져간 숙모가 행주로 물기를 닦으며 말했다.

"이번 의뢰는 자식을 만나고 싶다는 어머니가 찾아오셨니?"

아무렇지 않은 척 물었지만 숙모의 목소리에는 안타까움이 묻어나고 있었다.

아키야마 가문은 츠나구의 역할을 대대로 책임지고 있으므로, 아유미도 의뢰인과 만날 때마다 하나하나 본가에 보고하고 있다. 그래도 지금까지 암묵적인 규칙처럼 웬만해서는 의뢰에 관한 자세한 사항을 필요 이상으로 언급하지 않는다. 오늘처럼 이야기하는 일은 흔치 않은 일이다.

"네."

"그렇구나, 굉장히 가슴 아픈 의뢰구나."

아유미는 의뢰인 어머니나 세상을 떠난 자녀들의 나이, 그리고 그런 두 건의 의뢰가 우연히 하루에 들어왔다는 것을 말하지도 않았지만, 숙모의 얼굴에는 안타까움이 가득했다.

설거지가 끝나 물을 잠그며 정말 가슴 아픈 의뢰라는 생각이 아유미의 머릿속을 스쳤다.

밝게 뜬 달빛 아래, 아유미는 거울을 사용해 망자와 만났다. 두 건의 의뢰 모두 망자의 긍정적인 답변을 받았다. 오가사와라 도키코가 만나고 싶다던 딸 에이코는 어머니가 만나고 싶어 한다는 말을 듣고 놀라움과 기쁨이 섞인 표정을 지었다.

아유미는 두 건의 의뢰 중 에이코와 먼저 교섭했다.

시게타 부부의 소망을 이뤄주기 위해 어린 메이를 불러내는 것은 아유미도 마음의 준비가 필요했기 때문이다.

거울 위에 나타난 메이는 사망한 날 찍었다는 사진처럼 깅엄 체크의 멜빵바지 차림이었다.

거울 주변으로 눈부시게 새하얀 빛이 새어 나오고 있었다.

과연 본인의 죽음 자체를 이해하고 있는지 어떤지 알 수 없는 메이는 낯을 가리는 듯 아유미를 보고 몹시 당황해하며 두리번거렸다.

메이가 누구를 찾고 있는지 아유미는 바로 알아차렸다.

"시게타 메이."

"네!"

아유미의 목소리에 시금까지 입을 꾹 다물고 있던 메이가 갑자기 아유미를 보며 손을 들고 큰 목소리로 대답했다. 메이의 반응에 이번에는 아유미가 깜짝 놀라 움찔했다. 아마도 유치원에서 대답할 때의 습관인가 보다. 생기발랄한 목소리였다.

"엄마를 만나고 싶니?"

아유미의 질문에 메이가 쭈뼛거리며 아무 말도 하지 않았다. 등 뒤로 두 손을 마주 잡은 메이가 한참 뒤에야 고개를 끄덕였다.

5

두 건의 재회가 이루어지는 만월이다. 날씨가 쾌청했다.

면회 당일은 아유미의 마음도 괜히 복잡해진다. 아무리 면회를 지켜보는 것뿐이라고 해도 츠나구도 사람인지라 의뢰인의 감정에 끌려가게 된다. 재회의 밤이 기다려질 때도 있고, 반대로 마음이 무거워질 때도 있다.

오늘 의뢰인과 망자의 면회는 지난번 두 의뢰인과 만났던 호텔의 각각 다른 방에서 이루어진다.

아유미는 시게타 미사토와 6시 반에, 오가사와라 도키코와는 그보다 15분 뒤에 만나기로 했다.

그날 오후, 아유미는 요즘 제작 중인 거북이 장난감 건으로 가루이자와의 도리노 공방을 방문했다. 거북이 장난감의 색이 결정되어 상품화하기 위한 최종 조정 단계에 들어간 것이다.

"아, 시부야 씨. 완성됐어, 잠깐만."

머리에 수건을 두른 대장이 공방에서 나오며 기쁜 듯이 웃으며 말했다.

"이봐, 시부야 씨 왔어!"

대장이 사모님과 딸 나오를 향해 소리쳤다. 아유미는 아키야마 가문과 마찬가지로 도리노 공방에서도 크게 환영받는다는 사실이 매우 기뻤다.

"어서 와요, 시부야 씨."

앞치마 차림의 나오가 아유미에게 다가왔다. 아유미에게는 가족이 없다. 어렸을 적 부모님을 한꺼번에 잃은 뒤로 아유미는 아버지의 동생인 작은아버지 가족과 할머니와 함께 살았다. 아유미가 대학생일 때 할머니가 돌아가시고, 사회인이 된 아유미는 그 집을 나와 지금은 자취를 시작했다.

오랜 시간 함께 살아온 작은아버지 가족은 지금도 아유미가 방문하면 가족처럼 맞이해 주시고 할머니와의 추억을 함께 공유한다. 그들은 아유미가 너무나도 좋아하는 사람들인 건 분명하다. 하지만 말로 설명하긴 어렵지만, 그곳은 작은아버지 가족의 집이고 아유미 자신의 집은 아니라는 생각이 들곤 했다. 가족이라고 단호하게 말하기에는 망설여졌다. 아유미가 저항감 없이 '가족'이라고 부를 수 있는 사람은 할머니인 아이코뿐일지도 모른다.

할머니와의 이별은 아유미도 항상 마음의 준비를 하고 있었기에, 할머니가 돌아가시기 전까지 다양한 이야기를 충분히 나눴다. 언젠가는 할머니를 만나고 싶은 날이 올지도 모르겠지만 아직은 괜찮았다.

먼저 세상을 떠난 가족과 만나고 싶다는 의뢰인을 만날 때마다, 저도 모르게 자신에게 대입해 생각하는 버릇을 가지게 된 것은 몇 년 되지 않았다. 그전까지는 '내 가족'에 대해 생각해본 적이 없었는데 아유미는 이런 변화가 생겼했다.

대장과 사모님과의 미팅 후 장난감 출시까지의 일정을 확인하던 아유미는 차를 내준 뒤로는 나오의 모습이 보이지 않는다는 것을 그제야 깨달았다.

나오가 미팅에 참석하지 않는 게 이상한 건 아니지만, 이 상품의 샘플 단계부터 함께 자리해 조언을 해주던 나오가 보이지 않자 아유미는 걱정이 되었다.

생각해보면 아유미는 나오와 업무에 관해서는 이야기를 나누어도 사적으로는 아무것도 모른다. 업무로 연락하는 공방 전화 번호만 알고 있을 뿐이다.

"그럼 대장, 앞으로도 잘 부탁드립니다. 그런데 나오 씨는?"

가방에 자료를 넣으며 공방을 나설 때쯤 아유미가 대장에게 물었다. 대장이 미안하다는 듯 머리를 긁적였다.

"아, 미안해요. 나오는 잠깐 일이 있어서…."

말끝을 흐리는 대장의 대답에 아유미도 그 이상은 깊게 물어볼 수 없었다.

대장과 사모님에게 감사 인사를 전한 아유미가 역으로 가는 버스를 타기 위해 정류장 쪽으로 향하려는데, 그때 공방 뒤쪽에서 대화하는 소리가 들렸다.

"어쨌든 다시 생각해보아라."

방금 헤어진 대장의 목소리였다. 아유미는 괜히 신경이 쓰여 공방 뒤쪽을 살짝 들여다보았다. 창문 너머로 보이는 나오와 대장의 모습은 어쩐지 평소의 분위기가 아니었다.

나오는 처음 보는 나무 장난감을 손에 들고 있었다. 아유미의 회사가 의뢰한 제품은 아니었다. 거리가 멀어 확실하지는 않지만 동물 모양을 한 나무 블록의 샘플처럼 보였다. 대장이 아무 말 없이 장난감을 손에 꼭 쥐고 있는 나오에게 무슨 말을 하고 있었다. 그러자 나오가 고개를 들었다. 아유미는 나오의 표정을 보고 깜짝 놀랐다. 입술을 꾹 다문 나오의 눈에는 평소의 반짝임이 보이지 않았다.

아유미는 나오의 표정을 보니 왠지 여기에 있어서는 안 될 것 같은 마음에 한 걸음 뒤로 물러섰다. 나오가 대장을 향해 무언가를 말하려는 듯했다. 그들의 대화가 궁금했지만, 무심결에라도 절대 듣지 않으려는 듯 아유미는 허둥지둥 자리를 벗어났다.

보면 안 되는 장면을 보고 말았다는 생각에 아유미는 나오와 대장에게 미안한 마음이 들었다.

6

약속 장소인 호텔 로비에 시게타 부부가 도착했다. 망자와 만날 수 있는 사람은 오직 한 명뿐이라는 규칙은 이미 두 사람 모두 알고 있었다. 남편은 미사토가 면회를 끝나고 내려올 때까지 호텔 로비에서 기다린다고 했다.

아유미를 향해 한 걸음을 내디딘 아내 마사토가 살짝 고개를 숙였다.

"잘 부탁드립니다."

시게타 부부의 딸 메이는 8층의 805호에서 기다리고 있다.

아유미는 작은 아이를 호텔 방에 혼자 두고 나오려니 가슴이 아팠다. 어서 빨리 메이에게 엄마를 데려다주고 싶었다.

엘리베이터가 8층에 도착했다.

"따님이 기다리고 있어요."

"네."

대답하는 미사토의 입술이 떨리고 있었다.

잠시 뒤 같은 호텔 로비에 오가사와라 도키코가 모습을 드러냈다. 오늘도 도키코는 모던한 분위기의 블라우스를 입고 있었다. 지난번 만났을 때보다 머리가 짧아진 도키코가 싱긋 웃으며 말했다.

"멋을 좀 내고 왔어요."

미사토가 내려올 때까지 기다린다던 남편 쇼이치는 라운지에라도 갔는지 지금은 로비에 보이지 않는다.

도키코는 여전히 오늘도 할 말이 많아 보였다.

"내일 아침에 둘째 딸 히로코가 절 데리러 오기로 했어요. 제가 혼자서도 갈 수 있다고 말했는데 걱정이 된다네요. 그래도 괜찮을까요? 죄송해요."

"당연히 괜찮습니다. 따님이 데리러 오신다니 오히려 안심이 됩니다."

아유미도 망자와의 만남 후에 도키코를 혼자 돌려보내는 것이 조금 마음에 걸렸었다.

언제나 아유미 혼자 의뢰인을 기다리던 호텔 로비였는데 아무래도 내일은 분위기가 조금 다를 것 같다.

도키코의 딸 에이코가 기다리고 있는 방은 16층의 1603호실이다. 아유미가 열쇠를 건네며 도키코를 엘리베이터로 안내했다.

"긴장되네요!"

엘리베이터에 올라타자마자 도키코가 말했다. 아유미를 향한 말이라기보다 혼잣말에 가까웠다.

"어제는 영 잠이 오지 않더군요. 긴장했나 봐요."

"따님은 미리 와 있습니다."

아유미는 16층 엘리베이터 앞에서 도키코와 헤어졌다. 문 앞에 선 도키코가 눈을 지그시 감았다가 뜨는 모습이 보였다.

아유미는 그녀가 천천히 카드키를 꽂고 방문을 여는 모습까지 지켜보았다.

7

어젯밤은 신기하게도 물속에 가라앉는 꿈을 꾸지 않았다.

시게타 미사토는 크게 숨을 내쉬었다. 드디어 내일이라는 생각에 흥분한 탓일지도 모른다. 하지만 어젯밤은 뒤척이지도 않고 스스로도 의외일 정도로 침대에 들어가자마자 바로 잠이 들었다. 이런 건 꽤 오랜만이었다.

메이가 기다린다는 방의 문을 열었다.

방 안으로 들어서자 입구 쪽을 보고 있는 작은 그림자가 눈에 들어왔다.

메이다. 미사토를 올려다보는 메이가 서 있었다.

세상을 떠난 날과 똑같은 빨간색 깅엄체크의 멜빵바지를 입고 양 갈래로 머리를 묶은 메이가 엄마를 쳐다보고 있었다.

살아 있다!

한 번 보고 입이 움직여지지 않았다.

메이였다.

정말 그날 그 모습 그대로였다.

"메이!"

이름을 부르는 미사토의 목소리에 메이의 얼굴이 환해졌다.

"엄마!"

크게 소리친 메이가 미사토의 품으로 달려들자, 미사토는 감정을 억누를 수 없었다. 얼굴을 일그러뜨린 미사토가 딸을 와락 껴안았다.

그동안 여기에 있었냐고 묻고 싶었다. 그날 시야에서 놓쳐버린 딸을 드디어 찾았다는 생각에 미사토는 두 손으로 메이의 작고 따뜻한 몸을 놓지 못했다.

바다에서 찾은 딸의 창백한 뺨과 입술, 메이의 마지막 모습을 잊은 적이 단 하루도 없었다. 오늘 온기를 지닌 딸이 눈을 뜨고 있는 모습을 보니 물속에서 드디어 이 아이를 붙잡았다는 생각에 큰 소리로 목 놓아 울기 시작했다.

"미안해!"

미사토는 저도 모르게 미안하다는 말이 나왔다. 오늘 이곳에 온 메이가 자신에게 일어난 일을 알고 있는지, 자신의 죽음을 이해하고 있는지는 알 수 없다.

그래서 사고에 관한 이야기나 사과는 절대 하지 않으려고 했는데 그럴 수 없었다.

"미안해, 메이. 엄마가 널 살펴보지 못했어. 엄마는 계속 메이와 함께 있고 싶었어."

미사토가 강한 힘으로 메이를 끌어안자, 꽉 끌어안을 때마다 늘 그랬던 것처럼 메이가 투정을 부리며 중얼거렸다.

"풀어줘, 나갈래."

이 목소리도 그리웠다. 그리운 목소리였지만 마치 어제까지 여기에 있었던 것처럼 귀에 쏙쏙 들어왔다.

"미안."

미사토가 웃으며 말했다. 사과는 했지만 메이와 떨어지고 싶지 않았다.

"미안, 엄마가 메이 좀 안을게."

마르지 않는 눈물을 겨우 닦아낸 미사토가 메이의 얼굴을 바라보았다. 신기하다는 표정으로 엄마를 바라보는 메이의 눈이 고요하게 깜빡이고 있었다.

8

오가사와라 도키코는 문을 열기 전 잠시 눈을 감았다. 그리고 가슴에 손을 얹었다.

심장이 쿵쾅쿵쾅 빠르게 뛰고 있었다. 잘할 수 있을까? 도키코는 그제야 불안감이 몰려왔다.

오늘을 위해 여러 번 연습했으니 분명 괜찮을 것이다. 도키코는 스스로를 타이르는 듯 마음을 굳게 먹고 눈을 떴다. 그리고 카드키를 넣고 문을 열었다.

방 안에 들어서자 누군가 서 있는 기척이 났다.

"아아."

고개를 돌리며 짧은 감탄과 함께 한숨을 내뱉었다.

딸 에이코가 서 있었다.

즐겨 입었던 원피스를 입고 머리는 굵게 웨이브를 한 모습이 암 환자의 모습이 아닌 평상시 건강할 때의 모습 그대로였다.

방에 들어온 도키코를 보고 에이코가 놀란 듯 입가에 손을 가져갔다.

"엄마?"

젊고 활기찬 목소리가 도키코를 불렀다.

벌써 20년도 넘게 흘렀다. 그 시절의 젊은 모습으로 시간이 멈춘 에이코에게 지금의 도키코는 마치 전래동화에 나오는 우라시마 타로(선녀를 따라 용궁에 갔던 주인공이 정신을 차리고 집으로 돌아오니 오랜 세월이 흘러 환경이 모두 바뀌었다는 내용의 일본 전래동화)와 같이 순식간에 나이를 먹은 것처럼 보일 것이다.

도키코는 마음속으로 에이코와의 첫인사를 준비했다. 떨리는 마음으로 에이코를 향해 고개를 돌린 도키코가 입을 열었다.

"Ich freue mich, dass Du gekommen bist(오늘, 날 만나 줘서 고마워)."

에이코가 눈을 동그랗게 떴다.

"Wir haben uns lange nicht gesehen. Kannst Du Dir vorstellen? Es ist schon über 20 Jahre her, seitdem Du gestorben bist(오랜만이야. 믿을 수 있어? 네가 세상을 떠난 지 벌써 20년이 넘었어)."

깜짝 놀란 표정의 에이코가 입을 반쯤 열고 도키코를 뚫어지게 쳐다봤다.

도키코가 싱긋 웃었다.

"Bist Du überrascht(놀랐어)?"

도키코는 평온하게 미소를 짓고 있었지만, 사실은 심장이 아직도 두근거렸다.

과연 의미가 제대로 전달이 됐을까? 에이코를 깜짝 놀라게 했을까? 그렇게 생각하며 도키코는 말을 이어 나갔다.

"Ich kann jetzt ganz einfache Sachen des Alltags auf Deutsch sagen. Ich habe angefangen, Deutsch zu lernen, nachdem ich über 50 Jahre alt geworden bin. Karl, Hiroko und alle andere Leute haben mich unterstützt(엄마도 이제 독일어로 일상 회화 정도는 말할 수 있어. 쉰이 넘어서 공부를 시작했지만, 칼과 히로코, 주변 사람들까지 모두의 응원을 받았단다)."

"Ich bin überrascht(놀랐어)?"

드디어 에이코가 입을 열었다.

에이코의 대답 또한 독일어라는 사실이 도키코는 말로 표현할 수 없을 정도로 감격스러웠다.

침대에 앉은 에이코가 도키코에게도 앉으라고 권했다. 그리고 도키코의 얼굴을 보며 에이코는 똑같은 말을 반복했다.

"ch bin sogar sehr überrascht. Warum denn das(정말 너무 놀랐어. 대체 어떻게 된 거야)?"

"Nach Deinem Tod war sehr viel los(네가 세상을 떠난 뒤 여러 일이 있었단다)."

도키코가 눈을 가늘게 떴다.

에이코 옆에 앉은 도키코의 손이 저절로 딸의 손으로 향했다. 하얗고 윤기 나는, 탄력 있는 에이코의 손은 따뜻했다. 에이코의 온기에 도키코는 가슴이 먹먹해졌다.

에이코와 독일어로 대화하는 날이 오다니 생각지도 못했다. 도키코는 일본어가 나오려는 것을 억누르며 열심히 독일어로 말했다.

"네가 세상을 떠난 뒤 칼이 독일로 초대하더구나. 에이코가 살던 독일이라는 나라를 꼭 내게 보여주고 싶었다면서. 그래서 한참을 망설이다가 독일에 갔단다. 거기에서 네 친구들도 많이 만났어."

"아아…."

에이코가 도키코를 바라보았다. 도키코는 꼭 쥔 에이코의 손바닥을 손가락으로 가볍게 문질렀다.

"다들 내게 감사하다고 했어. 내가 없었으면 에이코가 독일에 오지 못했다면서 에이코를 만나게 해준 은인이라고 그랬어. 모두에게 고맙다, 감사하다는 말을 참 많이 들었단다."

한숨을 돌린 도키코는 머릿속에서 해야 할 말을 정리했다. 집에서도 연습했지만, 역시 일본어가 불쑥 튀어나오려는 것이 속상했다.

독일에서 오래 살았던 에이코에 비해 서툰 독일어라는 것은 이미 알고 있지만, 그래도 도키코는 표현을 고민하고 고심하며 천천히 말을 이어 나갔다.

"그런데 독일을 처음 방문했을 때 다들 내게 무슨 말을 하는데, 칼이 통역해 주지 않으면 무슨 말을 하는지 전혀 알 수 없는 거야. 그들에게 내 입으로 직접 만나서 기쁘다고 전할 수조차 없어서 너무 속상했지."

"그래서 독일어를 공부한 거야?"

"그렇기도 했지만 네가 정말 사랑했던 칼과, 네가 독일에서 가졌던 시간과 추억들을 나누고 싶었단다."

에이코가 고개를 끄덕였다.

"귀국한 뒤에 독일어 공부를 하고 싶어서 히로코에게 부탁해 선생님을 찾았지."

도키코는 그때도 자신에게 생각지도 못한 우연한 행운이 찾아왔다고 했다.

히로코는 일본에 사는 독일인 커뮤니티를 찾아 연락했고 그들은 일면식도 없는데 느닷없이 모임에 참석한 일본인 모녀를 친절하게 맞아주었다. 독일에서 오래 유학한 딸이 국제결혼을 했다는 도키코의 말에 비록 에이코는 이미 세상에 없지만 그들은 축하 인사를 건넸다.

그리고 일본에서 독일어를 가르치고 있던 한 남성이 도키코의 선생님이 되어 주기로 했다.

"쉰이 넘었는데 독일어를 잘할 수 있을까요?"

"글쎄요."

일본어로 그렇게 묻는 도키코에게 그는 처음에 일본어로 대답했다.

"보통은 힘들겠죠. 하지만 당신은 할 수 있습니다. 제가 선생님이니까요."

그러면서 그는 도키코를 향해 힘차게 고개를 끄덕였다.

당시의 상황을 설명하던 도키코가 또 하나의 비밀을 고백하려는 듯 딸에게 말했다.

"나, 유학도 다녀왔어."

"뭐! 엄마가?" 에이코의 눈이 동그래졌다.

도키코가 고개를 끄덕였다. 반년 정도의 짧은 기간이었지만, 지금 다시 생각해도 유학은 도키코의 인생에서 유일한 모험이었다. 진심으로 독일어로 대화하고 싶다면 독일에서 유학하라는 선생님의 권유로 도키코는 일본어가 전혀 통하지 않는 독일로 홈스테이를 떠났다.

예순이 가까운 나이의 학생은 처음 본다며 호스트 가족은 도키코를 흔쾌히 받아주었다. 그런데 어학 연수를 돕고 싶었는지 스파르타라고 해도 좋을 만큼 호스트 가족이 끊임없이 말을 걸어주는 바람에 도키코는 처음 한 달 동안은 어떻게 시간이 지났는지 모를 정도로 눈이 핑핑 돌았다고 했다.

"어학원에는 독일인 외에도 다양한 나라의 친구들이 유학을 왔더구나. 대만, 프랑스, 캐나다, 미국에서 온 나보다 까마득히 어린 학생들이었지만, 그 친구들과의 대화도 정말 즐거웠단다."

"엄마가 혼자서 독일에 가다니…."

에이코가 말을 잇지 못했다.

"전부 네 덕분이야."

도키코가 대답했다.

"네가 없었다면 나는 이런 결정은 절대 못 했을 거야."

"엄마, 내가 유학하는 동안 종종 카세트테이프 보내줬잖아, 기억나? 국제 전화는 비싸다면서, 히로코랑 아빠가 녹음한 테이프를 편지와 함께 보내줬었는데."

"맞아, 그랬지. 히로코의 아이디어였어. 네 아빠는 긴장해서 항상 한두 마디밖에 못 했지."

카세트 플레이어 앞에서 다 같이 얼굴을 맞대고 차례대로 녹음하던 모습이 마치 어제의 일처럼 선명했다.

"그 테이프 받고 정말 기뻤어."

에이코가 기억을 되새기는 듯 말했다.

도키코가 생각한 '어제의 일'처럼이라는 비유는 어쩌면 에이코에게는 정말 최근의 기억일지도 모른다.

"이제야 말하지만…, 고마워요, 엄마."

에이코가 세상을 떠난 이후에도 칼과 함께 가족으로서 함께 시간을 쌓을 수 있었던 것. 그리고 지금 도키코가 독일어로 말할 수 있었던 것은 우리 가족 안에 그런 시간이 흘렀다는 증거이기도 하다.

"지금은 칼과 매우 사이가 좋아. 네 생일에는 아직도 꽃을 보내준단다."

"그래?"

꽃을 에이코의 기일이 아닌 생일에 보내는 것도 정말이지 칼다웠다.

"칼이 어떻게 지내는지 안 궁금해?"

망설임이 담긴 도키코의 목소리에 에이코는 한동안 아무 말도 하지 않았다.

"Nein(아니)."

그리고 차분한 목소리로 단호하게 대답했다.

"안 들어도 괜찮아. 분명 행복할 테니까. 지금 엄마가 건강하게 지내는 것처럼."

9

엄마 품에 안겨 있던 메이가 갑자기 고개를 들었다.

"엄마."

"응?"

속삭이는 메이의 목소리에 미사토가 대답했다. 메이가 미사토의 귓가에 입을 가까이 가져갔다. 그리고 물었다.

"여기 아가 있어?"

순간 숨이 막혔다. 미사토는 얼굴을 뒤로 떼고 메이를 바라보았다. 메이가 생글생글 웃으며 미사토의 아랫배를 손바닥으로 토닥토닥 부드럽게 어루만졌다.

메이가 살아 있을 때부터 여동생을 갖고 싶다며 자주 했던 행동이다. 친하게 지냈던 유치원 친구들에게 여동생이 생기면서 메이는 자기도 여동생을 갖고 싶다며 미사토와 쇼이치에게 자주 말했었다.

"엄마, 여동생 이제 왔어? 아가 여기 있어?"

아침에 눈을 뜨자마자 그렇게 묻던 메이에게 미사토가 아직 안 왔다고 대답하면 메이는 불만스럽게 입을 삐죽거리곤 했다.

메이는 미사토의 배를 토닥이는 것 외에도 자주 쓰다듬었다. 당시에는 딸의 귀여운 소원을 언젠가 이뤄주는 것도 나쁘지 않겠다고 생각했었다.

미사토가 입술을 깨물었다. 그렇지 않으면 메이의 작은 몸에 매달려 울부짖을 것 같았다.

그때 배 속에는 아직 아기가 없었다.

하지만 지금은 다르다.

"응, 여기 있어."

지금까지와는 다른 대답에 오히려 질문한 메이가 놀랐다.

"정말?"

크게 소리친 메이가 고개를 들었다. 그리고 미사토의 얼굴과 배를 번갈아 쳐다보았다.

"정말 있어? 와, 신난다! 여동생이 있는 거야?"

"아직 여동생인지, 남동생인지는 몰라."

"와, 메이는 여동생이 좋아! 무조건 여동생으로 할래!"

메이는 그냥 평상시처럼 물어본 것뿐일지도 모른다. 하지만 언젠가 미사토는 아이들에게 신비한 힘이 있다는 얘기를 들은 적이 있다. 아이들은 아직 배가 나오지 않은 임산부를 잘 따르거나 배 속 아기의 움직임을 민감하게 살필 수 있다는 것이다.

쇼이치와 미사토는 메이가 세상을 떠난 직후에 이미 츠나구라는 존재를 알고 있었다. 하지만 용기가 나질 않아 이제야 츠나구에게 부탁한 것이다.

처음에는 미사토도, 쇼이치도 예기치 못하게 생긴 새로운 아이의 존재가 너무 반가웠다. 하지만 동시에 혼란스러웠다.

'과연 메이를 죽게 한 우리가 부모가 될 자격이 있을까?'

만약 만날 수 있다면 메이와 만나게 해주자고 제안한 사람이 바로 남편 쇼이치였다. 메이에게도 배 속의 아기를 보여주자는 쇼이치의 말에 그 중요한 역할을 미사토가 맡게 되었다. 사실 쇼이치도 견딜 수 없을 만큼 메이가 보고 싶을 텐데, 배 속에 아기가 있다는 이유만으로 미사토가 그 기회를 받게 되었다.

"만져 볼래?"

"응!"

활기차게 대답한 메이는 손가락 하나로 미사토의 배를 콕콕 찌르다가 다시 부드럽게 어루만졌다. 그런 메이의 모습에 미사토는 눈물을 참으며 씁쓸하게 웃었다.

"조금 더 제대로 만져 봐."

"아, 아가가 기분이 좋대."

아는 건지 모르는 건지 메이가 천진난만하게 말했다.

그 얼굴을 향해 미사토가 말했다.

"메이, 엄마에게 아가가 있어도 괜찮아?"

미사토는 그것이 얼마나 잔인한 말인지 알고 있었다. 아직 사리를 판단할 수 없는 이 아이에게 그렇게 묻는 건 내 이기심이라고 생각했다. 하지만 묻고 싶었다. 도저히 참을 수 없었다.

미사토는 메이를 무릎에 앉혔다. 작은 몸을 받치고 있는 손과 팔이 떨렸다.

메이가 활짝 웃으며 발랄한 목소리로 대답했다.

"그러엄!"

미사토는 눈을 감았다. 오래도록 뜨지 않았다.

꼭 감은 눈동자 안에 눈물이 차올랐다. 지금 자신은 환영을 보고 있는 것일지도 모른다. 진짜 메이는 더 이상 어디에도 없고 지금 자신이 끌어안고 있는 이 아이는 미사토가 원하던 상황에 맞게 만들어진 환영일지도 모른다.

미사토는 눈물이 멈추지 않았다.

"고마워."

그렇게 말한 미사토가 힘껏 메이를 끌어안았다.

"고마워, 메이!"

"엄마, 숨 막혀."

그렇게 투정을 부렸지만 메이는 웃고 있었다. 엄마를 부르며 환한 미소를 띠고 있었다.

아침이 오고 메이가 사라질 때까지 많은 이야기를 나누었다. 침대 위에서 메이와 뒹굴고 놀면서 시계 쪽은 쳐다보지 않으려고 했다.

"유나."

메이가 미사토의 배를 향해 말했다. 무슨 의미인지 몰라 미사토가 의아하게 바라보자 메이는 자신이 좋아하는 캐릭터의 여동생 이름이라며 알려주었다.

"유나, 유나."

메이는 몇 번이나 미사토에게 말했다.

커튼 뒤로 점점 하얗게 날이 밝아오고 있었다. 미사토는 이런 상황에서도 무의식중에 메이를 재우지 않고 밤을 새우게 했다고 생각하는 자신이 신기했다.

미사토 품에 안겨 있던 메이가 중얼거렸다.

"엄마, 나 졸려."

"이제 자자."

그것이 메이와 나눈 마지막 대화였다.

커튼 너머로 떠오르는 아침 해에 어느새인가 품 안이 허전했다. 무게가 느껴지지 않았다.

품 안에 아무것도 없지만 아직 온기는 남아 있었다.

미사토는 메이와 닿았던 모든 곳이 반짝반짝 빛나고 따뜻한 온기가 되어 아직 자신의 품 안에 남아 있는 기분이 들었다.

10

커튼 너머로 아침 햇살이 새하얗게 번질 무렵, 에이코는 어느덧 일본어로 말하고 있었다.

"엄마랑 독일어로 대화할 수 있는 날이 오다니 상상도 못 했던 일이야."

에이코의 말에 도키코가 크게 숨을 내쉬었다.

자신이 원해서 먼저 시작한 독일어 대화였지만 역시 일본어로 말하자 긴장이 풀리며 도키코의 어깨에서 힘이 빠졌다.

"나도 그렇단다."

도키코도 일본어로 대답했다.

"에이코, 네가 없었다면 나도 독일어에 흥미를 갖지 않았을 거야."

그 말은 '네가 세상을 떠나지 않았다면'이라는 의미이기도 했다. 에이코가 살아 있고 지금도 건강하다면 이런 날은 오지 않았을 것이다.

세상을 떠난 딸과 독일어로 대화하는 것은 도키코의 오랜 꿈이었다.

하지만 저도 모르게 생각하고 말았다. 독일어로 이야기를 나누는 것보다 사실은 에이코가 이 세상에 있길 바란다는 것을….

"너와 대화할 수 있어서 너무 행복하지만 사실 내 진짜 소원은 따로 있단다."

"소원?"

"응. 이제 절대로 이루어질 수 없는 소원이지만 들어볼래?"

에이코가 눈을 깜빡였다.

"에이코, 예전에 독일 학회에서 발표할 논문을 준비하고 있었지? 당당한 표정과 당찬 목소리로 연설처럼 꽤 길게."

에이코가 눈을 깜빡였다. 도키코가 말을 이어 나갔다.

"녹음한 카세트테이프, 그거 일본에 있는 우리에게 보내려고 했다고 칼이 그러더구나."

"아아."

마침내 생각이 난 듯 에이코가 고개를 끄덕였다.

"맞아. 일본에 있는 엄마랑 아빠, 히로코에게 보내려고 하다가 그냥 안 보냈어. 그냥 독일에서 건강하게 잘 지내고 있다는 것을 전하고 싶어서 녹음했는데 생각해보니 영상도 아니고 전문 용어도 많은 독일어 연설을 보내도 좋아하지 않을 것 같더라고."

"네가 그렇게 말했다는 것도 칼이 알려주더구나. 너무 늦게 보냈다면서, 네가 세상을 떠난 뒤에 그 카세트테이프를 찾아서 우리에게 들려줬어."

도키코는 에이코의 목소리가 녹음된 테이프를 들었다. 물론 의미는 모르지만 에이코의 목소리를 듣는 것만으로도 행복했다. 그리고 독일어를 공부한 지금은 그 내용을 거의 알아들을 수 있었다. 전문적인 내용은 여전히 어렵지만 그래도 어느 정도는 이해할 수 있었다.

만약 한 가지 소원을 이룰 수 있다면. 도키코는 줄곧 생각하고 있었다.

"만약 소원 하나를 이룰 수 있다면, 나는 네가 그 논문을 발표하는 모습을 실제로 이 눈으로 보고 싶구나. 그게 내 소원이란다."

창문 너머로 빛이 점점 진해졌다.

아아, 아침이 오는구나.

도키코는 눈이 깜빡거리려는 것을 꾹 참고 눈을 크게 떴다. 지금 이곳에 있는 에이코의 모습을 조금이라도 눈에 담고 싶었다.

올해로 일흔넷.

도키코는 곧 자신도 에이코가 있는 곳으로 갈지도 모른다고 생각했다. 그래서 도키코는 이 세상을 사는 동안 자신이 배운 것을 어떻게든 에이코에게 알려주고 싶었다. 모두 에이코의 덕분이라고 전하고 싶었다.

"정말 고맙구나, 에이코."

에이코의 모습이 점점 안개처럼 뿌옇게 변했다. 에이코가 미소를 지었다.

"나야말로. 정말 고마워요, 엄마."

그리고 말을 덧붙였다.

"Danke, dass Du gekommen bist(날 만나러 와 줘서, 고마워)."

에이코의 몸이 점점 희미해졌다. 정말 에이코가 사라지고 있는 건지, 아니면 도키코의 눈에만 그렇게 보이는 건지는 알 수 없었다.

도키코는 에이코를 만나 진심으로 다행이라고 생각했다.

에이코가 마지막 한 마디를 남겼다.

"Auf Wiedersehen(또 만나요, 엄마)."

도키코는 눈을 한 번 깜빡였다. 그 짧은 찰나에 에이코의 모습이 눈앞에서 사라졌다. 아침 햇살만 조용히 방의 침대 위에 쏟아지고 있었다.

아무도 없는 방 한가운데에서 도키코는 혼잣말로 중얼거렸다.

"그래. 또 만나자."

11

오전 5시를 넘길 무렵, 로비에 사십 대 정도의 살짝 찢어진 눈이 매력적인 한 여성이 나타났다. 그녀는 가녀린 몸에 정장 바지를 맵시 있게 입고 있었다. 그녀를 본 순간 아유미는 한눈에 알아차렸다. 아니나 다를까, 그 여성도 아유미와 눈이 마주치자 말없이 가볍게 인사했다. 도키코의 둘째 딸이자 에이코의 여동생 히로코일 것이다.

그녀는 아무 말 없이 로비 한편의 의자에 앉았다. 아유미는 다가가 인사를 해야 할지 잠시 망설였지만, 결국 그냥 도키코가 내려오기를 기다리기로 했다.

로비에는 그녀 말고도 시게타 미사토의 남편 쇼이치가 의자에 앉아 아내를 기다리고 있었다. 그는 아무 말도 하지 않고 밤새 아유미를 한 번도 쳐다보지 않았다. 그저 얼굴 앞에 손을 모으고 시간을 견뎌내려는 듯 계속 앉아 있었다.

6시를 넘길 무렵, 시게타 미사토가 먼저 로비에 모습을 드러냈다. 미사토를 발견한 쇼이치가 아유미보다 먼저 재빠르게 소파에서 일어났다. 그 기척에 당황한 아유미도 엘리베이터 방향으로 시선을 돌렸다.

시게타 미사토의 얼굴은 한눈에 봐도 알 수 있을 만큼 눈물로 젖어 있었다. 쇼이치는 그런 미사토를 보고 말을 잃었다. 아내의 표정이 촉진제가 된 듯 쇼이치의 눈도 빨갛게 물들었다.

"미사토."

쇼이치는 미사토의 이름을 부르며 어깨를 토닥였다.

"메이를 만났어."

미사토가 입을 열었다.

그녀의 가방에는 '임산부 먼저'라고 적힌 임산부 배지가 흔들리고 있었다. 방에 올라갈 때 감추듯 가방 안쪽으로 넣은 배지가 지금은 확실히 바깥을 보고 있었다.

"그랬구나."

아내의 어깨를 꼭 끌어안은 쇼이치가 말했다. 그 짧은 대답에서 미세한 떨림이 느껴졌다. 두 사람은 한참 동안 그 자세로 움직이지 않았다. 이윽고 손수건으로 눈가를 누른 미사토가 고개를 들고 아유미를 바라보았다.

"고맙, 습니다…."

그렇게 말하는 미사토는 더 이상 울고 있지 않았다. 그리고 이번에는 남편 쇼이치와 함께 두 사람 앞에 선 아유미를 향해 나란히 허리를 숙였다.

"정말, 고맙습니다."

"아닙니다."

그렇게 대답한 아유미는 쇼이치와 미사토를 프런트 앞쪽의 소파로 안내했다.

소파에 앉자 미사토가 조금 진정한 것 같았다.

그때였다.

"엄마."

들려오는 소리에 뒤를 돌아본 아유미는 짧게 소리를 내고 말았다.

"앗."

시게타 미사토보다 조금 늦게 오가사와라 도키코가 엘리베이터를 타고 내려왔다.

같은 날 진행한 의뢰인이 재회를 마친 뒤 우연히 마주치는 것은 처음이었다.

순간 아유미는 누구에게 가야 할지 망설였다. 두 의뢰인 사이에 우두커니 서 있는 아유미를 보지 못한 듯 도키코가 기쁜 목소리로 말했다.

"아, 히로코. 일찍 왔구나. 고마워."

"어휴, 엄마. 밤을 새우다니, 괜찮아? 피곤하지 않아?"

"무슨 소리니. 너보다 내가 훨씬 더 야행성이라는 거 잊었어?"

가볍게 나누는 두 사람의 대화에서 아유미는 그들의 관계를 짐작할 수 있었다. 히로코가 시게타 부부 옆 넓은 소파로 도키코를 이끌었다.

"어라?"

도키코의 시선이 먼저 앉아 있던 시게타 부부에 머물렀다.

방금까지 울고 있던 미사토는 이제 거의 안정을 찾은 듯 남편에게 기대지 않고 혼자 힘으로 앉아 있었다.

안경 너머로 시게타 부부를 바라보던 도키코의 시선은 따뜻하고 부드러웠다. 왜 하필 지금 이런 일이 일어났는지 아유미는 알 수 없었다.

도키코가 미사토에게 말을 걸었다.

"좋은 일이 있네요."

도키코가 미사토의 가방에 달린 임산부 배지를 보고 있었다. 갑자기 말을 걸어와 깜짝 놀란 듯 미사토가 눈을 동그랗게 뜨고 도키코를 바라보았다.

"축하해요. 건강한 아이를 낳길 바랍니다."

도키코는 딸과의 재회를 마치고 벅차오르는 가슴에 그렇게 말한 것일지도 모른다.

도키코 정도 연배의 사람이 하는 말은 불쾌하지 않고 매우 자연스럽게 여운을 남긴다.

그 말을 듣고 살짝 입술을 깨문 미사토가 말했다. 다시 감정이 복받치는 것 같았다.

"자신이 없어요."

아유미도, 미사토의 남편인 쇼이치도 움직일 수 없었다. 오늘 처음 만나는 노부인을 올려다본 미사토가 곰곰이 생각하다가 한참 뒤에나 입을 열었다.

"자신이 없습니다. 저 같은 사람이 엄마가 될 수 있을까요?"

도키코의 얼굴에서 표정이 사라졌다. 도키코의 옆에 선 히로코도 숨을 참는 듯했다.

바로 그때였다.

깜짝 놀랄 만큼 밝은 목소리가 로비에 울려 퍼졌다.

"그럼요, 괜찮아요. 당신은 무조건 괜찮아!"

도키코의 목소리였다. 그녀답게 활기차고 생기발랄한 한낮의 태양과 같은 목소리였다.

도키코가 미사토의 어깨를 톡톡 가볍게 토닥였다.

"저 같은 사람이면 그런 걱정을 하겠지만 당신들이라면 분명 괜찮을 거예요. 기대가 되네요."

아마도 그 말에는 어떠한 근거도 없을 것이다. 하지만 신기하게도 강력한 힘을 지니고 있었다.

옆에 있던 히로코가 도키코를 나무랐다.

"엄마, 실례잖아. 얼른 가자."

"아, 미안해요."

도키코가 히로코와 함께 나란히 걸어갔다.

여전히 아유미를 알아차리지 못한 듯, 도키코가 히로코에게 물을 마시고 싶다고 말하는 소리가 들렸다. 그들은 소파를 지나쳐 그대로 물을 마실 수 있는 프런트 근처의 라운지 쪽으로 가버렸다.

아유미는 조금 전 순식간에 일어난 그들의 짧은 만남을 그저 멍하니 바라보고 있었다. 그리고 얼마 지나지 않아 가슴 깊은 곳에서 할머니의 말씀이 뜨겁게 차올랐다.

츠나구와 의뢰인은 모두 '인연'에 의해 이어진다.

도키코와 미사토, 두 엄마의 방금과 같은 찰나의 해후도 모두 '인연'인지도 모른다. 하지만 아유미는 그들의 짧은 대화가 오늘이기에 더욱 의미가 있다고 생각하고 싶었다.

"집에 가기 전에 아침을 먹고 들어갈까?"

사이 좋게 나란히 라운지로 향하는 도키코와 히로코 모녀의 대화 소리가 들렸다.

머릿속에서 아유미는 벌써 잊었을지도 모른다. 어쩌면 예상외로 히로코가 시게타 부부와 아유미의 분위기를 보고 눈치껏 행동했을 수도 있다.

도키코에게는 나중에 천천히 인사를 전하기로 했다.

시게타 부부는 아유미가 다가올 때까지도 도키코 모녀 쪽을 바라보고 있었다. 그리고 미사토가 말했다.

"저런 훌륭한 따님을 둔 분도 그렇게 생각하시는구나."

사실 도키코에게 또 한 명의 딸이 있었다는 것을 알 길이 없는 시게타 부부가 넋을 잃고 도키코 모녀를 보고 있었다. 하지만 사정을 모르는 사람에게는 시게타 부부도 아기를 기다리는 금실이 좋은 부부로밖에 보이지 않을 것이다.

눈부신 아침 햇살이 쏟아지는 밝은 호텔의 로비에서 아유미는 머리 위를 올려다보았다.

그리고 마음속으로 기도했다.

미사토와 도키코가 만난 메이와 에이코, 두 '장녀'가 부디 어딘가에서 이 광경을 보고 있기를—.

항상 기분 좋은 목재의 향기가 났다

그 사람이라면 어떻게 했을까?

그들의 잔소리조차 그리워하며 매일매일을 살아간다.

1

"이러면 아이들이 좋아하지 않을 텐데."

갑작스러운 목소리에 아유미는 서류에서 눈을 뗐다.

고개를 드니 도리노 공방의 대장이 무언가를 들고 있는 모습이 보였다. 나무로 만든 강아지 모양 장난감이다. 아유미의 시선을 느낀 듯 대장이 장난감을 아유미에게 내밀었다.

"시부야 씨, 이거 한번 봐봐."

옆 부분에 태엽이 있는 장난감인 듯 대장이 태엽을 돌리자 강아지 다리에서 움직이는 소리가 났다. 넓은 책상 위에 내려놓자 타닥타닥 강아지가 두 걸음 앞으로 나아갔다.

"신제품인가요?"

아유미의 회사인 쓰미키의 숲에서 취급하는 상품은 아니었다. 아유미의 회사가 디자인이나 설계도를 가지고 도리노 공방에 상담하러 올 때도 있지만, 도리노 공방의 기술을 믿고 아예 장난감 제작을 의뢰하는 경우도 많았다. 그중에는 디자인부터 제작까지 대장이 직접 기획한 상품의 판로 개척을 부탁한 적도 있긴 하지만 많지는 않았다. 그렇게 의뢰받는 대장의 기획이나 장난감은 모두 훌륭한 제품들이어서 아유미는 매우 마음에 들었다. 그리고 실제로 대장이 만든 장난감은 꾸준히 사랑을 받고 있다.

똑같은 '나무 장난감'이라고 해도 누가 만들었고, 어떤 촉감을 중시했는가에 따라 제품은 완전히 달라진다. 아이들을 상대로 하는 제품은 좋든 싫든 정직하다. 훌륭한 제품은 처음부터 아이들의 반응도 폭발적이다. 계속해서 새로운 제품을 출시하는 것보다 꾸준히 오래도록 인기 있는 장난감이 더 환영받고 사랑받는 업계다.

대장의 손에 있는 강아지 장난감은 동글동글한 모양이 사랑스러운 데다 끌고 다닐 수 있도록 끈도 달려 있었다. 그런데 움직임은 나쁘지 않았지만 어딘지 모를 위화감이 들었다. 지금까지 봐

온 '도리노 공방'다운 느낌이 부족했다.

"신제품이라면 신제품이라고 할 수 있지만…. 시부야 씨, 솔직히 어떻게 생각해?"

"흐음, 글쎄요."

대장의 질문에 아유미는 생각에 잠겼다. 아유미는 도리노 공방에 보낼 발주서를 작성하던 손을 멈추고 대장에게서 건네받은 강아지 장난감을 이리저리 살펴보았다.

"아까 강아지의 움직임이요, 멈추고 움직이는 규칙성을 조금 천천히 해보는 건 어떨까요? 두세 살 정도의 아이에게는 장난감의 움직임을 눈으로 좇는 게 즐거움이니까요."

"아무래도 그렇지?"

"그리고…. 아, 이 꼬리."

강아지 꼬리 끝에 작은 나무 공이 달려 있었다. 매듭으로 몸통에 붙어 있으니 꼬리가 떨어져 어딘가로 도망갈 일은 없겠지만 그래도 아유미는 왠지 신경 쓰였다.

"만약 저희 회사에서 취급한다면 이 꼬리는 수정할 것 같아요. 어린아이들은 자칫하면 삼킬 수도 있으니까요."

아이들의 장난감은 디자인보다 안전성이 우선이다. 그것은 아유미가 이 업계에 몸을 담고 있는 2년에 가까운 시간 동안 철저하게 가슴속에 새기고 있는 원칙이다. 나무 블록 세트도 아이들이 자칫 잘못 삼킬 위험성이 있는 동그란 모형은 세트에 포함해야 할지 말지의 단계부터 검토가 필요하다.

끈이 달려 있다고는 하지만 아이들은 크기에 상관없이 뭐든 입에 넣는다. 그러니 심미성은 떨어져도 꼬리는 없는 편이 훨씬 나을 것 같았다. 아유미는 대장답지 않은 실수라고 생각했다.

“아무래도 그렇지? 그것도 해결해야 하고.”

대장이 중얼거리며 머리를 긁적였다. 그런데 대장은 그런 식으로 말할 사람이 아니다. 언제나 본인 작품에 자부심을 가지는 사람이었고, 만약 상품화 직전에 아유미와 의견 차이가 있다고 해도 자신이 만든 제품을 “이러면 안 되는데.”라고 말할 사람은 절대 아니었다.

제품을 만드는 사람은 상품을 탄생시킨 부모와도 같다. 하나하나의 상품을 독립한 아이처럼 여기며 그 개성을 존중한다. 항상 그렇게 말하던 대장을 아유미는 존경하고 있었다.

“아, 하지만….”

문득 대장의 손에 들린 장난감을 보며 아유미는 무심코 말해버리고 말았다.

“강아지의 표정이 너무 귀엽고 나뭇결의 상태도 좋아요. 이만한 디자인이면 실제로 판매도 가능할 거 같아요. 강아지의 다리도 부드럽게 움직이고….”

“아니, 괜찮아. 이건 다시 제작, 아니 그냥 없었던 걸로 하려고.”

"그런가요?"

아유미는 억지로 한 칭찬이 아니라 진심으로 생각해서 한 말인데, 대장은 고개를 저으며 웃었다.

"일하던 중인 거 같은데 방해해서 미안하네."

"아닙니다."

그렇게 대답하는데 문득 공방 구석에 있는 대장의 작업 책상이 눈에 들어왔다. 언제부터였는지 책상 위에는 독특한 색 조합의 큐브 퍼즐이나 고래 모양의 손수레 등 지금까지 아유미가 보지 못한 나무 장난감들이 많이 있었다. 아유미는 그것들이 모두 신제품인지 궁금했다. 모두 꽤 정교하게 제작되어 바로 상품으로 출시할 수 있을 정도였다.

"저건 대장의 작품인가요?"

"응?"

"대장 뒤쪽에 있는 장난감들이요."

"아아."

아유미의 시선을 깨닫고 대장이 큐브 퍼즐 한 조각을 손에 들었다. 다채로운 색의 큐브 퍼즐은 옆에 있는 나무틀에 면과 면이 이어지도록 끼우면 요트나 집 등 좋아하는 그림을 완성할 수 있는 장난감 같았다. 아유미의 회사에서도 비슷한 퍼즐을 취급하고 있었다.

"혹시 그 큐브 퍼즐, 담당 회사가 아직 정해지지 않았다면 저희 회사에 맡겨주실 수 있나요? 그 옆에 있는 쿠겔반도 굉장히 좋네요."

독일어로 '굴러가는 구슬'이라는 뜻의 쿠겔반은 목제 레일에 유리구슬 같은 작은 공을 굴려 그 움직임을 즐기는 장난감이다. 대장이 책상 위의 장난감들을 슬쩍 보더니 큐브 퍼즐을 손에 들며 중얼거렸다.

"확실히 그림은 쓸만하지. 조만간 상담을 요청할 때가 올지도 모르겠군. 어떻게 될지는 모르겠지만 그때는 잘 부탁하네."

"네. 당연하죠."

"그보다 오늘은 드디어 시부야 씨의 첫 디자인이 완성되는 날이군. 기대가 크네."

"네!"

아유미는 책상 위의 거북이 장난감을 쓰다듬었다. 초록색 등껍질의 아랫부분에 살짝 틈을 만들어 등껍질을 손으로 빙글빙글 돌릴 수 있게 제작된 이 장난감은 몇 개월 전부터 아유미와 도리노 공방이 함께 진행해온 신상품이다. 아유미가 가장 많이 고민한 등껍질 색은 대장과 이무라 사장, 안나와도 상의한 끝에 초록색으로 결정했다.

아유미는 오늘 거북이 장난감의 출시를 앞두고 감사 인사와 앞으로의 작업에 관해 이야기하러 도리노 공방에 온 것이다.

"매장에 진열된 모습이 기대되지?"

"네, 기대라기보다 어쩐지 믿기지가 않아요!"

매장에 진열되면 사진으로 찍어 도리노 공방의 대장이나 사모님, 딸인 나오에게도 전송할 생각이다. 지금까지 수많은 상품을 출시한 도리노 공방에는 첫 작품을 출시한 아유미의 감격이 번거로울지도 모르지만, 아유미는 그래도 꼭 사진을 보내고 싶었다. 모두 도리노 공방 덕분에 아유미가 여기까지 올 수 있었다고 생각했기 때문이다.

"시부야 씨, 저번에 그랬지. 언젠가 장난감 디자인뿐만 아니라 제작까지 하고 싶다고. 그거 진심이야?"

"그럼요, 진심입니다."

이 업계에 발을 들인 지 얼마 안 되었을 무렵, 대장 앞에서 무심코 내뱉었던 말이다. 오랫동안 여기에 몸을 바친 장인에게는 실례되는 발언이었다. 당황한 아유미는 식은땀을 흘리며 사과했었다.

"그때 대장께 너무 죄송스러운 말을 해버렸어요. 제작이 얼마나 어려운 작업인지 저도 잘 알고 있습니다. 저처럼 경험도 없는 사람이 주제넘게."

"아냐, 시부야 씨는 재능이 있어."

망설임 없는 목소리였다.

"저, 그러니까…."

대장은 눈을 동그랗게 뜨고 말을 잇지 못하는 아유미에게 아까 그 강아지 장난감을 내밀었다.

"눈으로만 보고 이 장난감의 문제점을 바로 알아차렸잖아. 재능이란 참 잔혹하지? 필요하지 않은 사람에게는 있는데 꼭 필요한 사람에게는 없으니까 말이야. 이 일을 오래 하다 보니 알겠더라고. 당연히 노력이나 연습으로 채울 수 있는 부분도 있지만, 출발이 다른 건 어쩔 수 없어. 재능이랄까, 센스? 시부야 씨는 센스가 좋거든."

발끝이 허공에 떠오르는 기분이었다. 기쁨이 복사뼈부터 찌르르 올라와 바닥을 딛고 있는 감각이 사라졌다.

"고맙습니다. 너무 감사해요."

감사 인사를 전하는 아유미의 목소리가 떨려왔다. 그리고 한 번 더 말했다.

"시부야 씨가 원하면 제작 과정 정도는 알려줄 수 있어. 물론 지금까지 그래왔듯 쓰미키의 숲의 일이 우선이지만, 오늘처럼 미팅이 빨리 끝나는 날은 공방에서 나무 좀 만져 보는 게 어때?"

"그래도 되나요!"

아유미가 저도 모르게 큰 목소리를 내며 몸을 앞으로 불쑥 내밀었다.

대장은 그저 가벼운 마음으로 한 말일지도 몰랐다.

"그럼, 시부야 씨가 원한다면…. 자네도 잘 알고 있듯 우리는 가족이 운영하는 작은 공방이니까. 난 제자도 없고 원하면 언제든지 사용해도 좋네."

"너무 기쁩니다. 감사합니다, 대장!"

아유미는 일어서서 허리를 깊게 숙여 절을 하듯 인사했다. 지금의 고마움은 어떠한 말로 표현해도 부족한 것 같았다.

"과장하기는."

대장이 그렇게 말하며 '후훗!' 웃었다.

"옛날에 네 아버지도 여기에서 종종 나무를 만졌어. 이것저것 고민하면서 내장용 의자니, 선반이니 하면서 상담했었거든."

대장의 말에 아유미는 허리를 곧게 폈다.

아유미는 도리노 공방에 방문할 때마다 매번 신기한 감정에 휩싸인다.

이제 아유미의 기억 속에는 거의 없는 아버지의 존재가, 이곳 도리노 공방 사람들의 기억 속에는 함께 일했던 사람으로서 살아 있다. 대장은 아유미의 아버지가 아유미보다 3살 많은 나오에게 종종 색종이를 접어주었다는 이야기도 들려주었다. 그리고 이 공방에는 아버지가 제작한 의자가 아직 남아 있다. 전체적으로 햇볕에 그을리고 등받이에 작은 흠집이 난 아버지의 의자가 이곳에서 오래도록 사랑받았다는 것이 느껴져 아유미는 의자를 볼 때마다 가슴이 벅찼다.

"사실 시부야 씨를 제자로 데려오고 싶지만 우리는 그렇게 급여를 주지 못하니까."

대장이 농담처럼 말하며 웃었다.

"우린 쓰미키의 숲만큼 연봉을 줄 수가 없거든. 아, 그리고 이 거북이, 나도 참 마음에 들어. 분명 잘 팔릴 거야."

대장이 아유미가 처음으로 디자인한 거북이 장난감의 등껍질을 투박한 손으로 부드럽게 어루만졌다. 그때였다. 공방 안쪽에서 나오의 목소리가 들렸다.

"아빠!"

"무슨 일이냐?"

나오가 공방으로 나왔다. 숲속에 있는 공방의 창문으로 석양이 쏟아지며 느슨하게 묶은 나오의 머리를 갈색으로 물들였다.

"아, 시부야 씨. 죄송해요."

아유미를 향해 미소를 지은 나오가 다시 대장 쪽으로 고개를 돌렸다.

"시부야 씨, 시간 괜찮으세요? 엄마가 지금 튀김을 만드셨는데 저녁 드시고 가실 수 있냐고 물어보러 왔어요."

나오의 말에 대장이 아유미를 바라보았다. 동시에 쏟아지는 그들의 시선에 아유미는 순간 당황했다.

아유미는 도리노 공방에 방문하면서 첫 1년 동안은 식사 대접을 거절하고 사양했다. 하지만 지금은 부담을 갖지 않고 꽤 자주 신세를 지고 있다.

"그럼 감사히 먹고 가겠습니다."

아유미의 말에 대장이 웃으며 중얼거렸다.

"그래야지."

"미안해요, 시부야 씨. 돌아가는 신칸센이 늦어질 텐데."

나오가 미안하다는 듯 말했다.

"아버지가 시부야 씨를 너무 좋아해서 일단 권유부터 하시더라고요."

"시부야 씨, 이 동네 온천도 유명해. 온천 갔다가 그 김에 하룻밤 자고 가면 더 좋은데."

"어휴, 그럴 순 없죠."

아유미는 과분한 마음에 고개를 저었다. 대장과 나오가 그 모습을 보며 웃고 있었다.

2

디자인부터 아유미의 손을 거친 첫 장난감 출시다.

거북이 장난감은 쓰미키의 숲 회사 근처의 쇼핑센터와 K 가든의 매장에 진열되었다.

아유미는 매장에 부탁해 오늘은 직접 거북이 장난감을 납품하러 왔다. 어제 쓰미키의 숲 사무실에 거북이 장난감이 담긴 도리노 공방의 제품 박스가 도착했을 때 아유미는 긴장감에 미세하게 떨리는 손으로 포장지를 뜯었다. 완충재에 쌓인 거북이의 얼굴 하나하나가 참을 수 없이 사랑스러웠다. 기쁨으로 이렇게나 가슴이 벅차오르다니, 처음 느껴보는 감정이었다.

아유미는 얼른 안나에게 보여주고 싶었다. 항상 도움을 받고 있는 아키야마 가문에 장난감을 들고 가 안나의 부모님께도 보여드리고 싶었다. 대학을 졸업할 때까지 함께 살았던 작은아버지와 작은어머니, 사촌 여동생인 아카네에게도.

그리고 무엇보다 지금은 세상에 없는 할머니 아야코에게도 보여주고 싶었다. 아유미는 어렸을 적 멋있는 풍경을 보면 할머니가 떠올랐다. 지금 생각해보면 그때는 아유미 자신을 위해 그러고 싶었다. 하지만 그것이 좋아하는 사람과 멋진 풍경을 공유하고 싶은 마음이라는 것을 아유미는 이제야 깨달았다.

아유미는 사람이 정말 기쁘면 좋아하는 사람에게 그것을 보여주고 싶어 한다는 것을 오랜만에 떠올렸다.

"죄송하지만 사진을 찍어도 되나요? 이 장난감을 만들어 준 공방 분들께도 보여주고 싶어서요."

"그럼요, 얼마든지요."

"감사합니다. 그리고 이 사진들은 회사 홈페이지에도 게재할 생각이에요."

멋지게 거북이 장난감이 진열된 매장에서 아유미는 사진 찍기에 바빴다.

점원은 스마트폰을 들고 있는 아유미를 향해 미소를 지으며 흔쾌히 사진 촬영을 허락해 주었다. 그때 갑자기 카메라가 켜진 스마트폰 화면에 이무라 사장님 이름이 떴다.

순간 아유미는 좋지 않은 예감이 들었다. 화면에 뜬 번호가 회사 전화가 아닌 이무라 사장의 개인 전화번호였기 때문일지도 모른다.

아까 아유미가 사무실에 잠깐 들렀을 때 사장님은 사무실에 없었다. 당장 급하게 처리해야 할 업무도 없다는 확신이 들자, 그 다음 아유미의 머릿속에 떠오른 것은 불행의 가능성이었다.

"죄송해요, 잠시 전화 좀 받겠습니다."

아유미가 점원에게 양해를 구하고 전화를 받았다.

"시부야 씨? 지금 잠깐 전화 받을 수 있어?"

수화기 너머로 들리는 이무라 사장의 목소리가 어쩐지 딱딱하게 굳어 있었다. 하지만 그것을 인정해 버리면 다음의 무언가가 기다리고 있을 것 같아 두려웠다. 그래서 아유미는 그냥 모른 척했다. 가볍게 대답하면 좋지 않은 예감에서 벗어날 수 있을 것만 같았다.

"네, 괜찮습니다. 무슨 일 있나요?"

이무라 사장이 슬픔을 참는 듯 크게 심호흡을 하며 아유미에게 말했다.

"도리노 씨가 돌아가셨어."

아유미는 이무라 사장의 말을 순간 이해하지 못했다. 이해하지 못했다고 생각했는데 갑자기 스마트폰을 든 아유미의 손에서 감각이 느껴지지 않았다. 무언가로 이마를 세게 얻어맞은 것처럼 이 세상의 모든 소리가 사라졌다.

"네에?"

큰 소리로 반문하는 자신의 목소리가 충격으로 한 박자 늦게 머릿속에서 메아리쳤다. 옆에 있던 점원이 어깨를 움찔하며 깜짝 놀란 듯 아유미를 쳐다보았다. 자신도 모르게 큰 소리를 내버렸다는 것을 그제야 자각했다.

"어떻게…, 도리노 씨라면 공방의 대장 말씀이십니까? 도대체 무슨 일이…."

농담할 만한 내용이 아니라는 건 알고 있었지만, 목소리가 무심결에 입 밖으로 튀어나왔다.

"사장님, 장난이시죠?"

아유미의 목소리에서 떨림이 전해진 듯 이무라 사장은 목멘 소리로 대답했다.

"믿기 어렵겠지만 사실이네, 시부야 씨."

그 순간, 매장 안의 진열대가 아유미의 눈에 들어왔다. 대장에게 보여주기 위해 방금 사진으로 남긴 거북이 장난감, 그리고 어제 거북이 장난감이 도리노 공방의 이름이 새겨진 박스에 꼼꼼하게 포장되어 사무실에 도착했던 것이 떠올랐다.

미팅을 위해 대장과 만난 것이 불과 2주 전이었다. 넉살 좋게 권유받은 식사를 거절하지 않고 함께 저녁을 먹었다.

그랬는데—.

아유미는 믿을 수 없었다. 왜냐하면 대장은 너무나도 건강하게 웃고 있었다. 심장 발작, 이무라 사장은 그렇게 말했다. 수화기 너머로 예전부터 지병이 있었다고 덧붙이는 이무라 사장의 목소리가 들려왔다.

3

독경 소리가 울리는 방으로 들어간 아유미와 이무라 사장은 회사 동료들과 함께 조의를 표하는 제단 앞에 줄을 섰다. 도리노 사장의 빈소는 자택이 아닌 공방 근처의 장례식장에 마련됐다. 검은 넥타이를 매는 것은 굉장히 오랜만이다. 장례식장은 대학생 때 할머니가 돌아가신 이후로 처음이었다.

긴 행렬의 끝에 선 아유미는 쉽게 충격이 가시지 않았다. 도대체 자신은 무엇을 보고 있던 것인지 알 수 없었다.

도리노 공방의 대장 도리노 씨는 원래부터 심장에 지병이 있었다고 한다.

“사십 대가 되었을 무렵부터 있었던 병이야. 평소에 약을 먹긴

해도 심각한 것은 아니라고 그랬는데…."

아유미는 이무라 사장의 말에 깜짝 놀랐다. 전혀 몰랐다.

담당자로서 항상 신세를 지고 있고 업무 때문에 공방이나 집에도 여러 번 방문했었는데 아유미는 아무것도 몰랐다. 아니 대장은 아유미에게 알려주지 않았다. 그런데 이무라 사장은 알고 있었다. 대장은 나이가 비슷한 이무라 사장에게는 알려주었지만, 아유미에게는 아무 얘기도 해주지 않았던 것이다. 하지만 조금만 생각해보면 알 수 있지 않았을까? 대장은 집에서도, 가끔 아유미를 데리고 간 가루이자와 근방의 음식점에서도 매번 식사 후에 약을 먹었다. 하지만 아유미는 그 모습을 보면서도 마음에 깊게 담아둔 적이 없었다.

대장은 벌써 예순에 가까웠다. 약 한두 개쯤은 이상하지 않다고 생각해 아유미는 대장에게 무슨 약인지 물어보지도 않았었다. 자신의 얘기는 그렇게나 많이 했으면서 대장의 이야기는 하나도 모르고 있었다고 생각하자 아유미는 견딜 수 없었다.

끊임없이 이어지는 독경 소리와 선향 향기에 아유미는 몸을 움직일 수 없었다. 그래도 일정한 간격으로 길게 이어진 줄을 한 걸음 한 걸음 나아가자 정면에 나오의 모습이 보였다. 나오의 옆에 사모님이 서 계셨고 제단 정면에 대장의 영정사진이 보였다. 영정사진은 장례식에서 흔히 볼 수 있는 정장 차림이 아니었다. 사진 속 대장은 항상 두르고 있던 공방의 작업 앞치마 차림으로 아유미도 그동안 봐왔던 서글서글한 미소를 짓고 있었다.

정말 갑작스러운, 예상하지 못한 이별이었다. 평범한 스냅 사진 한 장에 담긴 대장의 분위기와 그 미소는 수많은 헌화에서도 숨 막힐 듯한 분향의 연기에서도 떠오르는 것 같았다.

사모님이나 나오, 심지어는 대장 본인도 지병이었던 심장이 그렇게 심각한 상황이라고 생각하지 못했던 모양이다.

대장의 부고 연락을 받은 다음 날, 아유미는 부랴부랴 이무라 사장과 함께 가루이자와의 도리노 공방으로 향했다. 아유미와 사장의 방문이 가족에게 민폐가 될지도 모르지만, 아유미는 자신이 할 수 있는 일이 있다면 무엇이든 돕고 싶었다. 그리고 무엇보다 사모님과 나오가 걱정됐다.

저녁의 도리노 공방은 고요했다. 친척으로 보이는 사람들이 많이 왔는데도 공방은 조용했다.

공방 안으로 들어가자 익숙한 목재의 좋은 향기가 났다. 안쪽에서 모습을 드러낸 나오가 이무라 사장과 아유미를 발견했다.

"시부야 씨. 이무라 사장님까지…."

나오의 얼굴은 창백을 넘어 투명해 보일 정도였다. 아유미는 나오가 울었다는 것을 한눈에 알아차릴 수 있었다. 조문할 때 어떤 위로의 말을 전해야 하는지 아유미도 알고 있다.

'유감입니다. 얼마나 애통하십니까.'

하지만 준비한 말이 목에 걸려버렸다. 그런 식으로 격식을 차려 말해버리면, 지금까지 쌓아온 대장과의 거리도 나오와의 거리도 멀어질 것만 같았다.

"나오 씨…."

어금니를 꽉 깨물고 입을 다문 아유미가 허리를 깊게 숙이자 나오의 옆에서 사모님이 모습을 드러냈다. 짧은 기간 동안 사모님의 얼굴은 반쪽이 되셨고 눈은 새빨갛게 충혈되어 있었다.

"만나주시겠어요?"

사모님이 말했다.

"괜찮으시다면 남편과 만나주세요."

병원에서 돌아왔다는 대장의 유체를 앞에 두고 아유미는 새어 나오는 소리를 막을 수 없었다.

"대장…."

아유미는 대장을 목 놓아 불렀다. 눈가가 뜨거워지고 목이 떨렸다.

대장은 그냥 잠을 자는 것 같았다. 당장이라도 일어나 아유미와 사람들에게 무슨 일이냐며 말을 걸어올 거 같았다. 뒤에서 진짜 대장이 나타나 사람이 자는 모습을 그렇게 뚫어지게 쳐다보지 말라며 잔소리를 할 것만 같았다.

이제 그 목소리를 평생 듣지 못하게 되었다니, 생각해 본 적이 없었다.

"남편이 그랬어요. 평생 관리해야 하는 병이지만 갑자기 나빠지지는 않는다고…."

대장은 반듯하게 누워 가슴에 손을 올리고 있었다. 아유미의 눈동자에 두꺼운 눈물막이 차올랐다.

"설마 이렇게 갑자기 떠날 거라고는…."

끝까지 말을 잇지 못한 사모님은 정신없이 눈물을 흘렸다.

"엄마…."

나오가 엄마의 등을 어루만졌다. 자신도 울고 싶을 텐데 마음을 굳게 먹은 듯 적어도 사모님을 위로할 때만큼은 눈물을 흘리지 않았다. 그 모습에 아유미는 가슴이 아려왔다.

가족들은 대장의 심장 질환을 알고 있었다. 아유미는 대장뿐만 아니라 사모님이나 나오에게도 도움을 주지 못한 자신이 그저 한심스러웠다.

그때 나오가 말했다.

"시부야 씨의 첫 디자인…."

깜짝 놀라 얼굴이 굳은 아유미를 향해 나오가 말을 계속했다.

"무사히 매장에 진열되었나요?"

이런 상황에서도 작게 입꼬리가 올라간 나오의 얼굴을 보고 아유미는 할 말을 잃었다.

"네."

아유미는 들릴 듯 말 듯 작은 목소리로 고개를 끄덕이며 대답했다. 다시 눈가에 눈물이 차오르며 호흡이 가빠졌다.

"그래요? 다행이다."

"매장 앞에 진열된 거북이 장난감 사진 혹시 보내줄 수 있나요? 아버지께 보여드리고 싶어요."

대장은 아유미의 거북이 장난감이 사무실에 도착한 그 날 저녁에 쓰러졌다고 했다.

"시부야 씨는 분명 기쁨의 눈물을 흘릴 거야."

그 전날 장난감을 포장하는 나오를 보고 대장이 웃으며 그렇게 말했다고 했다.

조문을 위해 길게 늘어선 행렬이 조금 줄어들었다.

"어휴, 외동딸인데."

줄 선 사람들 사이에서 그렇게 말하는 소리가 들렸다. 벌써 몇 번이나 들었다. 아유미는 그 말을 되뇌었다.

외동딸.

나오는 대장과 사모님의 외동딸이다. 그것이 어떤 의미인지 아유미는 새삼 다시 생각하게 됐다. 형제나 자매가 없다는 것은 앞으로의 일에 관해 같은 입장에서 상담해줄 수 있는 상대가 아무도 없다는 말이나 마찬가지다.

울부짖는 오열 소리는 가족이나 친척보다 오히려 조문객 사이에서 더 많이 들렸다.

"어쩌다 이렇게 갑자기…."

"성실하게 일도 잘하던 사람이었는데…."

"내가 곤란할 때도 선뜻 도와주셨지."

대장의 친구나 같이 일했던 거래처 사람들은 대부분 아유미가 모르는 사람들이었다. 아유미는 '이렇게 많은 사람이 대장을 그리워하고 자신과 보냈던 시간과 똑같은 시간을 그들과도 쌓아오셨구나.' 하는 생각이 새삼 들었다.

그때 고요한 독경 소리를 뚫고 아유미의 귀에 유달리 선명하게 꽂히는 대화가 있었다.

"요즘 젊은 사람들은 장난감 색을 어떻게 할지까지 상담한다는군. 우리 시대와는 달라졌어. 우리 때는 뭐든 스스로 결정했는데 말이야."

'…아?'

아유미는 소리가 들리는 방향으로 고개를 돌렸다. 그러나 줄지어 있는 사람들 가운데 누가 한 말인지 도저히 알 수 없었다. 어느 정도 나이가 있는 사람의 스스럼없는 말투. 대장과 비슷한 연배의 목소리였던 것 같다. 가슴이 쿵 내려앉은 아유미는 심장박동이 빨라졌다. 얼마 전 출시된 거북이 장난감이 아유미의 뇌리를 스쳤다. 어쩌면 자신의 이야기일지도 모른다.

거북이 등껍질의 색을 어떻게 할지, 아유미는 대장이 끈질기다고 느낄 정도로 여러 번 상담했다. 대장도 그런 아유미에게 흔쾌히 대답해 주었다.

"시부야 씨는 타협이 없구먼."

대장은 웃으며 그렇게 말했었다.

가슴이 시릴 정도로 차가워지고 온몸이 떨려왔다. 아유미는 그제야 대장에게 폐를 끼쳤을지도 모른다는 생각이 들었다. 대장은 마음을 터놓을 수 있는 동년배의 동료들에게 자신을 귀찮다는 식으로 말했을까? 아유미는 가장 먼저 대장에게 사과하고 싶었다.

자신의 시야가 좁다는 것은 진즉에 알고 있었지만, 저들의 이야기를 듣고 나니 사라지고 싶을 정도로 부끄러웠다. 아유미는 그저 재능이 있고 센스가 좋다는 대장의 칭찬에 들떠 있었다.

하지만 아직도 이렇게나 미숙한 사람이었다.

갑자기 상복 차림의 사모님과 나오는 아유미가 한 번도 본 적이 없는 모르는 사람처럼 느껴졌다. 얼마 전과는 인상이 달랐다. 이제 그 누구도 대장을 잃기 전의 일상으로 돌아갈 수 없다.

사모님도, 나오도 그저 장식품 같았다. 슬픔이 가득한 표정으로 다가오는 조문객 한 사람 한 사람에게 마치 기계처럼 정중하게 머리를 숙였다. 그리고 그 눈은 텅 비어 있었다.

아유미의 차례가 다가왔다.

"이번 일은…."

들릴 듯 말 듯한 작은 목소리와 함께 발걸음을 뗀 이무라 사장

옆에서 아유미도 아무 말 없이 고개를 숙였다. 그때였다. 나오와 사모님이 고개를 들고 아유미를 바라보았다.

다른 조문객들에게 그랬던 것처럼 아유미는 그들이 아무런 감정 없이 인사하리라 생각했다. 하지만 장식품처럼 표정이 없던 나오의 얼굴이 금이 가듯 천천히 일그러졌다.

"시부야 씨…."

눈을 가늘게 뜬 나오가 아유미를 불렀다.

"시부야 씨."

나오의 옆에서 사모님이 똑같이 작은 목소리로 말했다. 그 순간 아유미는 가슴속으로 깊게 숨을 삼켰다. 그리고 숲속에 있는 도리노 공방을 떠올렸다.

도리노 공방을 가면 항상 기분 좋은 목재의 향기가 났다. 채광이 좋은 큰 창이 천장까지 이어져 있어 집 안으로 언제나 따사로운 햇살이 쏟아졌다.

공방 한가운데 놓인 아유미의 아버지가 만든 의자는 여전히 사랑받고 있었다.

앞으로 제작 과정을 알려준다고 대장과 약속했었는데.

나오와 사모님과 시선이 마주친 아유미는 고개를 끄덕였다. 그리고 깊게 머리를 숙였다.

평소 앞치마를 하고 공방의 사무 업무로 이리저리 분주한 나오의 모습밖에 보지 못했었는데, 오늘 아유미는 머리를 풀고 진주 목걸이를 한 모습이 어른스럽고 예뻐 보였다. 하지만 아름다운 만큼 나오의 얼굴에 스며든 슬픔과 노고의 빛이 애처로웠다.

"유감입니다."

짜낸 듯한 목소리로 그렇게 말하는 것이 최선이었다. 눈물이 차오른 나오가 아유미의 말을 곱씹는 듯 작게 끄덕였다.

그것뿐이었다. 길게 얘기할 수 없었다.

아유미는 영정사진 앞으로 발걸음을 옮겨 대장과 마주했다. 향을 피우기 위해 뻗은 아유미의 손끝이 딱딱하게 굳어 있었다.

대장, 아유미는 마음속으로 오열했다. 너무나도 갑작스러웠다. 아유미는 대장에게 많은 것을 배우고 싶었다. 대장에게 잔소리를 들어도, 대장이 귀찮다고 생각해도.

입술을 깨문 아유미가 더 깊게 고개를 숙였다. 가슴 앞에 손을 모으고 오래도록 고개를 들지 못했다.

4

대장의 장례식이 끝나고 한 달 반쯤 지났을 무렵 나오에게서 전화가 걸려 왔다.

마침 아유미도 나오에게 전화하려던 참이었다. 상황이 조금 정리되면 대장이나 공방에 대해 나오와 사모님과 이야기를 나눠 보고 싶었다. 어쩌면 정리할 상황이 없을지도 모르지만.

앞으로도 오래도록 계속된다고 생각했던 날들이 한순간에 사라져버렸다.

아유미는 소중한 사람의 죽음이 주는 충격이, 현재진행형에서 벗어나는 날은 그렇게 간단히 오지 않는다는 것을 너무나도 잘 알고 있었다.

"바쁘실 텐데 갑자기 연락드려 죄송해요."

나오는 만나기로 한 에비스의 카페에 아유미보다 먼저 와 있었다. 사실은 아유미가 공방에 찾아가려고 했지만, 아직 어수선할지도 모르고 되도록 부담도 주고 싶지 않았다. 그때 나오가 먼저 도쿄에 갈 일이 있다며 말을 꺼냈다.

도리노 공방은 아유미의 회사 이외에도 많은 곳과 작업을 하고 있었다. 그런 거래처에 하나하나 인사하러 찾아가거나, 앞으로의 일에 대해 논의할 필요가 있다는 것을 떠올리기는 그리 어렵지 않았다. 그래서 나오는 아마 도쿄를 방문하는 날이 많아졌을 것이다.

"나오 씨야말로 바쁘시죠?"

"아니에요. 얼마 전에 사십구재가 끝나서 어느 정도 정리가 됐어요. 장례식까지는 너무 정신이 없어서 뭐가 뭔지도 잘 모르고 시간이 지나간 기분이었는데 제사가 끝나니 가족은 더 이상 할 수 있는 일이 없는 것 같더라고요."

나오의 말에는 그 분주함이 계속되었으면 하는 바람이 담겨 있는 것 같았다. 어쩌면 나오는 대장의 빈자리를 느낄 수 없도록 분주하게 일하고 싶은 것일지도 모른다.

오랜만에 보는 나오는 장례식 때보다는 얼굴에 홍조가 돌아온 듯 보였지만, 아직도 뺨은 야위어 있었고 웃음도 어딘가 애처로워 보였다. 하지만 시간이 지나면서 대장의 갑작스러운 죽음을 어느 정도 받아들인 것 같았다. 누구보다 아유미 자신이 그랬다.

주문한 따뜻한 커피가 나왔다. 서로 커피를 한 모금씩 마신 뒤 아유미가 먼저 입을 열었다.

"공방에 들어온 일들은…."

"아빠가 하던 작업들 가운데 엄마와 제가 처리할 수 있는 일은 이어서 하게 되었어요. 다행히 엄청나게 급한 일은 없더라고요. 어떻게든 책임지고 마무리 짓고 싶습니다."

나오가 테이블에 커피잔을 내리며 아유미를 바라보았다.

"쓰미키의 숲의 작업은 그래도 시부야 씨의 거북이 장난감을 완성해서 정말 다행이에요."

"네…."

나오의 말을 들은 아유미는 마음이 복잡해졌다. 대장과 했던 작업이 만족스러운 과정을 거쳐 상품으로 나올 수 있었던 것은 분명 대단한 일이고 아유미도 감사하고 있다. 하지만 아유미는 아직 대장과 해보고 싶은 일이 더 많았다. 다양하게 기획했고 실제로 그 기획을 진행하려고도 했다.

거래처의 한 사람이었던 아유미는 도리노 공방이라는 브랜드가 대장 그 자체라는 것을 잘 알고 있었다. 모든 거래처가 대장의 기술을 신뢰해 일을 의뢰했을 것이다. 이제 그중에는 대장이 세상을 떠나면서 주문을 취소하는 곳도 있을 것이다.

아유미의 그런 생각을 눈치챈 것인지 나오가 곤란하다는 표정으로 어색하게 웃었다.

"물론 아빠의 이름을 믿어 준 고객과의 작업 중에는 저와 엄마가 일을 맡고 싶어도 도저히 엄두가 나지 않아 거절할 수밖에 없는 작업도 몇 건 있었어요. 너무 속상했지만…."

아유미와 비슷한 또래의 나오는 평상시에도 존댓말과 반말을 섞어 사용했다. 그런 거리낌 없는 나오의 태도에 아유미도 가끔 스스럼없이 말하기도 했다.

"앞으로 공방은 어떻게 되나요?"

도리노 공방은 대장의 존재 그 자체였다. 사모님이 대장을 도왔다고는 하지만 디자인에 관해서는 전혀 몰랐고 나오도 사무 업무만 했을 뿐이었다. 도리노 대장은 제자를 두지도 않았다.

아유미의 회사도 앞으로 제품을 발주할 때 도리노 공방이 아닌 다른 공방을 찾게 될 것이다. 아유미는 그런 생각으로 물었지만, 전혀 예상치 못한 반응이 돌아왔다. 나오의 뺨이 긴장한 듯 경직되고 눈빛이 진지해졌다.

"시부야 씨."

새삼스레 아유미를 부른 나오가 앉은 자세를 가다듬었다.

"오늘은 그 일에 대해 하고 싶은 얘기가 있어서 도쿄까지 찾아왔어요. 죄송해요, 아유미 씨가 가루이자와까지 와주신다고 했는데 엄마가 안 계신 곳에서 얘기하고 싶어서."

이번에는 아유미가 자세를 고쳐 앉았다.

"공방에 대해…."

나오가 말을 이어 나갔다.

"시부야 씨. 아빠한테 공방에 대해 무언가 들은 말 없으신가요? 공방이랄까, 저에 관해서요."

"나오 씨요?"

나오의 큰 눈이 아유미를 똑바로 바라보고 있었다. 나오가 고개를 끄덕였다.

"아빠가 공방을 제게 물려준다거나 그런 말씀을 하신 적 없나요?"

나오가 그렇게 물었다.

5

나오는 대장에게 공방을 잇게 해달라고 부탁했다고 한다.

그것도 꽤 오래전부터. 나오는 어렸을 적부터 너무 좋아하던 대장의 기술을 물려받을 수 있도록 공부하게 해달라고 했다.

나오의 말에 아유미의 머릿속에 한 장면이 번뜩 스쳐 지나갔다. 귓속에서 대장의 목소리가 되살아났다.

"어쨌든 다시 생각해보아라."

대장과의 미팅을 마치고 공방을 나서는 길에 공방 뒤쪽에서 말소리가 들렸다. 대장과 나오가 대화를 나누고 있었다. 그때 보았던 나오의 다부진 얼굴이 떠올랐다. 아유미는 나오의 그 표정의 의미를 이제야 이해했다.

아유미는 나오가 사무 업무만 하고 있다고 생각했다. 하지만 사실 나오는 장난감을 직접 제작하고 싶어서 오래전부터 아버지가 자신을 제자로 받아주길 바랐다고 했다.

"옛날부터 아빠가 만든 나무 장난감을 너무 좋아했어요. 장난감뿐만 아니라 시계나 화분 같은 것도요. 나무로 무엇이든 만들 수 있는 아빠가 너무 자랑스러웠고 그런 아빠를 동경했어요."

도리노 공방에 걸린 바이올린 모양의 나무 시계가 떠올랐다. 그것도 대장이 직접 만들었다고 했다. 나오는 어렸을 적부터 대장의 작품에 둘러싸여 함께 살아온 것이다.

대장이 만든 나무 타워에 구슬을 떨어뜨리면 타워 안에서 실로폰처럼 경쾌한 소리가 청량하게 울려 퍼진다. 나오가 어린이 교육 방송에 빠져 있었을 때 오직 나오를 위해 유리구슬을 굴리는 쿠겔반도 만들어주었다고 한다.

"학교 여름방학의 만들기 숙제도 저는 무조건 나무로 만들었어요. 꽤 잘 만들어서 선생님이나 친구들은 부모님이 도와주신 게 아니냐고 말하기도 했지만, 아빠는 절대 손을 빌려주지 않았어요. 어디까지나 말로만 가르쳐 주셨죠."

나오는 아버지와 함께 공방에서 나무를 만지는 시간이 너무 행복했다고 했다. 철이 들기 시작할 무렵부터 나오는 자연스럽게 언젠가 아버지의 기술을 물려받아 함께 공방에서 일하고 싶다고 생각했다.

"제가 아빠한테 처음 이야기를 꺼낸 건 고등학교 3학년 때였어요."

나오가 진지한 눈빛으로 아유미를 보며 말했다.

"아빠의 일을 물려받고 싶으니 공방의 제자로 받아달라고, 대학은 가지 않겠다고 했었죠."

하지만 대장은 나오의 그 말에 반대했다고 한다. 어떤 일을 하기 위해서는 일단 더 넓은 세계를 보고 오라며 대장은 나오에게 대학 진학을 권유했다.

"아빠는 수험 공부가 하기 싫어서 도망치듯 하는 말이라면 절대로 이 일을 하면 안 된다고까지 말씀하셨어요. 그런 말을 들으니 솔직히 저도 자신이 없어지더라고요. 아빠를 따라 목공의 길을 걷고 싶은 마음은 진심이었지만 공부가 싫었던 것도 사실이었으니까."

나오가 민망한 듯 웃었다.

"정말 대장다운 말이네요."

아유미의 말에 나오가 기쁜 듯 고개를 끄덕였다.

"그렇죠? 딸이라고 해서 그냥 제자로 받아준다고 생각하면 큰 오산이라고, 아빠한테 혼났어요. 그래서 일단은 디자인 공부를 할 수 있는 대학을 찾아 집에서 나와 따로 산 적도 있어요."

나오는 대학 졸업 후 대장에게 취직은 하지 않겠다고, 이번에야말로 공방의 일을 알려달라고 다시 부탁했다고 한다.

아유미는 나오의 그 말이 대장에게는 더할 나위 없이 감격스러운 말이라고 생각했다. 하지만 그때도 대장은 나오를 향해 긍정적으로 답변하지 않았다는 것이다.

"아빠는 제게 너는 여자고 언젠가는 시집을 갈 테니 공방은 안 된다고 했어요. 그런 말을 하는 아빠를 보면서 참 꽉 막힌 사람이라고 생각했죠."

나오가 입술을 깨물었다.

"그래도 제가 끈질기게 물고 늘어지니까 아빠가 그러더라고요. 그러면 일단 공방의 사무 업무를 맡아 보라고. 사무 업무를 하면 이 일이 얼마나 어렵고 목공이 어떤 것인지를 알게 될 거라고요."

"그렇게 된 거군요."

공방에 자주 방문하고 함께 일했던 아유미도 이런 자세한 사정은 모르고 있었다. 나오가 사무 업무만 하고 있다고 생각했고 대장도 딸의 도움을 기쁘게 생각하는 것처럼 보였다. 이런 내막이 있으리라곤 생각하지 못했다.

"시부야 씨."

나오가 아유미를 불렀다.

"아빠가 돌아가시기 직전에 제가 아빠한테 한 가지 부탁한 것이 있어요."

나오는 어딘가에 매달리는 듯한 눈빛이었다. 아유미는 나오가 오늘 자신과 어떤 이야기를 하고 싶고 무슨 말을 듣고 싶은지 단번에 알아차렸다.

"사무 업무를 하면서 이전보다 공방에 대해 더 잘 알 수 있었어요. 아빠가 어떤 일을 했고 어떤 사람들이 공방을 찾는지, 그리고 무엇보다 이 일이 얼마나 힘든지도 너무 잘 이해했어요. 그래서 전, 도리노 공방을 아빠의 선에서 끝내고 싶지 않습니다."

"나오 씨가 공방을 잇고 싶다는 얘기인가요?"

"네."

고개를 끄덕이며 입술을 깨문 나오가 흔들림 없는 눈빛으로 아유미를 바라보았다. 그 눈에 얇은 눈물막이 퍼졌다. 하지만 앞을 바라보는 나오의 눈에서 눈물은 떨어지지 않았다. 필사적으로 참고 있다는 것이 아유미에게도 느껴졌다.

"아빠는 생각해본다고 말씀하셨어요. 그리고 며칠 뒤, 아빠가 나무를 보러 가자며 드라이브를 권했어요."

"나무요?"

"저희 공방이 목재를 발주하고 있는 곳이에요. 나가노의 이야마에 있어요. 아빠가 할 얘기가 있다고 해서, 저는 틀림없이 저를 제자로 받아주는 것에 관한 얘기라고 생각했어요."

나오의 눈에 그늘이 졌다. 그녀는 묵직한 고백을 하듯 말을 계속했다.

"하지만 실현되지 않았죠. 그 주말이 오기 이틀 전, 아빠가 쓰러지신 거예요. 그리고 그대로…."

조용히 숨을 삼킨 아유미는 할 말을 찾지 못한 채 나오를 가만히 바라보았다.

"그래서 아빠가 제게 무슨 말을 하려고 하셨는지, 이제 알지 못하게 됐어요. 저를 제자로 받아줄 생각이 있으셨는지, 공방을 물려줄 생각은 없으셨는지 이제는 알 수 없어요."

"하지만…, 그건."

아유미는 그들의 가족이 아니다. 제삼자가 무엇을 어디까지 말하면 좋을지, 아유미는 감을 잡을 수 없었다. 하지만 안타까운 마음으로 말을 계속했다.

"대장은 나오 씨에게 공방을 맡기실 생각이 아니었을까요? 중요한 재료인 나무를 나오 씨와 함께 보러 가려고 했으니까요."

"저도 몇 번이나 그렇게 생각했어요. 하지만 진실은 아무도 몰라요. 그건 단순한 저의 바람이고 그렇게 생각하고 싶은 것뿐. 아버지의 진심이 무엇이었는지는….”

나오의 표현이 ‘아빠’에서 ‘아버지’로 바뀐 것을 들으니 아유미는 안타까움이 몰려왔다.

“물어봤어야 했는데….”

나오가 혼잣말처럼 말했다.

“제가 그 약속 전에 한마디 물어봤어야 했어요. 하지만 내일도, 모레도…, 앞으로도 계속 당연히 아버지가 계실 거라고 생각했죠. 아버지가 안 계시는 날이 오리라고는 생각도 못 했어요.”

대장은 심장 질환이 있었다. 그 말을 듣고 아유미는 미리 알지 못했다는 것을 후회했다. 대장의 병을 눈치챌 기회는 얼마든지 있었을 것이다. 하지만 대장의 지병을 알고 있었던 가족은 아유미보다 더 상심했을 것이다. 병을 알고 있었는데도 그를 허무하게 떠나보낸 것에 대한 후회는 아유미보다 몇 배는 더 클 것이 분명하다.

“시부야 씨는 아빠한테 아무 말도 못 들으셨나요?”

나오가 마지막 희망을 거는 듯한 눈빛으로 재차 아유미를 바라보았다. 아유미는 그 기대에 부응하지 못하는 것이 괴로웠다.

“안타깝게도….”

아유미의 말을 들은 나오의 눈에서 도움이 필요하다고 매달리는 듯한 눈빛이 순식간에 사라졌다.

그녀의 눈동자가 빛을 잃었다.

“죄송해요, 아무 말씀도 없으셨어요. 대장은 작업 이외에 사적인 얘기는 제게 거의 하지 않으셨거든요.”

그렇게 말한 아유미는 새삼 자신이 그런 존재였다는 생각에 힘이 쭉 빠졌다. 대장은 자신에게 아무것도 이야기하지 않았다. 자신의 질병이나 가족, 나오의 사정에 대해서도. 아유미는 대장이 믿고 의지할 만한 존재가 아니었다. 대장이 세상을 떠나고 지난 한 달 반 동안, 아유미는 다양한 상황에서 그것을 통감하고 있었다.

아유미는 그동안 공방에서 가족 같은 대접을 받았다고 생각했다. 하지만 여전히 대장에게 아유미는 믿음직스럽지 못한 한 명의 새내기에 불과했다.

“그런가요.”

노골적으로 실망감을 드러내며 어깨를 축 늘어뜨린 나오는 당장이라도 자리에서 일어날 것 같았다. 그 모습을 보고 문득 아유미가 물었다. 앞으로 도리노 공방이 어떻게 될지 궁금했다.

“사모님께서는 뭐라고 말씀하시던가요?”

“엄마도 아무 말씀 없으세요.”

아유미는 몇 분 전 나오가 ‘엄마가 안 계신 곳에서 얘기하고 싶다’라고 한 말의 의미를 곰곰이 생각했다.

사모님도 앞으로 외동딸에게 공방을 물려주는 것, 자신과 딸이 둘이서 공방을 꾸려나가야 한다는 사실이 내키지 않을지도 모른다. 남편이 세상을 떠나기 전에 계약한 작업까지는 수행할 수는 있어도, 대장이 부재한 상황에서 새로운 작업을 받아들이기에는 불안 요소가 너무나도 컸다.

"사업을 한다는 건 쉽지 않으니까요."

나오가 시선을 떨구며 말했다.

"저를 바로 제자로 받아들이지 않은 것에는 엄마의 의견도 어느 정도 있었던 것 같아요. 하지만 이번 일에 대해 엄마는 아빠에게 들은 얘기가 없다고 했어요. 제가 아빠에게 제자로 삼아 달라고 한 번 더 부탁한 것도 엄마는 모르는 눈치였고요."

"그렇군요."

"그래서 시부야 씨는 혹 어쩌면 알고 있을지도 모른다고 멋대로 생각했어요. 이상한 질문을 해서 죄송해요."

그렇게 사과하는 나오의 올곧은 목소리를 들으니 아유미는 몸을 움직일 수 없었다.

"제가요?"

반문하는 아유미를 보고 나오가 웃었다.

"아빠랑 사이가 무척 좋았으니까요."

예상치 못한 대답이었다.

"아빠는 시부야 씨를 정말 좋아했어요. 그래서 같은 남자끼리 무슨 얘기를 했을 수도 있다고 멋대로 그렇게 생각해버렸네요. 죄송합니다."

"아닙니다. 그렇게 생각해주셨는데 저야말로 아무런 도움이 되지 못해서…."

대장과 작업하는 담당자는 아유미뿐만이 아니었다. 나오의 말을 들어보면 그런데도 거래처 담당자 중에서 아유미를 선택해 질문하러 온 것일지도 모른다.

나오는 이무라 사장도, 다른 거래처 담당자도 아닌 아유미를 찾아왔다.

상대가 자신에게 보여주는 모습이 그 사람의 전부는 아니라는 것은 물론 알고 있다. 하지만 그 사람이 이 세상에서 사라지자, 자신이 알고 있던 모습보다 몰랐던 모습이 더 크게 다가왔다. 아유미는 대장의 부재를 통해 자신이 알고 있던 '그 사람'까지도 흔들릴 것 같은 불안과 씁쓸함을 몇 번이나 느꼈다.

"요즘 젊은 사람들은 장난감 색을 어떻게 할지까지 상담한다는군. 우리 시대와는 달라졌어. 우리 때는 뭐든 스스로 결정했는데 말이야."

장례식장에서 들은 그 말이 아유미의 귓속에 되살아났다. 그 이야기의 대상은 자신이 아닐지도 모른다고 생각하면서도 그 말만 떠올리면 숨이 턱턱 막혔다.

아유미는 대장이 자신을 나오보다도 어리고 의지할 수 없는 존재로 보았다고 생각했지만, 외동딸인 나오의 눈에는 아버지가 아유미를 굉장히 마음에 들어 하는 것처럼 비친 것이다. 그 사실에 아유미의 마음이 따뜻해졌다. 동시에 그런데도 나오에게 도움을 주지 못하는 자신이 너무 한심했다.

"도리노 공방은 이제 문을 닫을 수밖에 없다고 생각해요."

나오가 말했다. 그 말을 꺼낼 수 있게 되기까지 나오는 지난 한 달 반 동안 끊임없이 고민하고 치열하게 갈등했을 것이다.

나오의 입가에 달관한 듯 고요한 미소가 떠올랐다.

"아빠가 공방을 계속하고 싶었는지 내가 공방을 이어받아도 괜찮은지 아빠의 마음은 영원히 알 수 없게 되었지만, 그 진심이 무엇이든 이제 아빠에게는 일을 배울 수 없으니 지금 작업 중인 일들이 어느 정도 정리되면 그만둘 수밖에 없겠죠."

"그렇군요."

아유미는 도리노 공방의 일을 나오가 계속했으면 했다. 그 말이 목 끝까지 차올랐다.

하지만 나오의 말처럼 사업은 쉽지 않다. 대장이 세상을 떠난 지금, 아유미는 나오에게 그런 무책임한 말을 할 수 없었다. 나오가 말했다.

"지금까지 정말 신세 많이 졌습니다. 감사드려요."

"별말씀을요. 제가 더 감사하죠."

그렇게 대답한 아유미는 새삼 깨달았다. 아유미의 회사 쓰미키의 숲에서 도리노 공방에 발주한 작업은 대장이 살아 있는 동안 모두 완료되어 현재 진행하고 있는 작업은 더 이상 없었다.

나오와의 만남도 오늘이 마지막이 될지도 모른다. 나오도 그것을 알고 있을 것이다.

"조만간 또 대장을 뵈러 가겠습니다."

겨우 할 말을 찾아 말한 아유미를 향해 나오가 대답하며 고개를 끄덕였다.

"네."

자리에서 일어난 아유미와 나오는 계산을 마치고 무거운 발걸음으로 카페를 나왔다.

"그럼 조심히 들어가세요."

인사를 한 나오가 아유미에게 등을 보이려는 그때 아유미가 나오를 향해 손을 뻗었다.

"아, 저기…."

아유미가 나오의 코트 끝자락을 붙잡았다. 저도 모르게 손을 먼저 뻗어버린 아유미는 오늘 목 끝까지 차올랐던 말이 있었다는 사실을 깨달았다.

대장이 돌아가시기 전 들을 수 있었던 답변.

들을 수 있었을 대장의 생각과 말.

이루어질 수 없었던 아버지와 딸의 약속.

나오의 이야기를 들으며 아유미는 줄곧 생각하고 있었다. 계속해서 입 밖으로 나오려는 말을 꾹 참고 망설였다.

'대장과 만나보지 않을래요?'

"네?"

나오가 살짝 놀란 듯 되물었다.

"왜 그래요, 시부야 씨?"

나오의 눈매가 대장과 매우 닮았다. 그 눈을 보니 아유미는 몸을 움직일 수 없었다. 크게 숨을 들이켰다. 호흡을 가다듬고 냉정하게 생각했다.

"아닙니다."

아유미는 가슴속에서 차오르는 말을 꿀꺽 삼켰다.

"건강 잘 챙기세요."

그 한마디만 건넸다.

천천히 가늘어지는 나오의 눈이 다정하게 투명함을 더해갔다.

"네."

그리고 고개를 끄덕였다.

"시부야 씨도 건강하세요."

그렇게 대답한 나오가 역 쪽으로 걸어갔다. 멀어지는 나오의 뒷모습을 지켜보던 아유미는 자기 손바닥을 내려다보며 나오에게 해주고 싶었던 말을 떠올렸다.

지금 자신이 무슨 짓을 하려고 한 것일까?

나오는 츠나구의 의뢰인이 아니다.

6

"아유미, 츠나구와 만날 수 있을지는 모두 그 사람과의 '인연'에 의한 거란다."

이 말은 츠나구의 임무를 물려준 할머니 아야코가 아유미에게 가르쳐준 말이다. 눈을 감으면 아직도 할머니의 목소리와 주름이 가득한 차가운 손, 다른 사람을 꿰뚫어 보는 듯한 날카로운 눈, 그리고 자신이 무엇을 해도 모두 용서해줄 것 같은 상냥한 미소가 선명하게 떠오른다.

"몇 번 전화를 걸어도 연결되지 않는 사람이 있는가 하면, 정말로 절실한 사람은 반드시 츠나구와 닿게 되어 있단다."

할머니는 아유미에게 츠나구에 대해 그렇게 설명했다.

그러니 아유미는 지금 할머니가 알려주길 바랐다.

대장과 나오가 자신의 지인이라는 것은 그 '인연'에 해당하는 것일까? 아유미가 죽은 사람과 산 사람을 만나게 해줄 수 있는 츠나구라는 것은 나오에게 '인연'의 범위에 들어가는 것일까?

아유미는 아키야마 가문으로 향하는 전철 안에서 눈앞에 흘러가는 창문의 풍경을 바라보고 있었다. 평일 오후 사람들로 가득 찬 전철은 창문 너머로 보이는 도로의 불빛에 승객들의 모습이 포개어져 비추고 있었다.

츠나구는 사람의 죽음을 다루는 임무를 맡고 있다. 츠나구는 이미 세상을 떠난 누군가와 만나고 싶다는 의뢰인의 시선에 서서 그 상실감을 통해 죽음과 마주한다. 오직 한 번밖에 이룰 수 없는 재회를 중개하는 것이다.

아유미는 조금 익숙해졌다고 생각했다.

누군가의 죽음에도, 그리고 그 상실감에 대해서도.

하지만 생각해보면 아유미에게 가까운 사람의 죽음은 할머니 아야코 이후 이번이 처음이었다.

그래서 알아버렸다.

아유미에게 대장이 소중한 사람이었던 만큼 나오의 마음속에서도 세상을 떠난 아버지의 존재가 사라지지 않았다는 사실을 더 절실하게 깨달아버렸다.

아유미는 만약 자신이 살아 있는 동안 단 한 번밖에 이룰 수 없는 망자와의 재회를 의뢰한다면, 할머니인 아이코를 지명할 것이라고 몇 년 전부터 생각하고 있었다.

아유미는 할머니가 돌아가시기 전까지 평화롭고 진정성 있는 대화를 나누고 충분한 시간을 함께 보낸 뒤 이별했기에 더욱 할머니와 만나고 싶었다. 할머니에 대한 미련이나 아쉬움은 남아 있지 않다. 그것은 아유미가 할머니와 진심으로 마주했기 때문이라기보다 할머니가 그런 삶을 살아온 덕분이다.

"저는 언젠가 만난다면 할머니와 만나고 싶어요."

할머니에게서 츠나구의 임무를 물려받던 날 아유미가 한 말이다. 츠나구가 되면 츠나구는 자신이 만나고 싶은 망자와 만날 수 없다. 만나고 싶은 사람이 있다면 마지막으로 만나게 해준다는 할머니의 말에 아유미가 고민하고 또 고민하여 내놓은 대답이었다.

"아직 먼 훗날의 일이지만 만약에 제가 언젠가 누군가에게 츠나구의 힘을 물려주면 그때 할머니와 만나게 해달라고 부탁할 거예요. 그때는 저도 비실비실한 할아버지가 되어 있을지도 모르지만."

"나는 비실비실하지 않단다."

"에이, 그냥 하는 말이죠."

할머니의 퉁명스러운 말에 아유미가 대답했다.

"아무튼 할머니를 만날 거예요. 제가 예약했으니까 그때까지 아무도 만나면 안 돼요."

"나로 정하지 말고 남겨두거라. 네 인생은 지금부터 시작이고 너는 아직 아무것도 모르잖니. 결혼도 해야 하고 아이도 낳아야 하고, 앞으로 쉽지 않을 거야. 그때가 되면 나는 생각도 나지 않을 거다."

"그래도 지금은 할머니로 할래요."

할머니는 괜히 멋쩍어서 저런 미운 말을 골라 하는 것인지도 모른다. 하지만 왠지 이상해지는 기분에 아유미는 웃음을 터뜨리고 말았다.

"그래도 나이가 든 후에 할머니를 만난다는 건 그만큼 제 인생이 평온했다는 증거잖아요? 그러니까 기다려 주세요."

"그러마."

할머니는 그렇게 말하며 고개를 끄덕였다.

그리고 언제였는지는 모르겠지만, 시간이 흐른 뒤 할머니가 느닷없이 그런 말을 꺼냈다.

"언젠가 아유미가 결혼하면…."

"결혼은 아직 멀었어요."

"그러니까 언젠가 말이다. 언젠가 결혼하면 아유미는 배우자에게 무엇이든 말할 수 있었으면 좋겠구나."

당시 십 대였던 아유미는 이런 이야기가 괜히 불편했다.

"무엇이든?"

아유미가 되묻자 할머니가 웃으며 말했다.

"그래, 무엇이든. 네가 츠나구라는 것도, 네 아버지와 어머니에 관해서도 모두. 전부 얘기할 수 있었으면 좋겠다."

아유미는 아직 먼 훗날의 이야기라고 생각했고 할머니도 영원히 자신의 곁에 있을 줄 알았다. 언젠가 결혼해도 결혼한 이후에도. 그렇게 믿고 싶었다는 것을 아유미는 이제야 깨달았다.

아유미는 오늘과 똑같은 내일이 온다는 믿음은 오만한 생각이었다는 것을 불과 얼마 전에 알아차렸다.

그때 할머니는 아유미가 결혼할 미래에 함께 있을 수 없다는 사실을 이미 알고 있었던 것일까?

할머니와 그런 대화를 나눈 지 2년 정도 흘렀을 즈음이었다. 그때까지도 입원과 퇴원을 반복하던 할머니가 이젠 외박이나 외출도 불가능하게 되어 집에 오는 일이 줄어들었다.

어느 날 밤, 당시 아유미가 살던 작은아버지의 집으로 병원에서 연락이 왔다.

아유미는 대학교 2학년이었다. 그때까지 작은아버지나 작은어머니, 할머니도 아유미에게 할머니의 병에 관해 알려주지 않았다.

그 지난해에 할머니의 오빠인 아키야마의 진외종조부가 폐암으로 세상을 떠난 뒤, 아유미는 은연중에 마음의 준비를 하고 있었다.

"오라버니가 먼저 가서 기다려 주다니 잘 됐구나."

할머니가 웃으며 말했다.

"아키야마 할아버지 보고 싶어요?"

진외종조부의 장례식에서 아유미는 꽤 가벼워진 할머니의 손을 잡으며 물었다.

"아니."

할머니는 망설임 없이 고개를 저었다.

"지금까지 살아오면서 모든 사람과 충분히 후회 없는 이별을 해왔단다. 특별히 오라버니만 만나고 싶은 마음은 없어. 지금 이 세상에 있는 사람이 내가 아니라 오라버니였어도 아마 그렇게 말했겠지. 서로 환경이 바뀌어 내가 관에 누워 있고 오라버니가 이 세상에서 아유미의 손을 잡고 있어도 말이야."

"할머니가 관에 누워 있다니 그런 말씀 마세요."

할머니 정도 나이가 되어야만 할 수 있는 말이었다. 여러 가지를 달관한 생각인 것 같아 아유미가 무심코 웃자 할머니도 아유미를 따라 웃었다.

"뭐, 그런 거지. 지금 오라버니가 이 세상에 살아 있고 오늘은 내 장례식이라고 해도 이상하지 않아. 인생은 그런 거란다."

병원의 전화를 받은 날 이후, 할머니는 결국 다시 의식이 돌아오지 못했다.

병세가 급격하게 변하고 의식이 흐려진다는 병원의 연락에 가족 모두가 병원으로 달려갔지만, 산소마스크를 낀 할머니는 더 이상 어떤 소리도 내지 않았다.

아유미는 할머니와 마지막으로 언제, 어떤 대화를 나누었는지 기억이 잘 나지 않는다.

할머니와의 이별에 후회는 없었다. 매번 이야기를 나누고 헤어질 때마다 오늘이 마지막인 것처럼 할머니와 후회 없는 시간을 보냈기 때문이다. 할머니는 그렇게 시간을 보내는 방법을 알려주었다.

아유미에게는 할머니와의 이별을 준비할 수 있는 시간이 충분히 있었다. 병세가 급격히 악화된 할머니를 문병하고 집으로 돌아가는 길에 아유미는 작은어머니가 운전하는 자동차를 타고 사촌 동생 아카네와 함께 집으로 돌아왔다. 그 차 안에서 작은어머니가 할머니의 병을 처음 알려주었다. 꽤 오래전부터 인지하고 있었고 각오하고 있었던 것이었다.

"할머니가 내일 돌아가실지도 모른단다."

아유미는 작은어머니의 단호한 목소리에 거짓이 담기지 않았다는 것을 실감했다. 이제 할머니와는 정상적인 대화를 나눌 수 없지만, 작은어머니의 말에는 할머니가 살아계시는 동안 아유미와 아카네가 제대로 마지막 인사를 나누길 바란다는 강한 의지가 담겨 있었다.

"아유미, 아카네."

작은어머니가 이름을 불렀다.

"나는 아야코 할머니가 너무 좋단다. 오랜 시간 함께 살았지만, 할머니와는 심각한 갈등이나 다툼이 한 번도 없었어."

지금 생각해보면 아유미는 그 말이 진실인지 거짓인지는 알 수 없다. 할머니나 작은어머니 모두 성숙한 사람이라고는 생각하지만, 그래도 사람이니 20년을 넘게 함께 살다 보면 사소한 갈등 한두 개 정도는 당연히 있을 수 있다. 하지만 그때의 아유미는 작은어머니의 그 말에 압도되었다. 어쩌면 있었을 수도 있는 갈

등을 '없었다'라고 표현한 작은어머니의 단호함에 할머니가 쌓아 올린 것의 크기를 느낄 수 있었다.

작은어머니의 말씀대로 할머니는 다음 날 아침 숨을 거두었다. 아유미는 장례식장에서 눈물을 흘리긴 했지만, 마음이 크게 혼란스럽지는 않았다.

"지금 오라버니가 이 세상에 살아 있고 오늘은 내 장례식이라고 해도 이상하지 않아. 인생은 그런 거란다."

그렇게 담담하게 말하던 할머니의 목소리를 떠올리자, 지금도 어딘가에 할머니가 살아 있을 것만 같았다.

그래서 아유미는 아직 할머니와 만나고 싶다고 생각한 적이 없다. 평온한 인생을 보내다가 만나고 싶은 순간이 찾아오면 그때 근황을 보고할 겸 만날 수 있으면 좋겠다고 생각하고 있다.

할머니와는 나오처럼 듣고 싶은 말, 하고 싶은 말을 남긴 채 어느 날 갑자기 가족을 잃은 그런 이별이 아니었다. 그렇기에 나오의 갑작스러운 상실감의 크기를 생각하면 아유미는 더욱 가만히 있을 수 없었다.

크게 흔들리는 전철에서 아유미가 내려야 하는 역 이름이 흘러나왔다. 조용히 숨을 내쉰 아유미가 열차 안의 빽빽한 승객들을 헤치고 문 쪽으로 발걸음을 옮겼다.

7

"음, 그건 쓸데없는 오지랖 같은데?"

아키야마 가문에 도착한 아유미는 당주인 안나의 방을 찾았다. 마침 저녁 식사를 마치고 숙제를 하고 있던 안나는 아유미에게 수학 문제 푸는 걸 좀 도와달라고 부탁했다.

그때 아유미는 나오의 상황을 간략하게 이야기했다.

아유미가 일하면서 신세를 졌던 사람이 갑자기 세상을 떠났다는 것. 자신은 그 가족들과 친하게 지냈고 그 외동딸은 듣고 싶었던 말을 듣지 못한 채 아버지와 이별하게 되었다는 것. 아유미가 나오에게 츠나구에 대해 알려줄지 말지를 고민한다는 것까지 안나에게 말했다.

정식 의뢰도 아닌 데다 나오는 아마 지금까지 츠나구의 존재에 대한 소문조차 들어본 적이 없을 것이다. 황당무계한 이야기지만 아유미가 말하면 믿어 줄까? 아니면 오히려 아유미가 말해 현실성이 없다고 생각할까?

지난번 아유미는 예전에 알던 사람이 얽힌 의뢰가 들어왔을 땐 자신이 중개하기가 망설여져 안나에게 대신 의뢰인과 만나달라고 부탁한 적이 있었다. 사정을 설명하는 아유미를 향해 안나는 망설임 없이 고개를 저었다.

쓸데없는 오지랖이라고 표현했다.

"그럴까?"

"그럼, 그 사람은 의뢰인이 아니야. 아버지와 만나고 싶어 본인이 직접 찾아 헤매다가 츠나구에 다다른 게 아니라고. 그냥 아유미 오빠의 지인일 뿐이잖아?"

"그야 그렇지만…. 그래도 다르게 말하면 지인으로서 거기에 츠나구와의 '인연'이 작용하고 있다고는 생각할 수 없을까? 어떠한 필연으로 지금 츠나구와 연으로 엮여 있다 그 말이지."

아유미가 그렇게 말한 순간 과장되게 고개를 끄덕인 안나가 코로 바람을 만들며 웃었다.

"아아."

아키야마 가문의 당주 자리에 있는 아이인 만큼 약간의 어른스러운 태도는 어쩔 수 없다고 생각해 아유미도 지금까지 별말을 하지 않았다.

하지만 지금 안나의 태도는 명백한 코웃음이었다.

"왜."

"아유미 오빠, 자만하면 안 돼."

안나가 딱 잘라 쏘아붙였다.

"착각하면 큰일 나. 그 사람의 지인은 어디까지나 시부야 아유미지, 츠나구가 아니야."

"그렇긴 하지만…."

못마땅했지만 안나의 말이 맞았다.

아유미가 츠나구의 임무를 하는 사람은 맞지만 나오와 공방 사람들은 츠나구로 만난 것이 아니다. 안나의 말대로 자신이 바로 츠나구라고 자부하는 것은 분명 자만심이다. 하지만 그런 말을 들어도 아유미의 답답함은 쉽게 풀리지 않았다.

숙제 노트에서 눈을 뗀 안나가 아유미를 바라보며 말했다.

"그것이 츠나구의 '인연'인지 아닌지는 모르겠지만 오빠는 그래도 괜찮아?"

"뭘?"

"그 사람이나 그 대장인 망자에게 오빠가 '츠나구'라는 사실을 밝혀야 하는 거잖아."

"그건…."

아유미는 순간 말문이 막혀버렸다. 그것은 아유미도 걱정하는 부분이었다. 도리노 공방과 아유미는 츠나구의 역할과 상관없는 곳에서 관계를 쌓아왔다. 츠나구의 일은 좋은 점만 있는 것이 아니다. 괴롭고 힘든 점도 많지만, 그들은 그러한 고생을 날려버릴 수 있을 만큼의 쾌활함과 열의로 직장인 아유미를 대해준 사람들이었다.

"돌이킬 수 없을 거야."

안나가 신랄하게 꼬집었다.

"이번에도 내가 오빠의 존재를 숨기고 그 나오라는 사람을 대신 만날 수는 있겠지. 하지만 망자와의 재회는 자신이 가장 벌거

숭이가 되는 일이기도 해. 마지막으로 이루는 단 한 번의 자신의 속마음을 모두 털어놓고 만나는 특별한 기회. 타인의 그런 부분까지 간섭해버리면 더 이상 이전의 관계로는 돌아갈 수 없을지도 몰라. 재회가 좋게 끝나든, 아니면 괴로움을 남기고 끝나든. 그 사람도 그리고 아유미 오빠도, 두 번 다시 서로를 이전처럼 대할 수는 없어."

아유미는 안나를 당주로 지명한 진외종조부가 정말 대단하다는 생각이 새삼 들었다. 안나의 안에는 말만으로는 설명할 수 없는 무언가가 올곧은 한 줄기 심지가 되어 존재하고 있다.

아유미는 압도되는 기분으로 안나를 바라보았다. 그건 아유미도 분명 걱정하고 있지만 차마 꺼내기 힘들었던 불안감이었다. 안나가 이렇게까지 정곡을 찌르니 아유미는 대꾸할 말을 잃어버렸다.

옛날 츠나구의 연수생이었던 시절 비슷한 경험이 있었다. 같은 학교, 같은 학년의 두 사람. 그녀들의 재회를 도와준 이후 보통의 친구처럼 대할 수 없으리라고는 당시의 아유미도 미처 생각하지 못했다.

만약 나오가 대장과 만나고 싶다고 의뢰한다고 가정한다면. 그때 아유미는 교섭 단계에서 대장과 만날 것이다. 물론 대장은 만나고 싶다. 두 번 다시 만날 수 없다고 생각한, 너무나 좋아하고 존경하던 사람과 다시 만날 기회가 주어진다는 것은 더할 나위 없는 것이다.

하지만 과연 그럴까? 한편으로 아유미는 그런 생각도 들었다.

아유미는 장례식에서 들었던 말을 다시 떠올렸다. 요즘 젊은 사람들은 장난감의 색까지 상담한다. 스스로 결정하지 못한다.

이 세상에는 열어서는 안 되는 문이 존재하는 것이 아닐까?

"뭐…, 그렇지."

의기소침한 아유미가 잠자코 입을 다물고 있자 안나가 길게 한숨을 내쉬었다.

"그러면 상황을 보고 조건 하나를 걸어볼까?"

"조건?"

"지금 오빠와 그 사람의 관계가 츠나구의 '인연'에 의한 것인지, 아닌지는 솔직히 나도 잘 몰라. 그러니까 일단 기다려 보자."

안나가 가벼운 말투로 제안했다.

"이제 아유미 오빠는 그 사람들과 일로 만날 일은 없는 거지? 지금 진행하는 업무는 없는 상태라는 거잖아."

"응."

"만약 그 나오라는 사람에게서 먼저 연락이 온다면 그것은 인연일지도 모르지. 그때도 오빠의 마음이 움직인다면 그때 그 사람에게 츠나구의 존재를 밝힐지 말지 고민하는 건 어때?"

상쾌할 정도로 당당하고 똑 부러지게 말하는 안나를 보며 아유미는 잠시 할 말을 잃었다. 아유미는 잠시 뒤 안나에게 물었다.

"그건 아키야마 가문의 당주로서 그렇게 생각하는 거야?"

"아니, 그냥 내 감이야."

경쾌한 목소리로 톡 쏘아붙인 안나가 아유미가 표시한 수학 숙제를 확인하는 데 집중했다.

"이거 정답 아니야?"

세 번째 분수의 뺄셈 문제가 틀렸다는 것을 본 안나가 큰소리로 외쳤다.

그렇게 말은 건방지게 하면서 수학 문제를 풀지 못하다니. 어딘가 앞뒤가 맞지 않는 느낌이다.

8

안나의 조언을 들은 몇 주 뒤 나오에게서 전화가 왔다.

아유미는 예전보다 몇 배나 더 긴장했다. 정말 나오가 전화했다는 생각에 핸드폰을 쥔 손 안쪽이 땀으로 축축해졌다.

"여보세요, 시부야 씨? 저 나오예요. 할 얘기가 있는데 잠깐 통화 괜찮아요?"

무언가 결심한 듯한 나오의 목소리에 아유미도 속으로 각오를 다졌다. 그리고 츠나구에 대해 말하기로 마음을 먹었다.

"저도 마침 연락하려던 참이었어요. 잘 지내셨나요?"

나오는 도쿄에서 만나자고 했지만, 이번에는 아유미가 가루이자와에 가겠다고 말했다. 대장이 세상을 떠난 뒤 한 번도 도리노 공방을 찾지 않았지만, 나오와 이야기하기에는 그곳이 안성맞춤이라고 생각되었기 때문이다.

"알겠습니다. 그럼, 기다리고 있을게요."

굳게 마음을 먹은 아유미가 도리노 공방을 방문한 그 날.

그럴 리 없지만 대장이 없는 공방으로 향하는 숲길은 나뭇잎 사이로 비치는 햇빛조차 쓸쓸하게 느껴졌다.

고요한 공방의 초인종을 눌렀다. 예전에는 톱질하는 소리, 전동 프레스나 나무망치 소리로 언제 찾아와도 활기차 보였는데 지금은 너무나도 조용하다.

"네."

이윽고 나오가 모습을 드러냈다. 그 모습을 보고 아유미는 숨을 삼켰다.

나오는 앞치마를 두르고 있었다. 예전에 아유미가 공방에 올 때면 나오는 대부분 체크무늬 앞치마 차림으로 컴퓨터 앞에 앉아 장부를 작성하거나 서류, 전표를 쓰는 사무 업무를 보고 있었다. 하지만 오늘은 앞치마가 다르다. 아무런 무늬가 없는 남색 앞치마. 일반 앞치마보다 두꺼운 소재의 그 앞치마는 몇 개월 전까지 대장이 입고 있던 작업용 앞치마였다. 장례식 때나 도쿄에 왔을 때는 머리를 길게 풀고 있었지만, 오늘 나오는 어깨 바로 위까지 머리카락을 짧게 자른 모습이었다. 그래서인지 전에 도쿄에서 봤을 때보다 표정도 더 산뜻해 보였다.

"저번에는 갑작스럽게 죄송했어요."

아유미를 안으로 안내한 나오가 차를 준비하며 사과했다. 사모님은 오늘 납품하러 시내에 나가 부재중이라고 했다. 어쩌면 나오가 부탁했을지도 모른다.

"아닙니다. 저야말로 도움을 드리지 못해서…."

"그럴 리가요. 그날은 시부야 씨와 이야기할 수 있어 너무 좋았어요. 아빠 얘기도 많이 했고요."

불과 몇 개월밖에 지나지 않았는데 공방 안에는 벌써 대장의 흔적이 희미해진 느낌이었다. 공구의 배치, 목재를 놓는 방법, 재료를 쌓아두는 방식. 아유미가 알고 있던 것이기에 더 그렇게 느껴지는 것일지도 몰랐다. 하지만 한 사람의 빈 자리는 확실하게 느낄 수 있었다.

아유미는 언제 츠나구의 이야기를 꺼내야 할지 고민했다.

원래라면 절대로 만날 수 없는 사람과의 재회. 들을 수 없었던 대답을 들을 수 있는 유일한 방법을 아유미는 알고 있다.

긴장한 아유미가 고개를 들어 올린 그때 나오가 입을 열었다.

"시부야 씨, 이것 좀 봐주시겠어요?"

"네?"

반문하는 아유미에게 나오가 나무 장난감을 건넸다. 아이들이

끌고 다니며 놀 수 있는 끈이 달린 나무 강아지. 아유미는 이 장난감을 알고 있었다.

'이러면 아이들이 좋아하지 않을 텐데.'

아유미가 마지막으로 대장을 본 날, 대장이 들고 있던 강아지 장난감이었다.

"이거, 제가 만들었어요."

나오의 말에 아유미가 눈을 동그랗게 떴다. 그랬구나. 나오의 장난감이라면 당시 대장의 반응도 이해할 수 있었다.

그날 대장은 이 장난감을 '신제품이라면 신제품'이라고 애매하게 표현했다. 아유미는 이 장난감이 어딘가 대장의 작품답지 않은 장난감이라고 생각했었다. 장난감에는 대장이 하지 않을 법한 실수나 오류가 많았다. 아유미는 무엇보다 당시 대장의 말투가 마음에 걸렸었다. 대장은 완성된 장난감을 비판적으로 말할 사람이 아니라고 생각했는데 딸의 작품이었기에 그때 그렇게 말했던 것이다.

나오의 손에는 강아지 장난감 이외에도 많은 작품이 있었다. 독특한 색 조합의 큐브 퍼즐이나 고래 모양의 손수레, 그날 아유미가 칭찬했던 쿠겔벤도 있었다.

"전부 나오 씨의 작품인가요?"

"네. 시부야 씨에게 보여드리기에는 아직 부끄러운 수준이지만 전부 제가 만든 장난감이에요."

"제가 한번 봐도 괜찮을까요?"

직접 손에 들고 살피고 싶은 것은 업무로서의 순수한 흥미이기도 했다.

"여기요."

머뭇거리던 나오가 장난감 몇 개를 아유미에게 건넸다. 모두 그날 공방에서 대장과 함께 봤던 것들이었다. 아유미는 역시 아주 잘 만들었다고 생각했다. 특히 그때 봤던 큐브 퍼즐은 정말 훌륭했다. 색 조합도 흥미롭고 아이들이 여러 방면으로 다양하게 고민할 수 있고 가지고 놀기 좋도록 편리성까지 고려한 장난감이었다.

"시험을 보는 기분으로 아빠한테 보여드렸었죠."

그렇게 운을 뗀 나오의 시선이 아유미가 들고 있는 장난감을 향해 있었다.

"그동안 공방의 사무 업무를 하면서 몰래몰래 아버지 작품을 흉내 내어 만들거나 아버지가 그린 설계도를 참고해 직접 도면을 그렸어요. 이제 저도 여기까지 할 수 있으니 제자로 받아달라고 몇 가지를 만들어서 아빠를 놀라게 할 생각이었어요."

"대장, 놀라지 않으셨나요?"

"전혀요."

나오가 씁쓸하게 웃으며 고개를 저었다.

"지금 생각해보면, 아무리 숨겼어도 아빠는 제가 공방에서 몰래 무슨 짓을 하고 있는지 전부 파악하고 있었던 거예요. 한번은 아빠한테 들켜서 다시 생각해보라는 말도 들었어요. 이번에도 아빠는 '결국 가지고 왔구나.'라는 뉘앙스로 아예 나중에 본다고 말하더라고요."

"괜히 멋쩍음을 감추고 싶어서 하신 말씀일 수도 있죠."

아유미는 당연히 대장이 기뻐하지 않을 리 없다고 생각했다. 왜냐하면 모두 완성도가 높은 장난감이었다. 대장에게 보여주기 위해 나오가 여러 번의 시행착오를 거쳐 장난감을 완성했다는 것을 아유미도 너무 잘 알 수 있었다.

무엇보다 아유미는 나오가 이렇게까지 진심으로 준비하고 공부하고 있었다는 사실에 놀랐다.

"대장은 나오 씨에게 공방을 물려주려고 하지 않았을까요? 이 장난감들을 본 다음에 대장이 나오 씨에게 목재를 보러 가자고 권유하셨잖아요."

그렇게 말하고 나니 아유미는 새삼 부모와 자식의 약속이 이루어지지 않은 현실이 안타까웠다. 나오가 그 한마디를 대장의 입으로 직접 들었다면 얼마나 마음이 든든했을까? 혹여 그 후에 이별이 기다리고 있다고 해도 말이다.

아유미가 그렇게 생각한 바로 그 순간이었다.

"그런데요, 시부야 씨. 이제야 아빠가 하고 싶었던 말이 뭔지 알 것 같아요."

"네?"

"이거요. 이 강아지 장난감 보시겠어요?"

나오가 아유미에게 직접 만들었다는 강아지 장난감을 건넸다.

그날 공방에서 봤을 땐 대장이 태엽을 감아 움직이고, 그리고 꼬리를…

'아.'

장난감을 손에 든 아유미가 소리 없는 목소리로 중얼거렸다. 강아지의 꼬리에는 이전에 달려 있던 끈과 공이 사라지고 완만한 곡선을 그리는 엉덩이 부분에 작은 구체가 바로 붙어 있었다. 전에 봤던 강아지 장난감과 달랐다.

"도쿄에서 시부야 씨를 만난 후 얼마 지나지 않아 아빠의 서재에서 발견한 장난감이에요. 사실 처음에 제가 만든 장난감의 꼬리는 끈에 공이 달린 형태였어요."

아유미는 자칫하면 아이들이 삼킬 위험이 있어 만약 쓰미키의 숲에서 맡게 된다면 그 부분을 수정하고 싶다고 지적했던 것이 기억났다.

"작은 아이들이 모르고 삼켜 버릴 위험성이 있으니까 아빠가 여기를 고친 거예요. 그리고 강아지의 움직임."

나오의 말에 아유미가 태엽을 돌렸다. 빙글빙글 태엽을 감은 강아지를 책상 위에 올린 아유미는 눈을 크게 떴다.

"제가 만든 강아지의 움직임은 조금 단조로웠는데 그 부분이 엄청나게 개선됐어요. 한마디로 움직임의 차원이 달라요."

강아지가 조금 천천히 움직였으면 좋겠다고 한 아유미의 제안이 상상 이상으로 동적이면서도 여유로운 움직임으로 바뀌어 있었다. 휙, 타닥, 휙, 타닥. 마치 숨을 쉬는 듯 크고 리드미컬한 강아지의 움직임은 아이들도 옆에서 따라 할 수 있을 것 같았다.

이것이 대장이 만든 장난감의 움직임이다. 아유미가 좋아하는 바로 그 움직임이다.

다시는 볼 수 없다고 생각했던 훌륭한 장난감은 이것이 마지막이라는 생각에 아유미는 계속 눈으로 장난감의 움직임을 쫓았다. 그런 아유미를 향해 나오가 갑자기 입을 열었다.

"아빠는 제게 포기하라고 말하고 싶었던 거예요."

입을 다문 아유미가 나오를 돌아봤다. 나오의 얼굴은 딱딱하게 굳어 있었다.

"아빠는 제가 만든 장난감을 전문가의 관점에서 냉정하게 확인하고 아마도 제가 센스가 부족하다고 판단한 것 같아요."

"아."

아유미의 머릿속에서 대장의 목소리가 울렸다.

이러면 아이들이 좋아하지 않을 텐데. 재능이란 참 잔혹하지? 필요하지 않은 사람에게는 있는데 꼭 필요한 사람에게는 없으니까 말이야. 이 일을 오래 하다 보니 알겠더라고. 당연히 노력이나 연습으로 채울 수 있는 부분도 있지만, 출발이 다른 건 어쩔 수 없어. 재능이랄까, 센스?

그 말은 대장이 나오를 염두에 두고 했던 말일지도 모른다. 딸에게 하는 냉정한 평가였던 것이다.

나오가 조용히 강아지 장난감을 들어 올렸다.

"그리고 이 손잡이 부분이요."

나오의 목소리에 씁쓸함이 배어 있었다. 그러고는 강아지 얼굴을 살짝 들어 아유미에게 보여줬다. 그곳에는 이전에는 없던 작은 타원형의 구멍이 뚫려 있었다.

"이것도 제가 한 게 아니에요. 작은 아이도 한 손으로 들어 옮길 수 있도록 아빠가 만든 거예요. 귀여운 강아지 모습에 심지어 기능적이기까지 한 거죠."

나오가 혼잣말처럼 중얼거렸다.

"정말 아빠는 당해낼 수가 없어요. 이걸 봤을 때, 전 절대 아빠의 상대가 될 수 없다고 생각했어요. 그리고 아빠가 제게 포기하라고 말할 생각이었다는 걸 바로 깨달았죠."

"하지만 대장은 그 옆에 있는 큐브 퍼즐은 많이 칭찬하셨어요."

저도 모르게 불쑥 이야기가 나왔다. 나오가 놀란 듯 아유미를 보았다.

"죄송해요."

아유미가 사과했다.

"저는 이 장난감들이 나오 씨의 작품이라고는 생각하지 못했어요. 하지만 대장이 퍼즐의 그림을 보고 꽤 쓸만하다고 하셨거든요. 저도 그때 쿠겔벤은 저희 회사에서 상품화하고 싶다고 생각하기도 했고 실제로 대장에게 말씀도 드렸어요. 그 말을 듣고 대장은 '조만간 상담을 요청할 때가 올지도 모르겠군. 어떻게 될지는 모르겠지만 그때는 잘 부탁하네.'라고 말씀하셨어요."

분명 대장은 언제가 될지는 모르지만 잘 부탁한다고 내게 말했었다.

아유미의 말을 들은 나오는 조용히 움직임을 멈추었다. 장난감을 내려놓고 오른손 손가락을 감싸듯 양손을 모았다. 그리고 감정이 거의 담기지 않은 목소리로 말했다.

"고마워요, 시부야 씨."

그리고 나오는 고개를 저었다.

"하지만 마찬가지예요. 시부야 씨가 칭찬한 이 퍼즐도, 쿠겔벤도, 수레도 모두 아빠의 손을 거쳤어요. 그리고 모두 훌륭한 장난감이 되었죠. 저는 절대로 떠올릴 수 없는 발상이에요. 모든 장난감이 다루기 쉬워졌고 디자인도 훨씬 더 좋아졌어요."

아유미는 아무 말도 하지 않았다. 움직이지 않고 가만히 선 채로 나오의 말을 듣고 있던 바로 그때였다.

"그래서요. 그래서 전 포기하지 않을 거예요."

아유미가 숨을 삼켰다.

나오의 눈은 대장이 세상을 떠난 이후로 오늘이 가장 또렷하게 빛나고 있었다. 흔들림 없는 단단한 마음이 나오의 눈동자에 분명히 보였다.

"아빠는 제가 포기하길 바랐을 거예요. 목재 구입처의 현장을 보여주고 그 사람들의 소중한 재료를 무용지물로 만들지 말라고 말하고 싶었던 거겠죠. 우리 아빠는 그런 사람이니까."

나오가 말했다.

"하지만 아빠가 남긴 보완된 장난감을 보니 저는 더 포기할 수 없어졌어요. 확실히 전 센스가 부족할지도 몰라요. 재능이 없다는 말이나 다름없지만, 역시 아빠의 작품은 대단해요. 아주 작고 사소한 부분을 조금만 바꿔도 이렇게 다양한 가능성이 열리는 세계라니! 그걸 알아버리니 반드시 도리노 공방을 지켜야겠다고 생각했어요. 지금 당장은 무리겠지만 저는 아빠의 뒤를 따르고 싶어요."

나오는 말을 멈추지 않았다.

"공방은 닫지 않을 거예요. 물론 제가 공부하는 몇 년 동안은 공방을 닫을 수밖에 없겠죠. 저, 그동안 아버지가 신세를 졌던 목공소에 연수를 부탁했어요. 지금 당장 도리노 공방을 이을 수는 없지만 언젠가는 제가 다시 시작할 거예요."

나오의 목소리는 멍해질 정도로 산뜻했다. 그녀의 목소리에 아유미는 자리에서 움직일 수 없었다.

완패였다. 아유미는 나오에게도, 대장에게도, 대장이 남긴 이 장난감에도 완벽하게 패배했다고 생각했다. 그들에게는 츠나구가 필요하지 않았다.

직접 얘기하거나 실제로 만남이 이루어지지 않아도, 사람에게는 시간이 지나면서 알게 되는 것이 있다. 그 사람이 남긴 사소한 부분에서, 직접 듣는 것보다도 더 웅장하게 전해지는 것이 있다.

대장의 메시지를 깨달은 나오는 대장이 살아 있어도 분명 그렇게 했을 결단을, 지금 내리려고 하고 있다. 그건 아유미도 알 수 있었다.

"오늘은 가루이자와까지 와주셔서 정말 고마워요. 이유는 모르겠지만 시부야 씨에게는 직접 이 말을 전하고 싶었어요."

아유미와 시선을 맞춘 나오가 계속 말을 이어 나갔다.

"아빠가 안 계시는 도리노 공방은 믿음직스럽지 않을지도 몰라요. 저는 아직 제작 현장의 새내기나 다름없고 이전의 공방과 완전히 똑같아지기는 어렵겠지만, 그래도 부디 저희 도리노 공방을 잊지 말아 주세요. 반드시 돌아올 테니 앞으로도 잘 부탁드립니다."

"알겠습니다."

고개를 끄덕이는 아유미를 보고 나오가 한시름 놓은 듯 작게 숨을 내쉬었다.

"고맙습니다."

나오가 말을 덧붙였다.

"아빠에게 직접 기술을 배우진 못하지만 앞으로 엄마는 물론이고, 아빠와 알고 지내던 분들에게 여러 가지를 배울 생각입니다. 이제 아빠는 안 계시지만 앞으로도 계속, 계속 생각할 거예요."

나오가 강아지 장난감을 쓰다듬으며 아유미를 바라보았다.

"만약 아빠였다면 어떻게 했을까? 지난 몇 달 동안 무엇을 만들어도 그 생각뿐이었어요. 아, 이렇게 하면 분명 아빠한테 혼날 거야, 이 부분은 틀림없이 지적받을 테니 다시 만들어야지, 그렇게요. 실제로 아빠한테 물어볼 수도 없으니 그만큼 제 안에 살아 있는 아빠는 그 누구보다 엄격할 거예요."

그 사람이라면 어떻게 했을까? 그들의 잔소리조차 그리워하며 매일매일을 살아간다!

아유미는 츠나구가 된 지 얼마 지나지 않았을 때 문득 그것을 깨달았다.

망자와의 만남은 분명 누군가의 죽음을 소비한다는 의미의, 산 사람의 자기기만일지도 모른다. 하지만 망자의 시선으로 바라보는 것은 때때로 사람의 행동을 결정한다. 본 적 없는 신이나 하늘에 대한 믿음보다 절실하게, 특정한 누군가가 자신을 지켜봐 주길 바란다.

아유미는 자기의 생각이 오만이었다는 것을 뼈저리게 느꼈다.

안나가 말한 대로 나오는 츠나구에 의지하지 않았다.

앞으로 그녀에게는 아버지를 만나고 싶은 순간이 찾아올지도 모른다. 하지만 적어도 지금은 아니다. 그녀가 한층 더 성장하고 직접 제작한 수많은 제품에 둘러싸인 그다음일 것이다.

아마도 아유미가 언젠가 할머니와 만나고 싶다고 바라는 그때와 비슷할 것이다.

“나오 씨.”

나오가 머리카락을 자르고 한결 가벼워진 머리를 흔들며 아유미를 바라보았다.

“또 만들고 싶은 것이 있나요?”

“그럼요.”

나오가 숨도 쉬지 않고 바로 대답했다.

“솔직히 아빠가 이것만으로 제 실력을 판단했다는 게 억울할 정도로 다른 아이디어도 정말 많아요. 시험해보고 싶은 것도 많고요.”

불단의 대장에게 선향을 올린 아유미는 가슴 앞에 손을 모은 뒤, 영정사진을 향해 마음속으로 말했다.

‘제가 완벽하게 졌네요.’

대장과 아유미는 나오에게 완패했다.

나오에게 앞으로의 공방을 맡길 수 없다는 대장의 걱정도, 츠나구의 존재를 밝히려고 했던 아유미의 오지랖도 날려버릴 정도로 그녀는 매우 단단한 사람이었다.

아유미는 사진 속 대장을 향해 말을 걸었다.

'대장, 대장의 소중한 외동딸은 제 걱정과 우려가 사치스러울 정도로 훌륭한 사람이네요.'

아유미는 공손하게 손을 모은 뒤 자리에서 일어섰다.

"또 오세요."

돌아갈 채비를 하는 아유미에게 나오가 말했다.

"아빠는 시부야 씨와 얘기할 때 정말로 즐거워 보였어요."

"항상 제가 상담만 하고 일방적인 말만 늘어놔서…."

"네? 그래요?"

고개를 갸웃거린 나오가 말을 계속했다.

"그건 아니었을 거예요. 왜냐하면 아빠는 정말 기뻐했거든요. 시부야 씨가 자기를 의지하고 중요한 채색이나 디자인에 대해 무엇이든 물어본다고요. 시부야 씨가 상담하는 게 엄청 고마웠대요. 아빠와 비슷한 세대의 사람들은 뭐든지 혼자 끌어안는 버릇이 있는데, 그 사람들도 시부야 씨처럼 의견을 물어보면 좋겠다면서요."

'요즘 젊은 사람들은 장난감 색을 어떻게 할지까지 상담한다는

군. 우리 시대와는 달라졌어. 우리 때는 뭐든 스스로 결정했는데 말이야'

마치 악령이 떨어져 나간 것처럼 몸이 가벼워졌다. 나오의 말을 듣기 전까지, 아유미는 장례식에서 들었던 말이 비수가 되어 이렇게까지 자신의 마음속을 깊이 파고드는 상처가 되었다고는 미처 깨닫지 못했다. 그동안 모르는 척 무시했다는 것을 겨우 인정할 수 있었다. 대장은 그런 의미로 말했던 것일까?

아유미는 불단의 영정사진을 다시 바라보았다. 사진 속 대장은 환하게 웃고 있었다.

아유미가 알던, 그 얼굴로.

'직접 듣는 것이 전부는 아니다.'

아유미는 앞으로 자신이 알고 있는 대장을 믿기로 했다. 대장의 말은 나오의 마음속에도, 공방 안에도 많이 남아 있다. 물론 아유미의 마음속에도 존재한다.

망자의 목소리를 듣는 방법이 하나밖에 없었다고 생각하다니! 너무 자만했다.

"또 와도 괜찮을까요?"

곧 본격적인 겨울을 맞이하는 공방의 주변에는 눈이 소복하게 쌓여 있었다.

아유미는 새하얀 눈으로 뒤덮인 숲을 빠져나와 공방에 오는 이 길이 너무 좋았다.

나오가 환하게 웃으며 말했다.

“언제든지 환영해요!”

너무 오래 이야기를 나누었는지 고개를 드니 벌써 밖은 어둠이 내려앉았다.

창문 밖에 크게 살을 찌운 달이 보였다. 이제 곧 만월이 다가온다. 아유미가 츠나구가 된 지도 벌써 7년이 흘렀다. 이번 만월은 누구와의 재회도 중개하지 않는 흔치 않은 밤이 될 것 같다.

다시 벚꽃을 볼 수 있으리라고는

"올해는 한마디를 더 전해주실 수 있을까요?"

헤어질 때 그가 문득 그렇게 말했다. 그동안의 의뢰에서는 하지 않았던 말이다.

"무슨 말을 전해드릴까요?"

고개를 돌리고 묻는 아유미를 하치야가 올곧은 눈으로 바라보았다.

"아야코 님께 이렇게 전해주세요. 청년이었던 하치야도 어느새 여든다섯이 되었다고."

얼굴에 고요한 미소를 가득 채운 하치야가 말했다.

1

"독일…, 이요?"

"네."

아유미는 회사 근처의 카페에서 테이블을 사이에 두고 마주 앉은 나오의 얼굴을 가만히 바라보았다.

봄이 다가오려고 한다. 이제 확실히 한겨울과는 다른 햇살이 주문한 음료의 유리컵에 반사되어 반짝거렸다. 오늘 아침 뉴스에서는 앞으로 일주일만 지나면 도쿄에도 벚꽃이 만개한다는 소식을 들을 수 있다고 했다.

돌아가신 대장이 남긴 공방을 잇기 위해 나오가 다른 공방으로 연수하러 간다는 사실은 아유미도 알고 있었다. 그리고 그 기간에 도리노 공방이 문을 닫는다는 것도.

아유미는 세상을 떠난 대장에게 많은 도움을 받았다. 그리고 그의 딸인 나오에게도. 자신이 할 수 있는 일이 있다면 앞으로도 힘이 되고 싶었다.

그런데 설마 나오가 독일에 간다고는 생각지도 못했다.

"시부야 씨, 업무가 있어 도쿄에 가는데 시간 괜찮으시면 만날 수 있나요?"

지난주에 나오에게서 그렇게 연락이 왔었다. 그때 아유미도 나오가 앞으로의 일에 관해 이야기할 것이라고 짐작은 하고 있었다. 그런데….

"가을부터 독일 뉘른베르크에 있는 공방에서 기술을 배우기로 했어요."

나오의 말에 아유미는 조용히 눈을 깜빡였다. 순간 아무 소리도 나오지 않은 것은 갑작스러운 소식을 전했기 때문이다. 그녀가 대장이 이전에 신세를 지고 있던 공방으로 연수받으러 간다는 말밖에 듣지 못해서 의심하지 않고 당연히 국내의 공방이라고만 생각했었다.

"아빠도 굉장히 좋아했던 공방이에요. 도리노 공방보다 규모도 크고 역사도 긴 공방인데, 거기 사장님이 아빠의 작품을 마음에 들어 하셨어요. 가루이자와에도 여러 번 찾아올 정도로 아빠와도 사이가 좋았죠. 그곳으로 마음을 먹고, 눈 딱 감고 부탁드리니 감사하게도 흔쾌히 받아주셨어요."

"독일에 몇 년 정도 가시는 건가요?"

"그건 잘 모르겠어요."

나오가 민망한 듯 어색하게 웃었다.

"제가 기술을 빨리 배우고 습득하면 짧게 끝날 수도 있겠지만 분명 오래 걸릴 거예요. 그곳에서 할 수 있는 만큼 최대한 많이 배워 올 생각입니다."

나오가 곤란한 듯 어깨를 움츠렸다.

"거기 사장님도 아빠의 친구로 뵀을 땐 친절하고 상냥한 분이었지만, 이제 제가 제자로 들어가면 연수는 아마 엄청 엄격하고 고되겠죠. 어중간한 기술이면 저에게 도리노 공방을 허락하지 않으실 거예요. 하지만 그만큼 죽을힘을 다해 배울 생각입니다."

그렇게 말하는 나오의 표정은 매우 밝았고 망설임도 없었다.

먼 유학길에 오르기로 결심한 나오의 가슴은 불안보다 기대로 가득 차 있을 것이다. 어쩌면 불안을 말끔하게 지우기 위해 밝은 척 행동하고 있는 것일 수도 있다. 하지만 그렇다고 하더라도 나오의 밝은 표정은 너무나 눈부셨다.

아유미의 당혹감과 놀라움을 멀리 날려버릴 정도였다. 벌써 몇 번째인지 모르겠지만, 아유미의 마음속에 역시 나오에게는 대적할 수 없다는 생각이 다시 차올랐다.

"잘됐네요."

아유미는 속으로 미세하게 동요하고 있었다. 나오가 독일로 떠나면 언제 돌아올지 모른다. 이건 나오의 꿈을 위한 출발이다. 아유미도 온 마음을 다해 축하하고 싶었다.

"독일은 여러 목제 장난감이 탄생한 곳이고 그중에서도 뉘른베르크는 몇몇 큰 브랜드가 있는 목공의 본고장이에요. 그런 지역에서 배우다니 정말로 대단한 겁니다. 축하해요, 나오 씨."

"고마워요."

"독일에 간다는 건 앞으로의 준비도 분명 쉽지 않을 거예요. 사실 나오 씨가 전에 보여주셨던 퍼즐, 쓰미키의 숲에서 상품화를 고민 중이라 상의드리려던 참이었는데."

"네? 정말요?"

"네."

나무로 만든 그 퍼즐은 나오가 대장에게 보여준, 몇 가지의 그림이 그려져 있는 어린이용 퍼즐이었다. 이무라 사장의 승낙을 받아 아유미는 타이밍을 보고 나오에게 정식으로 의뢰할 생각이었다. 대장이 세상을 떠나면서 공방이 어수선할 것이라는 생각에 일정을 조금 미뤘는데 아유미는 조금만 더 빨리 이야기를 꺼냈어야 했다는 아쉬움이 들었다. 나오가 연수를 받는다고는 했지만, 당연히 국내일 테니 계속 거래할 수 있다고 안일하게 생각했었다.

"정말 기쁘네요."

나오가 부드러운 눈빛으로 말했다.

"혹시 괜찮으시면 가을까지 진행할 수 있도록 할 테니 이야기만 들어도 될까요? 제가 없는 동안에도 엄마가 국내에서 공방을 운영하는 아빠의 동료들과 함께 작업해 줄지도 몰라요."

"잘됐네요. 그럼 다음번에 제가 정식으로 기획서를 들고 공방으로 찾아가겠습니다."

아직 나오와 할 수 있는 작업이 있다고 생각하자 아유미도 조금은 마음이 놓였다.

그녀의 유학길은 물론 축하할 일이다. 하지만 나오의 모습이 사라진 가루이자와의 공방은 도저히 상상할 수 없었다.

"K 가든에 들렀다 가실래요?"

카페를 나와 사무실에 돌아가려는 아유미에게 나오가 권했다.

"시부야 씨가 디자인한 그 거북이 장난감이 매장에 진열되어 있는 모습이 궁금해요. 함께 가지 않을래요?"

"좋아요."

아유미는 차오르는 기쁨에 한 박자 늦게 대답했다.

K 가든의 문구점은 아유미가 아침 일찍 첫 번째로 상품을 납품하고 직접 진열하며 사진을 찍다가 대장의 부고 전화를 받았던 곳이다. 당시 아유미는 나오에게도 사진을 보냈었는데 나오가 그것을 기억하고 있었다.

나오와 아유미는 K 가든으로 향했다. 아유미는 몇 번 인사했던 점원에게 거북이 장난감을 만들어준 공방의 딸이라고 나오를 소개하자 그들도 나오를 미소로 맞아주었다.

"이 장난감, 찾는 손님이 많아요."

점원이 기쁜 말을 건넸다. 아유미는 거북이 장난감이 진열된 선반을 바라보았다. 출시 초기에 비해 선반에 나와 있는 장난감의 개수 자체는 줄었지만, 아이들이 실제로 만져 볼 수 있도록 견본품으로 꺼내놓고 있었다. 평일 오후인데도 가게 안은 아이들을 데리고 나온 몇몇 부모들의 모습이 보였다. 마침 두 살 정도

된 아이가 거북이 장난감을 손에 들고 등껍질을 누르고 있었다.

"좋네요."

그 모습을 뒤에서 보던 나오가 작게 말했다. 아유미도 실제로 어린이 고객이 거북이 장난감을 들고 있는 모습은 처음 봤다. 가슴이 벅차올랐다.

가게를 나서려는데 나오의 시선이 입구에 진열된 목제 소꿉놀이 세트에 머물렀다. 아유미도 잘 아는 장난감이었다. 수입 장난감도 많이 취급하는 이 매장의 인기 상품 중 하나인데 장난감 칼로 블록을 자를 때 그 손맛을 극대화할 수 있도록 많은 연구와 노력이 들어간 호평받는 장난감이었다.

"이 장난감, 제가 가을부터 연수받을 독일 공방에서 만든 거예요."

"아, 이 공방이었군요."

"네."

나오가 슬며시 웃었다.

"이렇게 지구 반대편에도 상품이 있는 모습을 보니 괜히 기쁘네요."

서점에 간다는 나오의 말에 아유미도 동행하기로 했다. 오늘은 딱히 급한 업무도 없었고 회사 근처라 마음도 편했다. 아유미는 나오와 함께 서점의 외국어 교재 코너로 향했다.

"떠나기 전까지 조금이라도 독일어를 공부해 두려고요."

독일어 도서는 영어 도서에 비해 그리 많지 않았다. 눈높이의 손이 닿는 아래쪽 책장은 대부분 영어 책이었다.

높은 책장을 향해 손을 뻗는 나오의 뒤에서 아유미가 말했다.

"제가 꺼내 드릴게요. 어떤 책인가요?"

아유미가 휘청거리는 나오의 등을 가볍게 받치자 나오가 부끄럽다는 듯 말했다.

"죄송해요. 저기, 갈색 표지, 저 책을 부탁드려요."

"이거 말이죠?"

그렇게 말하며 아유미가 책을 건네던 순간이었다.

"어머."

아무 생각 없이 소리가 나는 쪽을 돌아본 아유미가 숨을 크게 삼켰다.

목에 화려한 패턴의 스카프를 두르고 고급스러운 스톤 장식의 안경을 쓴 노부인이 아유미와 나오를 바라보고 있었다. 아유미가 아는 얼굴이었다.

오가사와라 도키코.

작년 츠나구의 일로 만나 젊었을 적에 잃은 딸 에이코와의 재회를 의뢰한 그 노부인이다.

아유미는 순식간에 몸이 굳어버렸다. 보통 츠나구의 의뢰인과 이런 식으로 우연히 마주치는 경우는 거의 없었다. 그런데 이런 곳에서 마주치다니. 갑작스러운 상황에 움직이지 못하는 아유미와는 달리 도키코는 태연했다.

도키코는 아유미와 나오의 모습을 가만히 번갈아 보다가 아무 말 없이 조용히 고개를 끄덕였다. 나오가 눈치채지 못할 정도의 아주 작은 움직임이었다. 그러고는 츠나구인 아유미 앞을 지나쳐 아무렇지도 않은 말투로 나오에게 물었다.

"독일어 교재를 찾고 있나요?"

"네? 아, 네."

"그러면 그 책은 별로예요. 교재로는 저 책을 더 추천해요."

도키코가 옆 선반 위에 꽂혀 있는 책을 가리켰다. 그 책도 높은 책장에 꽂혀 있는 탓에 도키코는 그제야 아유미에게 시선을 향했다.

"남자친구분이 좀 꺼내주시겠어요?"

"아…, 네."

아유미가 손을 뻗어 도키코가 말한 책을 꺼냈다.

"아, 그거 맞아요."

그렇게 중얼거린 도키코가 아유미가 건넨 책을 펄럭이며 안을 살핀 뒤 나오에게 내밀었다.

"이 책 한 권만 반복해서 계속 읽어도 꽤 익숙해질 거예요. 제 애독서였답니다. 늙은이가 괜히 참견해서 미안해요."

"아니에요, 고맙습니다."

갑자기 나타난 노부인에게 나오는 당황하지 않고 정중하게 고개를 숙였다. 아유미는 그제야 도키코가 만나고 싶어 했던 딸 에이코가 독일에서 유학했었다는 사실이 생각났다.

"저…."

아유미는 도키코에게 말을 걸지 말지 망설였다. 아유미가 말을 꺼내려는 순간, 도키코가 우아하게 미소를 지었다. 아주 미세하게 고개를 좌우로 움직인 도키코가 아유미에게 속삭이는 목소리로 말했다.

"귀여운 분이네요."

남자친구. 방금 도키코가 했던 말이 새삼스레 아유미의 귓가에 되살아났다. 아무래도 도키코가 오해한 것 같아 아유미가 정정하려 했지만 도키코가 조금 더 빨랐다.

"그럼, 실례할게요."

아유미와 나오에게 가볍게 인사한 도키코는 그대로 자리를 떠났다. 지난번과 똑같은 말투에 우아하고 가벼운 발걸음이었다.

도키코의 뒷모습이 보이지 않자 나오가 입을 열었다.

"멋있는 분이네요."

나오도 도키코의 '남자친구'라는 표현을 들었을 것이다.

"그러네요."

서로 어색해진 분위기를 얼버무리려는 듯 아유미가 대답했다.

그때 왜인지는 모르겠지만 문득 할머니가 해준 말이 아유미의 귓가에 되살아났다.

"언젠가 말이다. 아유미는 무엇이든 말할 수 있었으면 좋겠구나."

네가 츠나구라는 것도, 네 아버지와 어머니에 관해서도 모두. 전부 얘기할 수 있었으면 좋겠다.

왜 갑자기 그 말이 떠올랐을까? 곰곰이 생각하다 불현듯 깨달아버린 아유미는 마음속에 떠오른 당혹감에 고개를 저었다.

아유미가 나오와 헤어져 사무실로 돌아가는 길에 핸드폰의 진동이 울렸다. 업무용으로 사용하는 핸드폰이 아닌 아유미가 사적으로 사용하는 츠나구 의뢰인의 연락을 받는 핸드폰이다. 새로운 의뢰인을 기대하며 바라본 화면에 뜬 이름을 보고 아유미는 숨을 삼켰다.

하치야 시게루.

하치야에게서 전화가 왔다. 벌써 그런 계절이 된 것이다.

화면의 이름을 보고 그렇게 생각한 아유미는 다른 의뢰를 받을 때보다 더 잔잔한 마음으로 전화를 받았다.

"안녕하세요, 하치야 씨."

아유미의 목소리에 수화기 너머로 노인이 낮게 잠긴 목소리로 작게 대답했다.

"잘 지내셨나요, 츠나구 님. 하치야입니다. 건강하십니까?"

“네, 오랜만입니다. 하치야 씨도 건강히 잘 계시죠?”

아유미가 만난 적 있는 마음 편히 만날 수 있는 사람. 하지만 그는 어엿한 츠나구의 의뢰인이다. 할머니에게 츠나구를 물려받은 뒤 벌써 7년 가까이 알고 지냈다.

“덕분에요. 공백이 조금 길어졌지만 올해도 이렇게 연락드렸습니다.”

품격 있고 느긋한 목소리가 돌아왔다. 그가 말했다.

“츠나구 님. 올해도 아야코 님과의 만남을 부탁드려도 되겠습니까?”

하치야가 벌써 몇 번째인지 알 수 없는 의뢰 내용을 말했다.

“네, 알겠습니다.”

짧게 숨을 들이켠 아유미가 지난번과 똑같이 대답했다.

핸드폰을 귀에 가까이한 채 머리 위를 올려다보자, 나뭇가지에 드문드문 봉긋하게 올라오기 시작하는 꽃봉오리가 눈에 들어왔다. 올해도 벚꽃이 피기 전 일부러 이 계절에 의뢰했을 하치야를 생각하자 아유미는 감회가 깊었다.

“알겠습니다. 받아들이겠습니다.”

하치야는 벌써 몇 번이나 같은 상대와의 재회를 의뢰했지만, 그때마다 계속 거절을 당해왔다.

“감사합니다.”

수화기 너머의 부드러운 목소리가 감사 인사를 전했다.

2

하치야의 존재는 아유미가 츠나구 연수생일 무렵, 선대 츠나구였던 할머니 아이코가 알려주었다.

아유미가 아직 고등학생이었던 어느 해 봄. 그 무렵은 할머니가 대부분의 의뢰 전화를 받고 있었다. 본격적으로 츠나구를 물려받을 아유미를 위해 할머니는 다양한 것들을 가르쳐주었다. 망자와 이야기하기 위한 거울 사용법, 망자와 대화하는 방법, 의뢰인을 대하는 방법 등. 그중에서도 지금까지 어떤 의뢰가 있었는지 그 사례에 대해 많이 알려주었다.

츠나구를 통한 재회는 매우 특수한 상황이다. 어떤 비법이 있는 것도 아니고 일반적인 대응 방법이 모두 똑같이 획일적인 것도 아니다. 그동안 어떤 상황에서 어떤 형태의 의뢰가 있었다는 하나하나의 '특수'한 사례를 인지하고 있는 것 이외에 딱히 지침이라고 할 수 있는 것이 없었다. 할머니가 가르쳐준 그런 '사례'들이 츠나구로서의 아유미를 지금도 뒷받침해주고 있었다.

그러던 어느 날 할머니가 말했다.

"이제 슬슬 아유미에게도 하치야 씨를 소개해 주어야겠구나."

"하치야 씨요?"

"아마 올해엔 하치야 씨에게 의뢰 전화가 올 게다. 그러니 같이 만나러 가자꾸나."

당시에는 할머니가 의뢰 전화를 받았어도 교섭 자체는 대부분 아유미가 하고 있어서 할머니가 의뢰인과 직접 만나는 일은 없었다. 영문을 모르겠다는 표정으로 멍하니 있는 아유미에게 할머니가 알려주었다.

"망자가 아무리 거절해도 계속해서 한 사람과의 재회를 의뢰하는 사람이 있단다."

"그런 의뢰인이 있어요?"

아유미는 면회를 교섭한 망자가 거절하는 일은 흔치 않다고 생각했다.

츠나구와 만난 시점에서 의뢰인에게는 할머니가 항상 말하는 '인연'의 힘이 조금이라도 작용했을 테니 면회가 실현되지 않을 법한 사람은 애초에 츠나구에 도달하는 과정에서 걸러진다고 생각했다.

"망자가 재회를 거절하기도 하는군요."

"그럼, 있고말고."

"하지만 할머니가 종종 그러셨잖아요. 츠나구에게 몇 번을 전화해도 연결되지 않는 사람이 있는가 하면, 정말로 절실한 사람은 반드시 츠나구와 이어지게 되어 있다고. 망자가 거절하면 츠나구까지 도달한 의미가 없는 것 아닌가요?"

"망자의 거절로 의뢰인 안에서 우리가 모르는 무언가가 스스로 정리될 때도 있단다. 지금까지 거절당한 의뢰인이 몇 명 있었는데 모두 망자와 만날 수 없다는 답변을 들으면 거기에서 또 다른 의미를 깨닫는 것 같더구나."

만남의 제안을 거절하는 망자 중에는 교섭 도중에 만남을 중개하는 할머니에게 의뢰인을 만나고 싶지 않은 이유를 명확하게 밝히는 사람이 있는가 하면, 아무 말도 하지 않고 그냥 만나고 싶지 않다는 결정만 전달하는 사람도 있다고 했다. 할머니는 어떤 이유에서도 의뢰인이 물어보기 전까지는 절대로 아무것도 알려주지 않는다고 했다.

그리고 거절당한 의뢰인의 반응도 매우 다양하다고 했다. 왜 만나주지 않냐며 할머니에게 필사적으로 매달리는 사람도 있고, 아무것도 묻지 않고 체념한 채 어딘가 안심한 듯한 표정으로 돌아가는 사람도 있다는 것이다.

"그 사람들에게 망자가 만나주지 않는다는 것만으로도 어떤 의미가 있다는 말인가요?"

"그야 나도 알 수는 없지. 하지만 아마도 그렇지 않을까? 왜냐하면 거절당한 사람들 가운데 화를 내는 사람도 있었으니까."

"화를 낸다고요?"

"츠나구는 가짜고 애초에 망자와 만나게 해주는 게 불가능해서 그렇게 말하는 거라며, 화를 내는 사람 말이다."

할머니가 '후훗!' 하고 웃었다. 아유미가 좋아하는 장난기 어린 웃음이었다.

"그 사람들은 처음부터 망자가 자신을 만나주지 않는 이유를 확실하게 알고 있었다는 거지."

하지만 하치야는 그런 사람들과는 상황이 달랐다. 할머니가 아는 한, 거절당해도 다시 의뢰하는 사람은 지금까지 하치야 한 사람뿐이라고 했다.

"그 사람은 도대체 누구를 보고 싶어 하는 건가요? 가족? 연인?"

아유미가 흥미롭다는 목소리로 질문하자 할머니가 고개를 갸웃거렸다.

"글쎄. 곧 하치야 씨에게서 연락이 올 테니 나머지는 본인에게 직접 물어보려무나. 올해가 3년째니까."

"3년째?"

"하치야 씨가 처음 츠나구를 찾아왔던 사십 대 시절, 5년에 한 번씩 의뢰를 했었다. 그리고 일흔을 넘기면서 3년에 한 번이 되었지. 올해가 그 3년째란다."

할머니의 말을 듣고 아유미는 하치야 씨가 꽤 연배가 있는 사람이라는 것을 알았다. 사십 대부터 칠십 대까지 그렇게 긴 세월 동안 의뢰했다니 아유미는 할 말을 잃었다.

"너는 아직 모를 수도 있겠지만…."

놀라워하는 아유미에게 할머니가 말을 덧붙였다.

"나이를 먹으면 망자를 만나고 싶어 하는 의뢰인도 슬슬 상대가 있는 곳에 갈 수 있다는 걸 의식하기 시작하니까. 분명 5년에 한 번은 시간적 여유가 없다고 생각하니 이제는 3년마다 의뢰하는 거겠지. 사실 하치야 씨는 매년 츠나구를 찾아오고 싶을지도 몰라. 하지만 그렇게 끈질기게 굴어서 아가씨에게 미움을 받고 싶지는 않은 거겠지. 하치야 씨 나름대로 매너나 규칙이 있는 거란다."

아유미는 할머니가 아무렇지 않게 말한 '아가씨'라는 표현이 신경 쓰였다. 하지만 할머니는 다시 장난기 어린 목소리로 말할 뿐이었다.

"항상 벚꽃이 피기 직전에 의뢰를 해왔으니까."

그리고 그해, 정말로 하치야로부터 의뢰 전화가 왔다.

벚꽃 나무가 있는 아름다운 정원이 보이는 요정의 개인실에서 아유미는 할머니와 함께 그를 처음 만났었다.

3

아유미는 가쿠라자카의 요정 '하치야'의 문을 열었다.

"정말 여기예요?"

7년 전, 할머니의 손에 이끌려 이 문을 처음 넘었을 때 아유미는 당황하여 할머니에게 물었다. 크고 오래된 주택을 개조한 훌륭한 건물에 압도된 아유미가 들어가기를 망설이자, 할머니가 괜찮으니 들어가라며 아유미의 등을 살짝 밀었던 그 감촉을 아유미는 아직도 기억하고 있다.

의뢰인과 처음 만날 때는 보통 츠나구가 장소를 지정하는 경우가 많지만 하치야는 처음 의뢰할 때부터 할머니를 이 요정으로 초대했다고 한다.

하치야는 요정의 2층 개인실로 할머니와 아유미를 안내했다. 보통 개인실은 다다미가 깔린 방에, 시시오도시(과거 일본에서 사슴 등의 동물을 내쫓기 위해 사용한 물건으로, 오늘날에는 일본 정원에서 디자인 요소로 사용된다. 대표적으로 대나무 물레방아 모양이 있다) 소리가 울리는 모습을 떠올리기 쉽지만, '하치야'의 2층은 아름다운 꽃이 놓인 테이블 주위로 모던한 가죽 의자가 둘러싸고 있는 서양식 방이었다.

창밖으로는 정원이 내려다보였다. 정원도 나무 한 그루만 서 있는 아유미의 상상과는 다른 작은 정원이었다. 정원을 바라보는 아유미에게 할머니가 말했다.

"저 나무는 벚꽃 나무란다. 조금 있으면 여기에서 만개한 벚꽃을 볼 수 있겠구나."

한 그루의 나무뿐이었지만 굉장히 정성이 많이 들어간 아름다운 정원이었다.

그 뒤로 꽤 세월이 많이 흘렀다.

예전과 마찬가지로 기모노 차림의 여성이 아유미를 맞이했다.

"어서 오십시오."

그리고 그녀는 역시 예전처럼 아유미를 2층 개인실로 안내했다. '하치야 요정'에 할머니 없이 아유미만 방문한 것은 이번이 두 번째였다.

의뢰인 하치야 시게루는 이 요정의 주인이다. 예전에는 직접 요리사로서 주방을 책임졌다는 얘기도 들었지만, 아유미가 처음 이곳에 왔을 때 하치야는 이미 주방 일에서 손을 뗀 상태였다. 원래는 교토의 가게에서 일하고 있었는데 삼십 대 중반에 우연한 기회에 도쿄의 이 건물을 양도받아 개조하여 가게를 차렸다고 한다.

"실례합니다."

방 안으로 들어서자 그곳에는 이미 하치야가 기다리고 있었다. 하치야는 앉은 채로 아유미를 바라보며 서글서글하게 웃고 있었다.

"기다리고 있었습니다. 매번 여기까지 오시게 해서 죄송합니다."

"아닙니다. 저야말로 하치야 씨의 연락을 받고 반가웠습니다."

아유미는 하치야를 처음 봤을 때 그가 상냥한 강아지와 닮았다고 생각했다.

부드러워 보이는 하얀 머리와 눈썹. 온화한 외모에 안경 너머로 보이는 눈은 웃지 않을 때도 눈이 부신 것처럼 가늘었다. 아유미는 폭신폭신해 보이는 하치야의 눈썹이 강아지나 양과 닮았다고 생각했는데, 그 후에 거리에서 이름마저 '쉽독'인 목양견을 우연히 보고 저도 모르게 하치야를 떠올렸다. 하치야가 풍기는 분위기는 올드잉글리시쉽독과 매우 닮아 있었다.

하지만 올해 하치야는 지난번 아유미와 만났을 때보다 조금 작아진 듯한 느낌이었다. 원래도 큰 체구는 아니었지만, 머리와 눈썹의 폭신폭신한 인상이 예전보다 약해졌다. 단순히 머리카락이 많이 빠졌다기보다 전체적으로 존재감이 약간 희미해진 것 같았다.

아유미가 자리에 앉자 하치야가 종업원에게 음식을 내오라고 부탁했다.

하치야의 의뢰는 매번 이 요정의 개인실에서 두세 가지의 요리를 먹으며 듣는 것이 거의 의식처럼 되어 있다. 이곳에 처음 왔을 때 아유미는 투명한 국물에 떠 있는 죽순이 들어간 새우 완자를 먹었다. 믿을 수 없을 만큼 부드럽고 달콤한 식감에 그 감동을 말로 표현할 수 없었다.

"정말 맛있어요!"

그렇게 말하며 입가를 닦는 아유미를 할머니와 하치야는 미소를 지으며 바라보았었다.

"음식이 너무 맛있어서 매번 하치야 씨의 권유를 거절하지 않고 이곳을 방문한단다. 사실 이렇게 의뢰인과 사적으로 친해지면 안 되지만."

할머니는 '친해지면'이라고 표현했지만, 사실 적정한 선을 알고 있는 할머니와 하치야는 필요 이상으로 서로의 거리를 좁히진 않았다. 두 사람은 맛있는 요리를 먹고 있을 때만큼은 오래전부터 알고 지낸 친구처럼 보이지만, 사실 하치야는 할머니의 이름조차 모를 것이다.

그것은 지난번 아유미가 혼자 의뢰를 들으러 '하치야'에 방문했을 때도 느꼈다.

"이전 츠나구 님은 건강하시지요?"

아유미가 아이코의 손자라는 사실은 어렴풋이 알고 있었을 텐데, 하치야는 정직하게 그렇게 물었다. 그래서 아유미도 솔직하게 대답했다.

"작년에 돌아가셨습니다."

여러 차례 의뢰하며 오랜 기간 알고 지냈지만, 친구 사이가 아닌 하치야는 할머니의 죽음을 모르고 있었다.

"아아."

아유미의 말에 하치야는 눈을 감고 낮은 소리를 냈다.

"그렇군요. 모르고 있었네요. 실례했습니다."

"아닙니다."

그날 마지막 요리는 흑설탕 소스에 담근 구즈키리(칡가루를 반죽해 익히고, 길게 잘라 만드는 국수 모양의 일본 디저트)가 나왔다. '하치야'의 요리 중 할머니가 특히 좋아하던 요리였다.

"이걸 좀 준비했습니다."

그렇게 말하며 하치야가 녹갈색 전통 종이에 싸인 아직 꽃봉오리 상태의 벚꽃 나뭇가지를 건넸다. 할머니의 묘 앞에 올려달라는 하치야의 마음이리라. 아유미는 그를 의리 있고 성실한 사람이라고 생각했다. 그런 하치야도 사실 이번 의뢰는 다른 때보다 공백이 길었다. 지난 의뢰로부터 3년째인 해는 작년인데, 1년이 더 지난 올해 의뢰를 해온 것이다.

"제가 작년에 작은 수술을 했습니다. 그렇게 심각한 병은 아니고 폐에 물이 차서 그걸 빼내는 수술이었어요. 그래서 작년에 의뢰를 못 드렸네요."

아유미가 궁금해한다는 것을 눈치챘는지, 첫 번째 요리가 나온 뒤 하치야가 알려주었다.

"그러셨군요."

아유미의 말에 하치야가 작게 고개를 갸웃거리며 익살맞게 웃었다.

"제가 심려를 끼쳐 드렸습니다. 분하지만 제가 이 세상에 없다고 해도 이상하게 생각하진 않았겠습니다만."

"그렇지 않습니다. 조금 쓸쓸했던 건 사실입니다. 올해 하치야 씨가 연락을 주셔서 반가웠습니다."

아유미의 대답에 하치야는 고맙다며 고개를 숙였다.

첫 번째 요리는 하마구리 지역의 국물 요리였다. 아유미는 그의 그릇 안에 있는 동그란 반죽이 자신의 그릇에 있는 것보다 눈에 띄게 적은 것을 느꼈다. 아마도 수술한 뒤 식욕이 떨어진 것일지도 모른다.

"매번 똑같은 말이지만 제가 만나고 싶은 사람은 소데오카 아야코 님입니다."

액자 속 흑백사진은 단체 사진이다. 하치야가 일했다는 교토의 요정처럼 보이는 건물을 배경으로 전통 의상을 입은 사람과 정장을 입은 사람 등이 다 같이 모여 찍은 기념사진이다.

"전에도 말씀드렸지만 이게 접니다. '소데오카'라는 교토의 요정에서 일했습니다."

사진 속 어린 나이의 하치야는 주방에서 입는 흰옷 차림의 몇몇 사람들에 섞여 가장 구석에 있었다. 하치야가 말한 아야코는 사진의 한가운데 하카마(기모노 위에 입는 일본 남성의 전통 바지)를 입은 멋진 수염의 남성과 전통 의상을 입은 상냥한 인상의 여성 사이에 앉아 있었다. 새까맣고 긴 머리의 아야코는 정면을 똑바로 바라보고 있었다. 전쟁이 끝나고 몇 년 뒤에 찍은 사진이라고 들었지만, 다들 진지한 표정으로 미소를 짓고 있는 사람은 아무도 없었다.

이 사진도 예전에 본 사진이었지만 늘 처음 보는 사진처럼 설명을 들었다.

"아름답죠? 하지만 정말 성격은 만만치 않으셨습니다. 콧대 높은 미인이었죠."

사진 속 아야코는 일본 인형을 닮아 쌍꺼풀이 없는 예쁘장한 외모로 하치야가 말한 성격까지 미루어 짐작할 수는 없었다. 오히려 선이 가늘고 단아하며 연약해서 어디론가 사라져버릴 것 같은 인상이다.

"아야코 님은 선천적으로 몸이 약해 학교도 충분히 다니지 못했습니다. 그만큼 밖에 나가지 못하는 울분을 해소하려는 듯 저희가 있는 요정의 주방에 자주 기웃거렸지요. 특히 비슷한 또래인 저는 아야코 님과 자주 얘기했습니다. 제가 열여덟, 아야코 님이 열넷 정도였을 겁니다."

"그렇군요."

아유미가 그릇을 비우자 하치야는 자연스러운 동작으로 거의 손대지 않은 그릇에 뚜껑을 덮었다. 어쩌면 하치야는 양이 줄어든 요리도 먹기 힘든 상태일지도 모른다.

"다만 제가 아야코 님과 친하게 말을 주고받게 되었다고는 해도 당시의 일이었습니다. 저는 시마네현 이즈모의 산골 마을에서 셋째 아들로 태어났습니다. 집에 있어도 짐만 되기에 일자리를 찾다가 소데오카 요정에 더부살이 처지로 들어가게 되었지요. 전쟁이 끝나고 많은 것이 변해버렸는데도 저를 거두어주시는 것만으로도 너무 감사했습니다. 유명한 가문이나 새로 부임한 미군 간부 계급의 장교들을 상대하는 유서 깊은 가게의 외동딸인 아야코 님과 편하게 대화하는 것은 원래라면 허용될 수 없습니다. 하지만 주인님도, 사모님도 너무 친절하고 좋은 분이고 몸이 약한 아야코 님을 딱하게 여기셨는지 제게 아야코 님의 가까운 외출에 동행하라고 하셨죠."

아련한 표정으로 눈을 가늘게 뜬 하치야가 먼 곳을 바라보며 이어서 말했다.

"친구와 만나러 가는 아야코 님을 호위하거나 쇼핑한 짐을 대신 들고 다니기도 했습니다. 유서 깊은 요정이었지만, 당시 전쟁으로 우수한 주방장을 잃게 되어 가게가 넉넉하다고 말할 수 있는 상황은 절대 아니었습니다. 그래도 사장님과 사모님은 아야코 님에게는 좋아하는 물건을 살 수 있는 즐거움을 주셨지요. 애초에 기모노 같은 값비싼 물건이 아니라 전통 무늬가 들어간 색종이 몇 장을 사는 정도였지만요. 아야코 님은 제게도 '하치야, 이거 너 줄게.'라며 체크무늬의 종이를 주기도 했습니다. 지금 생각해보면 굉장히 다정한 분이었습니다."

이미 여러 번 들어서 외울 정도의 이야기였지만 아유미는 전혀 지루하지 않았다. 오히려 이야기할 때마다 하치야의 마음속에 있는 '아야코 님'이 더 생생하게 움직이는 것 같아 흥미로웠다. 특히 아야코의 말투를 흉내 내면서 높은 목소리로 교토 사투리를 쓰는 하치야가 아유미는 좋았다.

"전 아야코 님을 마음에 품고 있었습니다. 대단히 송구스럽지만 그건 요즘 말하는 '사랑'이었을 겁니다."

"네."

하치야가 아름답고 찬란한 것을 말하듯 꺼낸 '사랑'이라는 표현은 언제 들어도 아유미에게 새로운 감동을 선사했다. 하치야가 가만히 고개를 끄덕였다.

"그러나 너무 당연한 얘기지만 지금과는 다른 세상에서, 신분이 다른 이루어질 수 없는 짝사랑이었죠. 제가 아야코 님을 좋아한다고 해서 특별한 관계가 되고 싶은 마음은 전혀 없었을 뿐더러, 애초에 아야코 님에게는 어렸을 적부터 '미야지마 쇼지'라는 약혼자가 계셨습니다. 쇼지 씨는 오사카에서 유명한 요정의 둘째 아들인데 아야코 님이 열일곱이 되면 데릴사위로 들어와 소데오카를 이을 예정이었습니다. 아야코 님도 '언젠가 쇼지 씨가 내게로 오실 거야.'라며 친구들에게도 자랑했지요. 당연히 결혼까지 생각하셨지요. 저도 딱 한 번, 아야코 님이 쇼지 씨를 만나러 오사카까지 가는 데 보필한 적이 있습니다."

"그렇게 좋아하는 아야코 님을 오사카까지 모시고 가는데 심경이 복잡하지 않으셨나요?"

이러한 질문은 어쩌면 잘못된 추측일지도 모른다는 생각이 들었다. 하지만 하치야는 아유미의 그런 질문 자체가 기쁜 듯 고개를 저었다.

"전혀요. 신기하게도 아야코 님과 쇼지 씨가 함께 있는 모습을 보면 왠지 모르게 저까지 행복했습니다. 너무 잘 어울리는 두 사람이라고, 제가 다 자랑스러웠습니다. 하지만…."

하치야의 목소리가 어두워졌다. 그 후에 그들에게 기다리고 있던 운명을, 하치야는 천천히 되새기는 듯 말했다.

"아야코 님은 결혼을 앞두고 열여섯의 나이로 돌아가셨습니다. 너무나, 너무나도 안타까운 일이었지요."

아야코는 어렸을 적부터 잔병치레가 심하고 심한 천식을 앓았다고 한다. 소데오카에서 지낸 지 얼마 되지 않았을 무렵, 하치야는 투명할 정도로 창백한 아야코의 피부를 보고 깜짝 놀랐다. 자존심 센 소녀였지만, 손과 발이 유리 공예품처럼 가늘어 하치야는 아야코도, 아야코의 부모도 안타까웠다.

"천식 이외에 선천적인 질병이 있었을 수도 있습니다. 오늘날의 의료 기술로 정확한 원인을 찾으면 아야코 님이 더 오래 살 수도 있었을지 모른다고 생각하면, 아야코 님이 가엾어서 참을 수 없습니다. 너무 어렸어요. 주인님이나 사모님도 아야코를 혼자 세상을 떠나게 했다고 끊임없이 말씀하셨습니다. 특히 사모님이 매우 슬퍼하셨지요."

"그렇군요."

"결혼이 무산되어 결국 소데오카는 당시의 주방장이 양자로 들어가게 되었습니다. 저도 소데오카에서 오랜 기간 가르침을 받다가 삼십 대 중반에 독립했지요. 제 가게를 꾸렸지만, 그 뒤로도 주인님과 사모님과는 좋은 관계를 유지했습니다. 아야코 님의 추억이 깃든 교토의 그 가게도, 안채도, 지금도 눈을 감으면 사소한 부분까지 모두 떠오릅니다. 그건 제 청춘이었으니까요."

앉은 자세를 가다듬은 하치야가 가느다란 눈을 또렷하게 뜨고 아유미를 바라보았다. 눈동자에 언뜻 회색빛이 물들어 있었다.

"츠나구 님. 아야코 님과 만나고 싶다고 바란 지 꽤 많은 시간이 흘렀습니다. 하지만 전 아야코 님이 만나주시지 않는 이유를 잘 알고 있습니다. 당연히 단 한 번인 소중한 만남의 기회를 저에게 사용하고 싶지는 않으시겠지요. 아야코 님은 아마 저보다 더 만나고 싶은 분이 있으실 겁니다. 그리고 제 일방적인 연모를 주제 넘는다고 생각하시겠지요. 거절하시는 것도 당연합니다."

"그래도 만나고 싶다는 말씀이시죠?"

"그렇습니다."

힘차게 고개를 끄덕인 하치야가 옅게 웃었다.

"아마 올해도 아야코 님을 뵙지 못하겠지요. 그래도 아무쪼록 잘 부탁드립니다. 아야코 님과의 면회를 의뢰하고 싶습니다."

"알겠습니다."

아유미가 고개를 끄덕이자 마침 종업원이 다음 요리를 가지고 들어왔다. 테이블 위에 그릇이 놓이고 맛있는 냄새가 방 안 가득

퍼졌다. 그릇에는 떡처럼 보이는 음식 위에 고추냉이가 살짝 올라가 있다. 아, 이것은 벚꽃 향기다.

“찹쌀을 도미와 함께 쪄서 만든 음식입니다. 따뜻할 때 드셔보세요.”

“잘 먹겠습니다.”

“츠나구 님은 저희 가게의 봄 메뉴를 대부분 드셔보셨으니, 다음에는 어떤 메뉴를 맛보게 해드려야 좋을까요?”

밝은 목소리였지만 아유미는 하치야가 벌써 ‘다음’을 생각하고 있다는 것이 조금 안타까웠다. 그는 의뢰할 때부터 이번에도 아야코 님을 만날 수 없다고 체념하고 있는 것이다.

하치야는 매번 벚꽃이 피기 전 이 계절에 의뢰한다. 자세하게 물어본 적은 없지만 아유미는 이때가 아야코의 기일이라고 추측했다.

짧은 식사를 마치고 하치야가 1층 현관으로 내려가는 아유미를 배웅해주었다. 계단을 내려가는 그의 발걸음이 지난번보다 불안정하고 느려진 느낌이었다.

“이 가게는요, 정말 많이 닮았어요.”

복도를 지나던 도중 갑자기 그가 말을 꺼냈다. 아유미가 돌아보자 그는 창문 밖의 벚꽃 나무를 보고 있었다.

“아야코 님이 사시던 교토의 ‘소데오카’ 안채와 닮았어요. 정원에 벚꽃 나무가 있는 것도 똑같습니다.”

교토의 그 집은 이제 없어졌을지도 모른다. 하치야의 말이 과거형이었다.

"도쿄의, 이곳의 예전 소유자가 여기에서 가게를 해보지 않겠냐고 우연히 건의해왔을 때 실은 거절할 생각이었습니다. 교토에서 오래 생활하기도 했고 언젠가 제 가게를 차린다면 당연히 교토에서 시작할 생각이었거든요. 그래서 가벼운 마음으로 이곳을 보러 왔는데 한눈에 마음을 빼앗기고 말았습니다."

하치야는 자신도 신기하다는 듯 말을 계속했다. 그리고 창문을 바라보던 시선을 다시 아유미에게로 향했다.

"다른 사람에게 츠나구 님의 존재를 전해 들었을 때도 저는 의뢰할 입장이 안 된다고 생각했습니다. 하지만 이 가게가 궤도에 오르고 수년이 지났을 무렵, 갑자기 의뢰할 마음이 생겨 츠나구 님께 처음 연락을 드린 거지요. '나도 자신의 가게를 꾸릴 정도로 성공한 사람이 되었다.'라고 아야코 님께 지금의 저를 보여드리고 싶은 마음이었을지도 모릅니다. 아야코 님이 거절했다는 답변을 듣고 저는 당연하다고 생각했습니다. 제게는 과분한 어울리지 않는 부탁이라는 것을 너무나 잘 알고 있기 때문이지요."

하치야가 말을 덧붙였다.

"츠나구 님. 올해는 한마디를 더 전해주실 수 있을까요?"

그동안의 의뢰에는 하지 않았던 말이다.

"무슨 말을 전해드릴까요?"

고개를 돌리고 묻는 아유미를, 하치야가 올곧은 시선으로 회색빛이 깃든 눈동자로 바라보았다.

"아야코 님께 이렇게 전해주세요. 청년이었던 하치야도 어느새 '여든다섯'이 되었다고."

고요한 미소를 얼굴에 가득 채운 하치야가 그렇게 말했다.

"그 한마디만 전해주시면 됩니다. 부디 아야코 님께 잘 전달 부탁드립니다."

4

"아야코 씨라면 전에 그, 굉장히 제멋대로인 아가씨? 올해는 의뢰가 왔나 보네."

안나의 조금은 앙칼지고 날카로운 목소리를 듣고 아유미는 크게 한숨을 내쉬었다.

"제멋대로라는 표현은 좀 그렇다."

아유미의 반박에 안나가 입술을 삐죽이며 말을 계속했다.

"에이, 그래도. 오빠의 얘기를 들으면 그 표현이 딱 어울려. 의뢰인을 만나주면 좋을 텐데."

츠나구의 임무, 즉 망자의 영혼을 불러 의뢰인과 만날지를 묻는 교섭을 할 때 아유미는 아키야마 가문의 정원을 빌리는 일이 많았다.

이번에도 정원을 빌리기 위해 찾아온 아유미는 국어 숙제를 도와달라는 안나에게 붙잡혔다.

교과서를 소리 내어 읽는 국어 숙제는 가정 통신문에 학부모 확인란이 있는데 안나는 오늘 부모님이 두 분 모두 집에 계시지 않는다며 아유미에게 부탁했다.

"내가 직접 체크하려고 했는데 아유미 오빠가 왔으니까 마침 잘 됐어."

아유미는 '목소리의 크기', '읽는 속도', '자세' 등 다섯 가지 항목에 동그라미를 그려나갔다. 게다가 상대는 안나다. 또랑또랑 막힘없이 읽는 안나의 목소리는 마치 아역 배우의 오디션처럼 전문가 수준이다. 안나의 말처럼 이런 숙제는 스스로 적당히 알아서 해결할 수 있지만, 어쩌면 안나는 자신이 훌륭하게 읽는 모습을 아유미에게 보여주고 싶은 것일지도 모른다. 아야코도 청개구리 심보의 안나에게 '제멋대로'라고 취급받고 싶지는 않을 것이다.

아유미가 씁쓸하게 웃으며 대답했다.

"의뢰하는 하치야 씨도, 아야코 씨에게는 분명 본인보다 더 만나고 싶은 사람이 있다는 것을 알고 있어. 알면서도 만나고 싶은 마음을 억누를 수 없는 거야."

"아아. 그렇구나."

사정을 알고 있는 안나의 부모님에게도 츠나구의 의뢰 내용을 함부로 발설한 적이 없는데, 안나에게는 자신도 모르게 술술 이런 말이 나온다. 숙제를 도와주거나 텔레비전을 보면서, 아니면 간식을 먹으면서 지금까지 이런저런 얘기를 해왔다. 안나가 아키야마 가문의 '당주'라는 사실이 주는 안도감과, 다른 사람의 이야기를 잘 끌어내는 안나의 능력, 그 두 가지 이유에서였다.

그래서 작년, 아유미는 의뢰를 반복하는 하치야의 존재에 대해서도 이야기했다. 의뢰하러 와야 할 3년째 해인데도 연락이 없어 혹시 무슨 일이 생긴 것은 아닐지 걱정하는 아유미에게 그때도 안나는 단호한 목소리로 말했다.

"괜찮아, 괜찮아. 진정해. 내년에 다시 의뢰가 올 수 있잖아."

생각해보면 이 정도 일에 눈도 깜짝하지 않는 안나의 성격은 할머니 아이코와 매우 닮았다. 그때 아유미는 할머니를 잃은 후 츠나구의 조언자로서 안나를 계속 의지해왔다는 것을 새삼 깨달았다.

"하지만 다행이다."

"응?"

"올해는 의뢰가 들어와서."

아유미는 조금 왜소해진 체구로 작년에 수술을 받아 의뢰하지 못했다고 털어놓은 하치야의 모습이 떠올랐다. 지금은 3년마다 의뢰하지만 어쩌면 다음부터는 2년에 한 번, 혹은 매년으로 의뢰의 주기가 짧아질지도 모른다.

"아야코 님께 이렇게 전해주세요. 청년이었던 하치야도 어느새 '여든다섯'이 되었다고."

그 말은 그런 의미가 아닐까?

"그런데 오빠는 왜 이렇게 기운이 없어?"

"응?"

갑자기 '훅' 들어온 안나의 질문에 아유미는 움찔했다.

안나가 전에 없던 진지한 눈빛으로 가만히 아유미를 바라보았다. 그 큰 눈동자에는 똑바로 바라보기 힘들 정도로 올곧은 빛이 담겨 있었다.

"딱히. 아무 일도 없었는데…."

"아니야? 왠지 그런 느낌인데?"

마음에 걸리는 것은 나오의 일밖에 없다. 하지만 아유미는 스스로 그렇지 않다고 되뇌고 있었다. 츠나구를 하다 보면 어쩔 수 없이 의뢰인의 사정에 끌려가는 경우가 많다. 그래서 정작 자기 자신의 개인적인 생활이나 고민에는 저도 모르게 소홀해지기 쉬웠다.

"괜찮아?"

안나가 물었다. 이 아이의 진지한 목소리를 듣자, 아유미는 새삼 기뻤다. 자신을 걱정해준다는 사실이 고마웠다.

"괜찮아."

아유미는 안나의 이런 예리한 부분도 할머니 아이코와 매우 닮았다고 생각했다.

"흐음, 그런데 말이야, 보통 이럴 때는 다들 어떻게 하는지 일반적인 이야기를 듣고 싶은데…."

갑자기 표정을 바꾼 안나가 아유미의 시선을 피했다. 눈을 맞추지 않고 이야기하는 것은 안나답지 않았다.

"발렌타인의 답례 말이야, 남자는 좋아하지 않는 여자한테도 답례를 해? 아유미 오빠는 옛날에 어떻게 했어?"

예상치 못한 안나의 질문에 아유미가 눈을 크게 떴다.

"그건…."

아유미의 말을 자른 안나가 아직 아무 말도 하지 않는 아유미를 향해 정색하며 말했다.

"그, 러, 니, 까. 일반적으로 어떻게 하는지 들려줘. 내가 어떻게 한다는 게 아니니까!"

안나는 의견을 묻고 싶다고 말하면서 '홍'하며 고개를 돌려 다른 곳을 바라보았다.

그런 안나를 보고 아유미는 생각했다.

안나도 매일매일 어른이 되어 간다. 시간이 흐르고 있다.

아키야마 가문의 정원 안쪽, 세월이 흘러 이끼가 낀 돌이 줄지어 있는 구석 표면에 동그랗게 움푹 팬 바위가 있다. 그 움푹한 곳에 차 있는 빗물 표면에 가끔 달빛이 반사되기도 한다. 어두운 정원 구석의 그 움푹한 곳이 밝은 밤하늘을 빨아들이는 듯한 모습을 본 아유미는 그때부터 그곳에 거울을 올리고 망자를 불러내는 의식을 치르고 있다.

하치야가 사랑하는 사람. 달 밝은 하늘 아래, 아야코는 이번에도 거울이 내뿜는 빛에 이끌리듯 모습을 드러냈다. 사진에서 본 것처럼 청초한 기모노 차림이다.

"소데오카 아야코 씨."

아유미의 부름에 아야코가 작게 고개를 갸웃거리며 아유미를 바라보았다. 눈썹 바로 위까지 가지런히 자른 앞머리는 일본 인형을 연상케 했고 갑작스러운 눈부심에 아야코는 그 아래의 쌍꺼풀 없는 눈을 겨우 떴다. 아야코는 빛의 존재가 성가시다는 듯 천천히 눈을 깜빡였다. 몹시 귀찮고 따분한 표정으로 아유미를 올려다보고 있었다.

잠시 숨을 돌릴 틈이 생겼다.

드디어 아야코가 가라앉은 어조로 입을 열었다.

"또 당신인가요?"

아야코의 사진을 내밀며 하치야는 소년 같은 눈빛으로 이렇게 말했었다.

"아름답죠? 하지만 정말 성격은 만만치 않으셨습니다. 콧대 높은 미인이라는 느낌이었죠."

확실히 사진만으로는 아야코의 성격을 짐작할 수 없었다. 오히려 선이 가늘고 단아하며 연약해서 어디론가 사라져버릴 것 같은 인상밖에 없었다. 하지만 아유미는 그 인상이 외모에만 해당한다는 것을 여러 번의 교섭을 통해 깨달았다.

하치야에게 말하지는 않았지만 실은 잘 알 것 같다며 그의 말에 동조하고 싶었다.

속으로 씁쓸한 미소가 지어졌지만, 표정에는 드러내지 않은 아유미가 입을 열었다.

"하치야 시게루 씨가 당신과 만나고 싶어 합니다. 만나시겠습니까?"

"아니요. 만나지 않을 겁니다."

아야코의 목소리는 이번에도 단호하고 망설임이 없었다. 그리고 날카롭고 매서운 눈빛으로 아유미를 가만히 쳐다보았다.

"예전부터 말했잖아요. 하치야가 저를 만날 수 있다고 생각하나요?"

츠나구를 통한 재회가 오직 한 번밖에 없다는 사실은 할머니가 아야코와 처음 교섭하던 날 이미 공지했다고 했다.

"알겠습니다."

아유미는 고개를 끄덕였다. 교섭 단계에서 츠나구는 원칙적으로 망자나 의뢰인 중 한쪽에 힘을 실어 얘기하면 안 된다. 아유미도 하치야에게 도움을 주고 싶었지만, 아유미는 지금까지 조심하고 있었다.

"불러내서 죄송합니다."

아야코는 도도하고 쌀쌀맞은 얼굴로 다른 쪽을 바라보았다. 아야코의 무정한 태도에 아유미는 마음이 꺾일 것 같았지만 하치야와 한 약속을 떠올리며 다급하게 말을 덧붙였다.

"이번에는 하치야 씨가 한마디를 더 전해달라고 하셨습니다. 하치야 씨가 한 말을 그대로 전해드립니다. '청년이었던 하치야도 어느새 여든다섯이 되었습니다.'라고요."

아유미에게서 고개를 돌린 아야코의 표정은 보이지 않았다. 그대로 한참을 기다렸다.

아야코에게서 반응이 없었다. 오래도록.

아야코가 눈치채지 못하도록 아유미는 작은 숨을 내쉬었다.

"알겠습니다. 하치야 씨에게 아야코 씨의 거절 의사를 전하겠습니다."

마음을 접은 아유미가 손을 거울로 뻗으려는 순간이었다.

"잠깐!"

느닷없이 큰 목소리가 들렸다. 깜짝 놀란 아유미는 뻗었던 팔을 다시 접었다. 천천히 뒤를 돌아본 아야코의 얼굴에 표정의 변화가 있었다. 표정이 거의 없던 지금까지의 새초롬한 얼굴과는 달리 지금 아야코는 눈썹을 찌푸리고 있었다.

아유미는 숨을 삼켰다.

아유미의 말에 아야코가 동요하는 듯 보였다.

"하치야가 지금 여든다섯?"

그 목소리는 그동안의 아야코와는 달리 묘하게 아이처럼 들렸다. 하지만 어쩌면 그게 당연할지도 몰랐다. 아야코의 지금 이 모습은 죽기 직전의 나이라고 한다면 아직 아야코는 열여섯이다.

하치야가 사십 대 무렵부터 5년마다 반복해온 의뢰. 그리고 이젠 3년에 한 번이 된 의뢰.

아야코가 그 의뢰의 시간을 어떻게 받아들였을지 아유미는 지금까지 한 번도 생각해본 적이 없었다. 살아 있는 사람이 인식하는 시간의 흐름과 망자의 시간은 아마 다를 것이다. 수십 년에 걸쳐 계속된 하치야의 의뢰가 어쩌면 아야코에게는 찰나의 시간처럼 느껴진 것이 아닐까?

아야코는 자신이 죽은 뒤, 그만큼의 시간이 흘렀다는 것을 모르고 있지 않았을까?

"네, 그렇습니다."

아유미가 고개를 끄덕였다. 이번에도 아야코는 한동안 대답이 없었다. 얇은 입술을 깨물며 잠자코 입을 다물고 있었다. 아야코는 한참을 아무 말 없이 허공을 올려다보았다.

아야코에게 어떤 심경의 변화라도 있었던 것인지 아유미는 알 수 없다.

오랜 침묵 끝에 아야코가 입을 열었다.

"만날게요."

아유미가 눈을 크게 떴다. 그러자 아야코가 말을 덧붙였다.

"만나겠다고, 하치야에게 그렇게 전해주세요."

멋쩍음과 어색함을 얼버무리려고 했던 아까의 안나와 완전히 똑같은 어조로 아야코가 성가시다는 듯 말했다.

5

하치야가 크게 기뻐할까? 아니면 말을 잇지 못할까?

아유미는 하치야의 반응을 궁금해하며 전화했지만, 아유미의 전달에 하치야는 예상과 달리 침착했다.

"그렇습니까? 아야코 님이 만나주신다고 하셨군요."

하치야는 나지막한 목소리로 그렇게 말한 뒤, 작은 한숨을 내쉴 뿐이었다.

"재회 장소는 시나가와의 호텔입니다. 다음 보름달이 뜨는 날 밤, 제가 방을 준비할 테니 그쪽까지 오실 수 있으십니까?"

아유미의 질문에 그제야 처음으로 하치야의 목소리가 미세하게 떨렸다.

"저…, 만나는 장소는 제가 정하면 안 되겠습니까?"

"죄송하지만 그것은 규칙입니다."

어쩌면 하치야는 자신의 가게에서 아야코와 만나고 싶은지도 모른다. 그녀가 살았다는 안채와 닮았다는 그곳에서.

재회 장소는 아유미 마음대로 변경할 수 있는 사항이 아니었다. 할머니는 산 사람과 죽은 사람이 만나는 그 호텔을 망자의 세계와 달빛이 통하는 길일지도 모른다고 표현했다.

"아무래도 그렇겠지요?"

아유미는 그렇게 눈에 띄게 당황하는 하치야를 처음 보았다. 다음 한마디를 어떻게 시작해야 좋을지 고민하던 아유미에게 하치야가 먼저 고개를 끄덕이며 입을 열었다.

"알겠습니다. 아야코 님에게 잘 부탁드린다고 전해주십시오."

그렇게 전화를 끊은 다음 날, 하치야에게서 다시 전화가 걸려왔다.

"정말 죄송하지만, 면회 장소에 대해 드리고 싶은 말씀이 있습니다."

"네, 말씀하세요."

그 말을 듣고 아유미는 분명 하치야가 다시 면회 장소를 호텔이 아닌 다른 곳으로 바꾸고 싶다고 말할 줄 알았다.

"시나가와의 그 호텔에 되도록 낮은 층의 방으로 해주실 수 있을까요? 제가 알아보니 2층까지 레스토랑과 연회장이 있는 것 같고 3층의 일부 방은 숙박이 가능한 것 같아서요. 가능하면 308호실이나 317호실이면 좋을 것 같습니다."

하치야의 말에 아유미는 당황스러웠다. 지금까지 의뢰인이 방 번호까지 지정한 적은 없었다. 그 호텔은 아키야마 가문과 대대로 우호적인 관계를 맺고 있어서 그 정도의 바람은 이루어줄 수도 있을 것 같긴 했다.

"알겠습니다. 확인해보겠습니다."

"감사합니다."

수화기 너머로 정중하게 고개를 숙이는 하치야의 모습이 그려졌다.

"덕분에 다음 만월은 밝을 것 같습니다. 기대하고 있겠습니다."

아야코를 만날 수 있다는 기쁨을 되새기는 듯 하치야는 그제야 드디어 밝은 목소리를 냈다.

6

아야코와 만나는 날 밤은 하치야의 말대로 근래 들어 가장 쾌청한 만월이었다.

마침 벚꽃을 구경하기 딱 좋은 시기를 맞이해 만나기로 한 호텔 앞의 벚꽃 나무도 훌륭한 조명이 장식되어 있었다. 밤 벚꽃을 보러 오는 숙박객이 아닌 사람들의 모습도 많이 눈에 띄었다.

하치야는 봄 분위기를 물씬 풍기는 하얀 재킷에 푸른빛이 도는 회색 헌팅캡 차림으로 나타났다. 지난번에는 예전보다 걸음이 느려진 느낌이었지만, 오늘은 지팡이도 없이 혼자서 호기롭게 호텔까지 왔다.

“오늘은 신세를 좀 지겠습니다.”

로비에서 아유미를 발견하고 다가온 하치야가 깊게 머리를 숙였다.

“면회 장소는 희망하신 308호실로 준비했습니다. 아야코 씨는 이미 방에서 기다리고 계십니다.”

아유미의 말에 하치야가 긴장한 듯 표정이 굳어졌다. 수년, 수십 년 동안 간절히 바라고 염원하던 재회다. 하치야의 긴장이 아유미에게도 전해졌다.

“재회 시간은 지금부터 동이 틀 때까지입니다. 끝나면 로비로 오시면 됩니다.”

“그런데 말인데요, 츠나구 님. 이 노인의 이기적인 부탁을 한 가지만 더 들어주실 수 있을까요? 부탁합니다.”

“네?”

“아야코 님과의 면회에 함께 가주시면 안 되겠습니까?”

“아.”

아유미가 짧게 소리를 내뱉었다.

“아, 그러니까….”

그제야 목소리가 제대로 나왔다. 하치야가 곤란한 듯 아유미를 올려다보았다.

“역시 불가능할까요?”

"안 된다기보다 하치야 씨, 그건 시간이 너무 아깝습니다. 그렇게 만나고 싶었던 아야코 씨와 겨우 만나는 것인데 두 분이…."

그렇게 생각하고 하치야를 바라본 아유미는 그제야 알 수 있었다.

가슴 앞에 포갠 하치야의 두 손이 떨리고 있었다. 부끄러운지 하치야가 떨림을 억누르려고 하는 듯 양손 손가락을 꽉 쥐었다. 하지만 그 주먹의 떨림은 점점 더 강해졌다.

"두렵습니다."

하치야가 최대한 아무렇지 않은 목소리로 말했다. 아무 말이 없는 아유미를 향해 강한 척 웃어 보였다.

"아야코 님이 진심으로 만나고 싶은 사람은 제가 아니니까요. 아야코 님과 둘만 남으면 제대로 말할 수 있을지 자신이 없습니다. 제발 함께 가주시면 안 될까요? 마지막까지 지켜봐 주셨으면 합니다."

그런 만남의 형태는 지금까지는 한 번도 없었다. 하지만 아유미도 하치야의 마음을 이해하지 못하는 것은 아니었다. 무엇보다 상대는 그 콧대 높고 자존심 센 아가씨다. 혈관이 도드라지고 주름살이 가득한 하치야의 손이 보였다. 어쩌면 하치야는 젊었을 적 헤어진 아야코에게 자신의 지금 모습을 보여준다는 불안감도 있는 것이 아닐까?

"하치야 씨와 아야코 씨만 괜찮으시다면…."

"고맙습니다."

하치야가 아유미의 손을 잡았다. 신기하게도 그 순간 바들바들 떨던 그의 손이 진정되는 듯한 느낌이 들었다. 그는 아유미의 손을 놓고 심호흡을 했다. 겨우 평상시의 모습으로 돌아온 그가 아유미를 향해 말했다.

"그럼, 갈까요?"

7

아야코가 기다리는 308호실에 카드키를 넣었다.

아유미가 손을 뻗으며 먼저 들어가시라는 동작을 취하자 하치야가 작게 고개를 끄덕인 뒤 쭈뼛쭈뼛 방 안으로 들어섰다. 아유미도 최대한 천천히 그의 뒤를 따랐다.

아야코는 화장대 앞 의자에 앉아 있었다. 하치야의 꿀꺽 숨을 삼키는 소리가 마치 피리의 높은음 소리처럼 '휘릭!' 하고 들렸다. 하치야의 뒷모습에서도 그의 놀람과 감격이 공기를 타고 또렷하게 전해졌다.

"하치야?"

오늘 아야코는 기모노가 아닌 양장을 입고 있었다. 부드러워 보이는 소재의 하얀 블라우스와 연보라색 롱스커트. 블라우스의 가슴 부분에는 카메오의 브로치가 달려 있다. 지금까지 기모노 차림의 아야코밖에 본 적이 없는 아유미에게는 매우 신선한 모습이었지만 어쩌면 살아 있던 당시에 양장도 많이 입었는지 모른다.

"아야코 님…."

하치야가 아야코에게 다가갔다. 아유미는 그 뒤를 천천히 따랐다.

"보고 싶었습니다."

아유미가 상냥한 강아지를 닮았다고 생각했던 폭신폭신한 눈썹 아래로 가느다란 눈을 더 가늘게 뜬 하치야가 중얼거렸다.

"너무 보고 싶었습니다. 잘 지내셨습니까? 하치야입니다."

"하치야, 당신…. 이제 완전 할아버지가 됐네. 어쩜…."

"네, 네. 이제 할아버지입니다. 아야코 님 죄송합니다. 할아버지가 되어버렸습니다."

"어머, 믿을 수가 없어."

그렇게 말한 아야코가 혀를 살짝 내밀며 고개를 저었다. 아야코와 만난 하치야는 그녀의 말투에 이끌려 공손한 존댓말이 되었다. 당시 두 사람은 분명 이런 식으로 대화했을 것이다. 아야코는 감격에 젖은 그를 당혹스럽다는 표정으로 바라보았다.

"이곳까지 오시게 해 대단히 죄송합니다."

"어휴, 정말. 주제를 모르는 것도 정도가 있지."

두 사람의 모습을 본 아유미는 그래도 마음이 놓였다.

아야코의 말은 차갑고 배려가 없었지만, 그 말을 듣는 그의 표정은 밝았기 때문이다.

"죄송합니다."

입으로는 연신 사과하면서도 그는 내심 즐거운 듯 웃음이 끊이지 않았다.

"죄송합니다. 정말 죄송해요. 이렇게 만나러 와주셨는데 전 할아버지가 되었네요. 정말 송구스럽습니다."

"어머…."

그제야 처음으로 아야코가 아유미를 발견했다. 왠지 머쓱해진 아유미가 조용히 아야코를 향해 고개를 숙였다.

아야코에게 동석을 허락받은 아유미는 호텔에 준비된 다과 세트로 차를 내렸다. 작은 테이블을 사이에 두고 아야코와 하치야가 마주 앉았다. 아유미는 근처 침대에 걸터앉아 그런 두 사람을 지켜보았다.

"하치야가 여든다섯이라니."

먼저 입을 뗀 것은 아야코였다. 당혹스럽다는 눈빛으로 하치야를 쳐다보았다.

"네."

그가 서글서글 웃으며 대답했다. 만남의 흥분이 모두 가라앉고 지금은 마음씨 좋은 할아버지처럼 평상시의 평온한 하치야로 돌아왔다.

입술을 깨문 아야코가 말했다.

"그 말은 이제 모두 안 계신다는 의미겠군. 아버지도, 어머니도."

하치야는 미소를 띤 채 긍정도 부정도 하지 않았다. 아유미는 '안 계신다'라는 더 이상 이 세상에 없다는 아야코의 표현이 안쓰러웠다.

하치야가 입을 다문 채 아야코를 가만히 응시했다. 그녀가 크게 숨을 들이마셨다.

"사쿠라코도, 준코도, 카오루도, 미후네 선생님도…."

그녀의 입에서 몇몇 이름이 끊임없이 흘러나왔다.

그중에는 아야코 또래의 사람도 있을 테니 여기에 없다는 표현은 적절치 않을 수도 있다. 아유미가 그런 쓸데없는 생각을 하고 있는데 뜻밖에도 그녀는 말을 계속했다.

"그리고 쇼지 님도…."

아유미도 그것이 아야코의 남편이 될 뻔한 사람의 이름이라는 것을 기억하고 있었다. 아야코의 목소리가 갑자기 침울해졌다. 갈라진 그 목소리가 애잔했다.

"이제는 없구나. 당신 이외에, 나를 만나고 싶어 하는 사람은."

아야코의 목소리를 들은 아유미는 아차 싶었다. 그녀가 어딘가에 매달리고 싶은 눈빛으로 하치야를 보고 있었다. 그는 아까와 마찬가지로 그저 서글서글하게 웃고만 있을 뿐이었다.

"이제는 기다려도, 올 수 있는 사람은 아무도 없다는 거네. 당신 이외에는."

"저는 츠나구의 존재를 아주 우연히 알게 되었지만 다른 분들은 아마 모르셨을 겁니다."

드디어 하치야가 입을 열었다. 표정은 여전히 다정했고 말투도 밝고 담담했다.

"그걸 믿는 유별난 사람들은 아마 저 같은 사람 정도겠지요."

"거짓말. 당신, 알고 있었다면 분명 쇼지 님께 아야코를 만나러 가달라고 부탁했을 거잖아? 하지만…, 그분은 분명 오지 않으셨을 거야."

하치야는 이번에 대답하지 않았다. 그저 부드러운 미소로 그녀를 바라보았다.

망자와의 면회를 중개하다 보면, 아유미는 때때로 망자가 살아 있는 사람의 현재를 비추는 거울과 같다는 생각이 들었다. 그리고 진짜 망자가 나타날지 말지와는 다른 차원으로, 살아 있는 사람은 현재 자신의 무언가를 투영하고 싶어 망자와 마주한다. 망자에게 잔소리를 듣거나, 때로는 망자가 자신을 실컷 비난해 주길 바라는 것처럼 보일 때도 있다.

하지만 오늘은 그 반대였다. 아야코는 지금, 자신이 이 세상에 없었던 세월을 하치야를 통해 보려는 것이다. 하치야도 그 역할을 기꺼이 받아들이는 것처럼 보였다.

아야코의 눈에서 또르르 한줄기 눈물이 흘렀다.

하치야가 조용히 자신의 손수건을 아야코에게 내밀었다. 그녀도 그의 손수건을 내치지 않고 가만히 받아 눈가를 훔쳤다. 그제야 하치야가 입을 열었다.

"제가 아야코 님을 간절하게 만나고 싶었던 이유는 아야코 님이 이 세상을 떠난 이후의 일들을 전하고 눈을 감고 싶었기 때문입니다. 그래서 츠나구 님께 전해달라고 부탁드렸습니다. 하치야도 이제 여든다섯이 되었다고."

하치야가 약간 겸연쩍은 듯한 눈빛으로 아야코를 바라보았다.

"아야코 님을 떠나보낸 후에 아야코 님의 아버님이나 어머님, 친구분들, 선생님과 쇼지 씨까지 모두 아야코 님을 생각하지 않은 날이 없었습니다. 특히 아야코 님의 부모님은 혼자서 눈을 감게 했다고 말씀하시면서 아야코 님이 세상을 떠나셨어도 계속 마음은 함께였습니다. 저희는 아야코 님을 결코 혼자 두지 않았습니다. 잊지 못했습니다."

아야코가 손수건을 내리고 여전히 젖어 있는 눈을 떴다. 그런 아야코를 달래는 듯 하치야가 말했다.

"아야코 님이 살아 계시길 바랐습니다."

"하치야는 왜 나를 불러서 유세를 떨면서 말하는 거야."

울음을 멈춘 아야코가 평소의 말투로 돌아왔다.

"용서해주세요."

하치야가 작게 미소를 띠며 말했다.

"하치야는 나를 좋아했잖아."

아야코가 눈을 가늘게 떴다. 하지만 이제는 쏘아보는 뾰족한 시선이 아닌, 아련한 눈빛으로 먼 곳을 바라보고 있었다. 아야코가 머뭇거리며 말했다.

"하치야가 '아야코 님은 제 동경의 대상입니다.'라면서 내 행복이 자기의 행복이라고 한 것, 나는 모두 기억하고 있어."

"제가 그런 주제넘은 대담한 발언을 했었네요. 기억하고 계시다니 몸 둘 바를 모르겠습니다."

"그런데 하치야는 그 뒤로 어떻게 살았어?"

"소데오카에서 계속 일하다가 삼십 대 중반에 독립하여 제 가게를 차렸지요. 지금은 도쿄의 가쿠라자카라는 지역에서 제 이름 하치야蜂谷와 발음이 같은 '여덟 번의 밤'이라는 의미의 '하치야八月'라는 가게를 운영하고 있습니다. 이제 더 이상 칼은 들지 못하지만요."

"주방 사람들한테 호되게 혼나서 울고 있던 그 하치야가 어느새…."

"그렇죠? 저도 믿기 어렵습니다"

"소데오카는 어떻게 됐어?"

아야코가 하치야를 지그시 바라보며 물었다.

"내가 죽어도 쇼지 님은 결혼과 상관없이 소데오카 가문에 양자로 들어오기로 약속했잖아. 내가 없는 곳에서 그렇게 정했다는 것쯤은 나도 알고 있었다고. 지금 소데오카는 쇼지 씨가 물려받았어?"

"소데오카는 당시 주방장이었던 곤도 씨가 물려받았고, 지금은 곤도 씨의 제자가 소데오카를 운영하고 있습니다."

"그게 무슨 말이야?"

아야코의 표정이 한순간 변했다. 꽤 구체적이고 자세한 설명에 아유미도 속으로 흠칫하여 하치야를 바라보았지만, 그는 담담한 표정으로 앉아 있었다.

아야코가 망연자실한 표정으로 하치야에게 물었다.

"그 사람, 교토에 안 왔어?"

"잘 된 것 아닐까요. 원래 쇼지 씨는 요리의 길과 맞지 않는 사람이었습니다. 오사카에 있는 부모님 가게를 조금 운영했던 것 같지만 바로 항복하고 금융 회사를 차리더군요. 소데오카에 왔어도 잘하지 못했을 겁니다."

"그게 뭐야."

달려들 기세의 아야코를 보고 아유미는 그런 것까지 알려줘도 되는지 조마조마했지만 하치야는 꿈쩍하지 않았다.

"쇼지 씨는 그래도 아야코 님과 결혼하고 싶어했지요."

"하지만 그 사람은 결국 교토에 오지 않았잖아."

"그렇지요."

"하치야는?"

아야코가 물었다. 그 눈에는 투명하고 다정한 빛이 있었다.

"지금 가족은 있어? 설마, 나를 마음에 품고 계속 혼자 산 거야?"

아야코의 질문에 하치야가 곤란한 듯 미소를 지었다.

"아닙니다. 도쿄에 가게를 차리고 나서 바로 선을 보고 만난 여성과 결혼해 아들 셋에 딸 하나, 네 남매를 낳았습니다. 지금 제 가게도 첫째 아들이 꾸려가고 있지요."

아야코가 말없이 눈을 동그랗게 뜨고 어안이 벙벙한 표정으로 하치야를 바라보며 말했다.

"그러면 당신…."

"네."

"행복했겠네."

"네, 감사하게도 행복한 인생을 보냈습니다."

"어머! 뭐야, 나를 동경했다고 말했으면서. 모두 내가 없어도 행복하게 지냈구나."

"행복했지만 그래도 누구 하나 아야코 님이 없는 인생이라 다행이라고 생각한 사람은 없습니다."

미소를 지은 하치야가 아까보다 의연한 어조로 단호하게 말했다. 예상치 못한 하치야의 단호한 반응에 도리어 아야코가 멍해졌다. 그가 천천히 일어나 그런 아야코를 향해 다가갔다.

소파에 앉은 그녀 앞에 하치야가 공손하게 무릎을 꿇었다.

"아야코 님의 부모님도, 친구들도, 쇼지 씨도, 저도…. 모두 각자의 길을 걸었지만, 사실은 아야코 님과 계속 시간을 함께하고 싶었습니다. 운명이 달라져 지금 제 가게도 갖지 못하고 결혼해 한 가정의 가장이 되지 못한다 할지라도, 그래도 선택할 수 있다면 저는 아야코 님이 살아 있는 그 시간으로 돌아가고 싶었습니다. 모두 그런 마음으로 계속 아야코 님과 함께 살아왔습니다."

하치야가 아야코를 가만히 바라보았다.

"그 말을 해드리고 싶었습니다."

"그걸 위해, 일부러 나를?"

아야코의 얼굴에서 짓궂던 표정이 사라졌다. 손수건을 쥔 그녀의 손에 강한 힘이 들어갔다.

"아니요."

하치야가 말했다.

"사실 아야코 님을 불러낸 첫 번째 이유는 따로 있습니다. 저는 아야코 님에게 봄의 벚꽃을 다시 보여드리고 싶었어요."

아유미가 속으로 짧게 탄성을 내뱉었다.

생긋 웃은 하치야가 지금까지 그들 곁에 있었던 아유미를 향해 고개를 돌렸다.

"커튼을 열어도 괜찮을까요?"

"네."

아유미가 리모컨을 누르자 창밖으로 환한 밤하늘이 드러났다. 밝은 보름달과 밤 벚꽃을 즐기는 고객을 위한 라이트업. 밝은 밤하늘이 창밖에 펼쳐져 있었다.

하치야가 낮은 층의 이 방을 원했던 이유를 아유미는 이제야 알았다.

창문 너머 살짝 아래쪽으로 눈앞에 봉긋한 벚꽃이 보였다. 아마도 하치야는 벚꽃이 가장 잘 보이는 방이 어딘지 호텔에 미리 전화해 문의했을 것이다.

"와아!"

넋을 잃은 듯 한숨과 비슷한 소리가 들렸다.

아유미는 순간 그 솔직하고 귀여운 반응이 아야코의 입에서 나오는 소리라고는 알아차리지 못했다. 하지만 그 목소리의 주인공은 분명 창문에 달라붙어 창밖의 풍경을 하염없이 바라보는 아야코였다.

"예쁘다. 너무 아름다워! 하치야, 정말 너무나 아름답구나!"

"그렇죠?"

하치야가 싱글벙글하여 고개를 끄덕였다. 정말 행복한 듯 하치야의 눈이 선처럼 가늘어졌다.

"아야코 님은 벚꽃을 정말 좋아하셨죠."

들뜬 아야코의 모습을 보던 아유미는 면회 장소를 자신의 가게로 하고 싶어 하던 하치야의 모습이 머릿속을 스쳐 지나갔다. 하치야의 개인실에서도 정원의 벚꽃이 한눈에 보였다.

하치야가 천진난만하게 창밖을 바라보는 아야코의 뒤에서 한 걸음 물러나 안경 아래로 눈가를 훔쳤다. 그녀가 눈치채지 못할 정도로 찰나의 동작이었다. 하치야가 눈가를 누른 채 작게 입을 열었다. 그의 입이 한숨을 쉬는 듯한 날숨 사이로 '다행이다.'라고 움직이는 것이 아유미의 눈에 들어왔다.

하치야가 매번 이 시기에 의뢰하러 온 이유는 아야코의 기일 때문이 아니었다.

"있지, 하치야. 저쪽 창문에서도 잘 보일까?"

"네, 그럼요. 저쪽 말이죠?"

자신을 부르는 아야코의 목소리에 당황한 하치야가 아야코에게 다가가는 동안 눈가를 훔치며 안경을 바로 고쳐 썼다.

하치야와 함께 벚꽃에 푹 빠져 있던 아야코는 정말로 행복해 보였다.

"벚꽃 찹쌀떡을 주문할까요?"

아유미의 말에 넋을 놓고 창밖을 바라보던 두 사람이 동시에 고개를 돌려 아유미를 쳐다보았다.

그 모습이 묘하게 잘 어울려 아유미가 작게 웃었다.

"룸서비스에 분명 '봄의 꽃놀이 세트'가 있었던 것 같습니다."

"대단하구나! 부탁해도 될까?"

아유미는 아야코가 룸서비스가 무엇인지 알까 싶었지만 아야코의 대답에 아유미는 고개를 끄덕이며 예의를 갖춰 대답했다.

"알겠습니다, 아가씨."

아유미는 아침이 올 때까지 두 사람의 꽃놀이를 곁에서 지켜보았다.

그만큼 애타게 기다리던 재회의 밤인데도 여든다섯의 하치야는 면회 도중 꾸벅꾸벅 졸았다. 그 모습을 본 아야코는 일어나라며 하치야의 뺨을 톡톡 두드렸다. 싫증도 나지 않는지 아야코는 밤부터 아침까지 벚꽃을 비추는 빛이 변하는 모습에서 눈을 떼지 못했다.

아유미가 주문한 룸서비스의 '봄의 꽃놀이 세트'에 벚꽃 찹쌀떡, 일본 전통술과 함께 나온 작은 벚꽃 나뭇가지에 아야코는 몹시 기뻐했다. 아야코는 사라지기 직전까지 나뭇가지를 꼭 쥐고 있었다.

"하치야."

마지막 순간이 다가오자 아유미는 최대한 멀리 떨어진 곳에서 그들을 지켜보았다.

"정말 고마워. 다시 벚꽃을 볼 수 있으리라고는 생각지도 못했어."

"아야코 님과 만날 수 있어 정말로 다행입니다!"

아야코가 작게 웃었다. 들고 있던 벚꽃 가지를 하치야에게 쑥 내밀었다. 하치야가 그것을 받아 든 그 순간 아야코가 사라졌다.

벚꽃 가지만을 남긴 채 방에서 모습을 완전히 지웠다.

순간 멍해진 하치야가 아야코가 있던 곳을 바라보았다. 벚꽃 나뭇가지를 꽉 쥔 그의 손이 미세하게 떨려왔다. 그리고 그 떨림은 점차 커졌다.

아유미가 계속 말이 없는 하치야에게 다가가려던 그때, 하치야가 벚꽃 나뭇가지를 자기 머리 위로 들어 올렸다. 그리고 그 상태로 그대로 무너져내렸다.

"하치야 씨…."

혹여나 컨디션이 나빠져 쓰러진 것인지 당황한 아유미가 달려갔다. 하지만 아니었다. 하치야는 울고 있었다. 벚꽃 나뭇가지를 들고 그 나뭇가지에 매달리듯 소리높여 울고 있었다.

"죄송합니다."

부축하는 아유미의 팔을 잡으며 하치야가 말했다. 울음소리가 띄엄띄엄 들렸다. 오열했다.

"아야코 님은 아직 열여섯이었습니다."

흐흐흑. 하치야는 괴로운 듯 오열하며 말을 이어 나갔다.

"매년 벚꽃을 보기를 기대했어요. 선천적으로 몸이 약한 탓에 언제까지 살 수 있을지 모른다는 말을 듣고, 아야코 님은 다음 벚꽃을 볼 수 있기를 줄곧 마음에 담아두고 계셨을 겁니다. 저희가 생각한 것보다 더 많이요. 그건 아야코 님에게는 또 1년을 살 수 있는지 없는지, 그런 의미와 마찬가지였습니다."

"그렇군요."

가벼운 하치야의 몸을 부축하면서 아유미까지 가슴이 터질 것 같았다. 그래서 필사적으로 고개를 끄덕였다.

"네."

"아야코 님께 다시 한번 보여드리고 싶었습니다."

늙어버린 자기의 모습을 보여주더라도, 그래도 하치야는 아야코와의 재회를 바랐다. 이제 츠나구에게 아야코를 만나고 싶다고 의뢰하여 벚꽃을 보여줄 수 있는 사람은 하치야 자신밖에 없었기 때문이다.

'청년이었던 하치야도 어느새 여든다섯이 되었습니다.'

하치야는 이번이 마지막 기회라고 알리기 위해 그 말을 아야코에게 전했다.

지금까지 하치야는 아야코에게 벚꽃을 보여주고 싶다는 마음이 자신의 이기심일지도 모른다고 끊임없이 갈등했을 것이다. 그런데도 벚꽃 앞에서 기뻐하는 아야코의 모습을 보고 싶었던 것이다.

몸을 반으로 접고 바닥에 바짝 엎드린 하치야가 흐느껴 울었다. 그는 손에 벚꽃 나뭇가지를 소중하게 들고 있었다.

아유미는 하치야가 일어설 때까지 그의 등을 부드럽게 어루만졌다.

8

아유미는 아침 햇살 속에서 하치야를 호텔의 택시 승강장까지 바래다주었다. 택시에 오르기 전, 하치야가 아유미를 향해 피로가 담긴 미소를 보였다.

"부끄러운 모습을 보였습니다."

"아닙니다. 전혀 그렇지 않습니다."

"실례지만, 츠나구 님은 결혼하셨습니까?"

"아, 아직입니다."

"그렇군요."

"만약 언젠가 좋은 분이 생기신다면 저희 가게에 들러주십시오. 제가 대접하겠습니다."

"아닙니다. 그럴 수는…."

이제 하치야는 의뢰인이 아니기 때문에 아유미는 더 이상 가쿠라자카의 하치야 요정을 방문할 일은 없다고 생각했다. 반사적으로 거절하는 말이 튀어나오려고 했지만, 하치야의 다정한 시선에 아유미는 마음을 바꾸었다.

"다음에는 제대로 값을 치르는 손님으로 방문하겠습니다."

"어라, 저희 가게 만만치 않습니다."

하치야가 기쁜 듯 말했다.

"알고 있습니다."

아유미도 웃으며 대답했다.

택시 승강장에서도 호텔 앞 벚꽃이 잘 보였다. 벚꽃에 머물러 있는 하치야의 시선을 따라 아유미도 자연스럽게 같은 곳을 바라보았다.

"같은 시대를 살아갈 수 있다는 건 참으로 소중합니다."

하치야가 느긋하게 말했다.

그것은 아유미에게 하는 말이 아닌 혼잣말 같았다.

"저희는 항상 아야코 님의 존재를 그리며 살아왔지만, 그 이상 같은 시간을 보낼 수는 없었습니다. 사랑하는 사람, 소중한 사람과 같은 시간에 존재할 수 있다는 것이 얼마나 존귀한 것인지."

하치야가 아유미를 돌아보며 말했다. 이번에는 분명 아유미를 향해 하는 말이었다.

"당신은 아직 젊으시니, 부디 후회하는 일을 만들지 않길 바랍니다."

하치야가 처음으로 '츠나구 님'이 아닌 '당신'이라고 불렀다. 그 목소리가 아유미의 가슴을 파고들었다.

"네."

"그럼 이만 가 보겠습니다."

고개를 끄덕인 하치야가 택시에 올라탔다. 아유미는 하치야를 태운 택시가 벚꽃이 만개한 도로를 빠져나가는 모습이 보이지 않을 때까지 배웅했다.

출근하는 길, 마음을 다진 아유미는 나오에게 스마트폰으로 문자를 보냈다.

“좋은 아침입니다. 할 얘기가 있는데 가루이자와에 찾아가도 될까요?”

아직 자고 있으리라 생각했는데, 벌써 일어나 있었는지 바로 나오에게 답장이 왔다.

“안녕하세요! 지난번 ‘나무 블록 퍼즐’의 상품화에 관한 얘기인가요?”

아유미는 머뭇거리다가 바로 답장을 보냈다.

“아뇨. 업무는 아니고 개인적인 일인데 괜찮을까요?”

나오의 답장이 오기까지 긴장한 아유미의 가슴이 아이처럼 두근거렸다.

할머니의 말이 떠올랐다.

사실 지난번 K 가든에서 오가사와라 도키코를 만났을 때부터 아유미는 계속 마음속에 되뇌고 있었다.

“언젠가 아유미가 결혼하면….”

‘만약 언젠가 결혼하면 아유미는 배우자에게 무엇이든 말할 수 있었으면 좋겠구나. 네가 츠나구라는 것도, 네 아버지와 어머니에 관해서도 모두. 전부 얘기할 수 있었으면 좋겠다.’

그날 서점에서 의뢰인 노부인과 우연히 마주쳤을 때, 함께 있던 사람이 나오가 아니었으면 아유미는 당황해하지 않았을까?

필사적으로 얼버무리려고 했을지도 모른다. 그러지 않았던 이유는 아유미가 언젠가 나오에게 전부 말할 수 있었으면 좋겠다고 생각하고 있었기 때문이었을지도 모른다.

물론 이야기하는 것은 상대에게 부담을 강요하는 것이다. 하지만 당장 지금이 아니라도 괜찮다. 언젠가는 나오에게 털어놓고 싶다.

적어도 지금 자신의 감정만은 전하고 싶다.

아유미는 나오가 좋았다. 독일 정도의 거리는 문제가 되지 않는다고 생각했다.

아유미의 고백이 나오를 당혹스럽게 만들고 그녀가 거절할 가능성도 크다. 아유미는 나오보다 3살이나 어리다. 나오가 자신을 듬직하다고 생각하지 않아도 어쩔 수 없다. 그리고 무엇보다 앞으로 중요한 유학길에 오르는 나오에게 부담스러운 이야기일지도 모른다.

하지만 아유미가 사랑하는 사람은 지금 자신과 같은 세계, 같은 시간 속에 있다. 같은 세상을 살아가고 있다.

할머니가 계셨다면 응원해주지 않았을까?

그 생각이 떠오른 순간, 아유미는 바로 그 생각을 지워버렸다. 아니 할머니였다면 반대로 나오에게 민폐라며 잔소리를 했을지도 모른다. 할머니가 살아계실 때도 연애 상담을 한 적이 없는데, 문득 그런 생각이 드는 이유는 무엇일까?

살랑살랑 바람이 불어오고 벚꽃이 흔들렸다. 그 사람이라면 어떻게 말했을까? 그런 생각을 하며 오늘도 아유미는 살아간다. 이 길을 걷고 있다.

진동이 울리는 스마트폰을 보자 나오의 문자가 도착했다. 요동치는 가슴을 억누르고 아유미는 천천히 버튼을 눌렀다. 문자 내용을 보기가 두려웠다.

"오케이! 그럼 다음 주 화요일 괜찮아요?"

문자를 본 아유미는 온몸에서 긴장이 풀린 듯 긴 한숨이 새어 나왔다.

"좋아요! 다음 주 화요일에 봬요!"

답장을 보낸 뒤 스마트폰을 닫은 아유미는 아침 해가 떠오르는 방향을 향해 발걸음을 내디뎠다.

감사의 말

제2장 〈고요함이 존재감을 드러내듯〉을 집필하기에 앞서, 카피라이터 가와무라 란타 씨에게 작품에 실을 노래를 부탁드렸습니다. 이야기의 줄거리가 이미 짜여 있고 저자가 창작한 허구의 역사에 따라 노래를 써야 하는 어려운 부탁임에도 넓은 아량으로 이해를 베풀어 주셔서 멋진 노래를 실을 수 있었습니다. 진심으로 감사드립니다.

제3장 〈바다는 아무 일 없이 평온했습니다〉에는 기모노 전문가 핫토리 가즈코 씨와 소설가 미키 아키코 씨의 도움을 받았습니다. 저자가 그리는 《사자 츠나구 2》라는 세계에 가족의 소중한 추억을 흔쾌히 허락해 주셔서 진심으로 감사드립니다.

그리고 작품 속 독일어에 관해서는 저널리스트 구마가이 도오루 씨에게 번역과 감수를 부탁드렸습니다. 부족한 저에게 큰 도움과 가르침을 주신 덕분에 작품에서 재회를 실현할 수 있었습니다. 진심으로 감사드립니다.

또한 편집자(원문: 신초사의) 고故 기무라 유카 씨에게도 마음속 깊이 감사를 표합니다. 유카 씨가 없었다면 《사자 츠나구 2》는 탄생할 수 없었습니다. 시간이 조금 걸렸지만, 약속대로 두 번째 작품도 세상에 나왔습니다.

언젠가 아유미에게 부탁해 이 책을 전할 수 있길 바랍니다.

여러분과의 '인연'에 감사하고 있습니다.

정말로 고맙습니다.

츠지무라 미즈키

사자 츠나구 2

인연이 이어주는 만남과 마음

펴낸날 2023년 10월 2일 1판 1쇄

지은이 츠지무라 미즈키
옮긴이 오정화
펴낸이 강유균
편집위원 이라야 남은영
기획·홍보 김아름 김혜림
교정·교열 이교숙 정아영 나지원
경영지원 이안순
디자인 바이텍스트
마케팅 조명구

펴낸곳 리드리드출판(주)
출판등록 1978년 5월 15일(제 13-19호)
주소 경기도 고양시 덕양구 청초로 66 덕은리버워크지산 B동 2007호~2009호
전화 (02)719-1424
팩스 (02)719-1404
이메일 gangibook@naver.com
홈페이지 www.readlead.kr

ISBN 978-89-7277-383-2 (04830)

* 파본은 구입한 서점에서 교환해 드립니다.
* 책값은 뒤표지에 있습니다.